जिंदगी की रेले-रे

रश्मि - चिरंजीव

डायमंड बुक्स
www.diamondbook.in

प्रकाशक : डायमंड पॉकेट बुक्स (प्रा.) लि.
X-30, ओखला इंडस्ट्रियल एरिया, फेज-II
नई दिल्ली-110020
फोन : 011-40712200
ई-मेल : sales@dpb.in
वेबसाइट : www.diamondbook.in

ZINDAGI KI RELE-RE
By : *Rashmi-Chiranjeev*

लेखकद्वय की कलम से........

प्रथम-पूज्य भगवान श्री गणेश एवं विद्या की अधिष्ठात्री देवी माँ सरस्वती के चरण-कमलों में सादर प्रणाम!

मित्रों एवं स्नेही स्वजनों,

आप सबके आग्रह और अनुग्रह के प्रसाद स्वरूप यह पुस्तक साकार हुयी है। पुस्तक 121 कहानियों अथवा हमारे नजरिये से सम्बन्धित प्रेरक-प्रसंगों का एक सरल-सहज प्रस्तुतिकरण है। हमने महसूस किया है कि विशुद्ध उपदेश कभी-कभी हमारे मन में अपनी जगह नहीं बना पाता। हम जैसे साधारण लोग बड़ी-बड़ी बातों को सहजता से ग्रहण नहीं कर पाते। इन परिस्थितियों में एक सबसे कारगर तरीका है, किस्सागोई का, जो सदियों की आजमाई हुयी विधा है। हम अपनी माँ से और हमारी माँ हमारी नानी माँ से कहानियाँ सुनती आयीं हैं और उन कहानियों के माध्यम से अपनी अगली पीढ़ी के जीवन को युगों-युगों से सँवारती चली आ रही हैं। प्रस्तुत पुस्तक भी इसी क्रम में एक छोटा सा प्रयास है।

इन कहानियों में कुछ लोक-कथायें हैं तो कुछ हमारे-आपके बीच की रोजमर्रा के जीवन में घटने वाली कहानियाँ तो कुछ महापुरुषों के जीवन के प्रेरणादायी प्रसंग। आप जब इन्हें पढ़ेंगे तो हमारा आपसे यह वायदा है कि ये आपको कुछ न कुछ सुखद अवश्य देकर जायेंगी। आपके स्नेह से सृजित ऐसा हमारा दृढ़ विश्वास है कि बच्चे, किशोर, युवावर्ग एवं वृद्धों सभी को अपनेपन का अहसास दिलाते हुये ये कहानियाँ जीवन में आने वाले धूप-छाँव को एक नये और सुन्दर दृष्टिकोण से देखने के लिये प्रेरित करेंगी।

प्रिय पाठकों! यह पुस्तक हम पति-पत्नी का साझा प्रयास है। यदि इस प्रयास में कोई त्रुटि दिखाई दे तो उसे क्षमा करने की कृपा करेंगे। इसकी रचना में अपना आशीर्वाद देने के लिये हम अपने माँ-पापा, भाई-बहनों का आभार व्यक्त करते हैं और अपनी दोनों परियों दीपाली और रोशनी का शुक्रिया अदा करते हैं, जिन्होंने अपने हिस्से का समय इसकी रचना में लगाने के लिये हमें सहर्ष प्रोत्साहित किया। हम विशेषकर श्रीमती पूजा गुप्ता का हार्दिक आभार व्यक्त करते हैं, जिन्होंने अपने व्यक्तिगत समय में इसका टंकण एवं प्रूफ रीडिंग किया। हम डायमण्ड प्रकाशन के शत्-शत् आभारी हैं, जिन्होंने इसे पुस्तक के रूप में प्रकाशित किया।

- रश्मि श्रीवास्तव

- चिरंजीव सिन्हा

अनुक्रमणिका

जिन्दगी की रेले-रे

माधव को अनमना देखकर राघव ने पूछा, "माधव! क्या हुआ? आज तबियत ठीक नहीं है क्या?"

माधव, "अब क्या बताऊँ? अपने घरवालों और ससुराल को मिलाकर इतनी लम्बी-चौड़ी रिश्तेदारी है और जरा सी बात पर कोई न कोई मुँह फुलाकर बैठ जाता है, किसको-किसको मनाऊँ? हर किसी को लगता है कि मैं दूसरे को ज्यादा तरजीह देता हूँ।"

राघव, "अरे! यह कौन-सी बड़ी प्रॉब्लम है। चल, कॉफी हाऊस में कॉफी पीते हैं, वहीं इसका सॉल्यूशन बताता हूँ।"

माधव, "क्या इसका कोई सॉल्यूशन है, भी?"

राघव, "अरे! बहुत सिम्पल सॉल्यूशन है। तुम चलो तो सही, मैं बताता हूँ।"

माधव आये दिन की इस समस्या से इतना परेशान हो गया था कि वह तुरन्त राघव के साथ चल पड़ा।

कॉफी हाऊस की कोने वाली टेबल पर बैठते ही उसने दो कप कॉफी का आर्डर दिया और राघव से बोला, "अब बता भाई! देर मत कर। मैं बहुत परेशान हूँ। कभी ससुरालवालों के तानें तो कभी किसी भाई तो कभी किसी बहन के ताने सुन-सुनकर मैं पक गया हूँ।"

राघव, "मित्रों एवं रिश्तेदारों के बीच संतुलन बनाते हुये पापुलर और हर दिल अजीज होना हम सब की चाहत होती है और यह कोई कठिन कार्य भी नहीं है।"

माधव, "क्या! यह कठिन कार्य नहीं है? तुम क्या बोल रहे हो?"

राघव, "माधव! मेरे दोस्त, मैं सच बोल रहा हूँ। हम प्रकाश के प्रकीर्णन के'रेले-रे' के सिद्धान्त को जीवन में अपनाकर आसानी से इसे प्राप्त कर सकते हैं।"

माधव, "यह रेले-रे क्या है?"

राघव, "यह फिजिक्स में लाईट स्कैटरिंग की एक थ्योरी है। जिसे उन्नीसवीं सदी के महान भौतिकविद् 'लार्ड रेले' ने ईजाद किया था। इसके अनुसार,'कॉस्मिक प्लेट' पर गिरकर निकलने वाली किरणों मे से जिस किरण की वेवलेन्थ कम परन्तु फ्रीक्वेन्सी समान रहती है, वह सबसे तेजी से ब्रम्हांड मे फैलती है और उसी का रंग हमे आकाश में दिखता है और वह रे है'ब्लू'। इसी ब्लू रे से रंगीन हुये नीले आसमान का रिफ्लेक्शन जब सागर के जल में पड़ता है, तो सागर का जल भी ब्लू दिखाई पड़ता है।" इस तरह धरती से आकाश तक नीला रंग चारों ओर छा जाता है।

माधव, "पर इस रेले-रे का हमारे जीवन और रिश्तों से क्या वास्ता है?"

राघव, "यही तो मैं तुम्हें समझाना चाहता हूँ कि जब कोई कहता है कि फलाँ भैया या दीदी तो सुपरहीरो हैं, ट्रूली रॉयल पर्सन हैं, कोई उनसे नाराज हो ही नहीं सकता। वे हमारे सबसे फेवरिट हैं। तो यह सुनकर हमारा मन हम से ही पूछ बैठता है कि ऐसा क्या है उन भैया या दीदी में, जो पूरे नाते-रिश्तेदारी में हमेशा छाये रहते हैं।"

माधव, "हाँ, मैंने भी नोटिस किया है कि हर फैमिली में एक-दो लोग ऐसे होते हैं पर, पता नहीं वे ऐसा कैसे कर पाते हैं?"

राघव, "दरअसल, ऐसे लोग किसी खास के लिये कुछ विशेष नहीं करते हैं। वे सबसे समान रूप से व्यवहार करते हैं। पर हाँ, वे एक बात का जरूर ध्यान रखते हैं।"

माधव, "वो क्या?"

राघव, "वे बिना किसी भेदभाव के सभी की छोटी से छोटी अचीवमेन्ट की जी खोलकर तारीफ करते हैं। जिससे हर एक को लगता है कि वे उसकी खुशी को अपना मानते हैं और यदि उन पर कोई दुःख आता है तो उससे झूठी सहानुभूति नहीं, बल्कि सच्चे मन से उससे समानुभूति दिखाते हैं। कहने का मतलब यह है कि बिना कृत्रिमता ओढ़े, किसी के अमीर-गरीब होने, उसके ओहदे से प्रभावित हुये बगैर यदि हम अपने सभी मित्रों एवं रिश्तेदारों से समान व्यवहार करें, उनके छोटे-मोटे सुख-दुःख में उन्हें अपनेपन का अहसास करायें तो हम

आकाश से सागर तक छा सकते हैं, रिश्तों के सुपर-स्टार बन सकते हैं, क्योंकि तब हम पर न तो किसी की उपेक्षा का आरोप लगेगा और न हमसे कोई अतिरिक्त अपेक्षा रखेगा।"

माधव, "यह तो बहुत सरल है। बस हमें छोटी-छोटी बातों का ध्यान रखते हुये सबसे समान व्यवहार करना है।"

राघव, "हाँ, क्योंकि जिंदगी में बड़ी बातें या घटनायें तो कभी-कभी होती है, जिस पर हम सभी ध्यान देते हैं परन्तु, छोटी-छोटी बातें जो रोज होती हैं, उन्हें हम मिस कर देते हैं।"

माधव, "धन्यवाद! राघव। जीवन के इतने महत्वपूर्ण रहस्य को 'रेले-रे' के माध्यम से समझाने के लिये।"

राघव, "वेलकम! तो अब हम आपकी फैमिली के सुपरस्टार से कब मिल रहे हैं?"

माधव हँसते हुये बोला, "राईट नाऊ। आपके सामने है, वो।"

दोनो मित्र हँस पड़ें।

'रोजमर्रा की जिन्दगी में भी सिम्पल रेले-रे को अपनाइये और अमेजिंगली हिट हो जाइये।'

खुद को करें पहली मार्निंग विश

व्हाट्सएप्प, फेसबुक जैसे सोशल मीडिया के आने से एक अच्छी बात यह हुयी कि हम दूर बैठे अपने सुहृदों को नियमित रूप से प्रातःकाल याद कर लेते हैं, उनकी कुशलता की कामना कर लेते हैं। इंटरनेट ने कुशल-क्षेम पूछने की परम्परा को सहज-सुलभ बना दिया है।

परन्तु इन सबके बीच एक शख्स जो पूरी दुनिया में हर किसी को सबसे ज्यादा प्यारा होता है, उसे ही हम' मार्निंग विश' करना भूल जाते हैं और वो शख्स है-'हम खुद' । यदि आदर्शों मे ना जायें, तो यकीनन हम सबसे ज्यादा प्यार खुद से करते हैं, लेकिन अपने आपको' मार्निंग विश' नहीं करतें।

जो शख्स आपको सबसे ज्यादा प्यारा हो, जब आप उसे ही' मार्निंग विश' नहीं करतें, तो दूसरों को किया गया विश कुछ खोखला या कुछ रूटीन सा नहीं लगता।

आइये, एक नयी आदत डालें, दिन की शुरूआत सबसे पहले खुद को' मार्निंग विश' करने के साथ करें। अपने मन के कॉरीडोर से गुजरने से पहले हौले से उसे सलाम करें और अपने दिल पर प्यार से हाथ रखकर कहें, "आज सब बहुत अच्छा होगा।" रूकिये.... एक चीज और,'चीज' का उच्चारण करते हुये एक मोहिनी मुस्कान खुद के लिये बिखेरना न भूलें। विश्वास कीजिये, आपका दिन खूब अच्छा बीतेगा और आपके द्वारा अपनों को किया गया' मार्निंग विश' उन्हें भी फलीभूत होगा। दूसरों से रिश्ता मजबूत करने के लिये पहले अपने आप से रिश्ता मजबूत करें।

बचपन

अगर आप किसी से भी कभी भी यह पूछेंगे कि उसके अतीत का कौन सा हिस्सा उसे सबसे ज्यादा प्रिय है और सबसे ज्यादा अजीज है, तो मैं दावे के साथ कह सकती हूँ कि अधिकांश लोग इसका उत्तर यही देंगे कि उन्हें सबसे ज्यादा अजीज उनका बचपन है। ऐसा है क्या इस बचपन में? यह भी जीवन के तमाम पायदानों में से एक पायदान ही तो है। पर नहीं, इस बचपन की बात ही कुछ और है, क्योंकि जो भोलापन, जो शरारतें, जो मेल मिलाप, उन्मुक्तता और स्वच्छंदता बचपन में जी जाती है, मुझे नहीं लगता कि फिर दोबारा कभी उसका अवसर मिल पाता है।

मुझे आज भी अच्छे से याद है कि जब मैं छोटी थी तब एक बार मेरे जन्मदिन के अवसर पर मुझे 5 रुपये का एक नोट किसी परिचित ने दिया था। उस समय मेरे साथ मेरी बड़ी बहन भी थी, लेकिन चूँकि उनका जन्मदिन नहीं था इसलिए उन्हें पैसे नहीं मिले थे। दीदी थोड़ी रुआँसी हो गयी। मुझे एक क्षण भी नहीं लगा अपने 5 रूपये के नोट को फाड़कर उसका आधा हिस्सा उन्हें दे देने में। जरा सोचिए... क्या बड़े होने पर हम ऐसा कर पाते हैं? नहीं न! यही तो है बचपन की मासूमियत - बेलौस और बिन्दास।

ठीक कुछ इसी तरह बचपन से जुड़ी एक और घटना मुझे बरबस याद आ रही है जब मेरी छोटी बेटी, घर में किसी मेहमान के आने पर उनके सामने आई और प्रेमवश उन्होंने मेरी बेटी को 500 रूपये का एक नोट दिया। उस नोट को पाकर मेरी बिटिया के चेहरे पर खुशी खिल आयी, पर अगले ही क्षण उसे अपनी बड़ी बहन का ध्यान आया जो घर के अंदर थी। उसने तुरंत उसने घर आए हुए उन अतिथि से अत्यंत भोलेपन से कहा, "अंकल! मेरी दीदी भी अंदर है।" अब आप सोचिए ...क्या हम बड़े होने पर ऐसा कर पाते हैं? नहीं न! यही है बचपन की सबसे बड़ी खूबसूरती, उसकी निश्छलता।

वह बचपन जो हम सभी को सबसे ज्यादा अजीज होता है उससे कभी-कभी बातें करने का भी दिल करता है, क्योंकि ऐसा लगता है कि बचपन से हम बातें करेंगे तो शायद हम फिर से बच्चे बन जाए। एक-एक दृश्य चलचित्र की तरह नजरों के सामने से गुजरता है। मैंने भी प्रयास किया कि अपने बचपन से एक पत्र के माध्यम से कुछ बातें की जाए। आइए आपसे साझा करती हूँ -

मेरे प्यारे बचपन,

प्यार भरा नमस्कार।

तुम तो हमेशा से अच्छे थे और अच्छे ही रहोगे, इसका मुझे पूरा यकीन है और लगभग हर दिन किसी न किसी बात पर बरबस तुम्हारी याद आ ही जाती है। इसीलिए आज अपने जन्मदिन पर दिल कर रहा है कि तुमसे पत्र के माध्यम से कुछ बातें की जाए और कुछ सुनहरी यादें भी ताजा की जाए। याद है तुम्हें कि कैसे हम चारों भाई-बहन इलाहाबाद वाले घर में एक कमरे में पढ़ते, लिखते, सोते और उछल-कूद मचाते रहते थें।

तुम साक्षी हो उन प्यारे से पलों के जब हमारे बाबा अपने दिन की शुरुआत हमारा चेहरा देखे बिना कभी किया ही नहीं करते थे और पापा मम्मी हमें दरवाजे का ब्लैक बोर्ड बनाकर पढ़ाते थें। मम्मी के द्वारा बनाए गए गरमा-गरम दोस्ती पराठा का स्वाद भी तो मैंने तुम्हारे साथ ही लिया था। घर की उस छोटी सी रसोई में हम चारों भाई-बहन जब पालथी मार कर बैठते थें और मम्मी गरमा-गरम खाना परोस कर देती थीं, उस खाने का स्वाद आज भी जेहन में इस तरह रचा बसा है कि उसका मुकाबला बड़े से बड़े होटल के स्वादिष्ट व्यंजन भी नहीं कर सकते।

तुम्हें याद है कि कैसे भैया एक बार एक छोटा सा तोता पालने के लिए लाया था और वह कितनी जल्दी हम सबका चहेता बन गया था। शाम को छः बजे के बाद तो जैसे हमारे कमरे में स्कूल ही खुल जाता था, पर तुम साथ थे ना तो पढ़ाई के साथ-साथ शरारतें भी जारी रहती थी। वह गर्मियों के दिनों में छत पर ठंडा-ठंडा पानी डालना हो या बुरादे वाली अँगीठी सुलगाना या दूरदर्शन पर चित्रहार देखने के लिए पापा से सिफारिश करने के लिए मम्मी से मनुहार करना और तो और गिल्ली डंडा बैट-बॉल और गेंद-तड़ी जैसे खेलों के प्यारे से पल हमने तुम्हारे साथ ही तो जिए हैं मेरे दुलारे बचपन।

तुम मेरे लिए बहुत-बहुत, बहुत अनमोल हो, क्योंकि तुम्हारी याद चेहरे पर हल्की सी मुस्कान हमेशा लाती ही रहेगी। मैं तुम्हें बहुत बहुत मिस करती हूँ लेकिन जब भी तुम्हें दोबारा से जीने का मन करता है तो बन जाती हूँ बच्ची, अपनी दो प्यारी-प्यारी बेटियों के साथ और कर लेती हूँ उसी तरह मौज-मस्ती जैसी किया करती थी अपने भाई बहनों के साथ। तुम हमेशा ऐसे ही मेरी यादों में मुस्कुराते रहना क्योंकि तुम मेरे जीवन का सबसे प्यारा हिस्सा हो, तुम खुश हो तो मैं खुश रहूँगी और पूरा वादा है कि फिर जल्दी ही तुमसे ऐसे ही पत्र के माध्यम से बातें करूँगी और साथ में मिलकर जीएँगे खुशनुमा पल, तब तक सदाबहार बने रहना।

तुम्हारी हमसफर
रश्मि

बचपन से पत्र के माध्यम से यह बातें करके मुझे तो बहुत ही सुखद अहसास मिला और मन मस्तिष्क तरोताजा हो गया। आप भी कभी प्रयास कीजिएगा अपने बचपन से बातें करने का, जो हर वक्त आपके दिल में जिंदा है और आपको जिंदगी की भाग-दौड़ से कुछ पलों का सुकून देने का सबसे सशक्त माध्यम भी क्योंकि बचपन की मिट्टी में कुछ बीज इधर-उधर जमीन में गिर जाते हैं और हवायें धूल-मिट्टी की परत उन पर बिछा देती हैं और वे मासूम बीज वहीं कहीं दब जाते हैं। लेकिन समय आने पर उन बीजों में से कोपलें निकल आती हैं और उन कोपलों में से नाज़ुक शाखें, और फिर एक दिन इन शाख़ों पर बौर आ जाता है और फिर से पूरा वातावरण बचपन की तरह महकने गुनगुनाने लगता है।

मन हमारा लिटमस पेपर

मन की कोई परिभाषा नहीं, मन का कोई आकार नहीं पर वो हमारे कण-कण मे व्याप्त है, क्योंकि ईश्वर का कोई आकार नहीं, पर वो सर्वव्याप्त है।

मन और कुछ नहीं हमारे अंतस मे विराजमान साक्षात् ईश्वर है और ईश्वर कुछ और नहीं हमारा मन है।

प्रथम गुरू माँ से लेकर आदि गुरू प्रकृति के रूप मे ईश्वर हमें अच्छे-बुरे का भेद बताते रहता है। अतएव, क्या अच्छा-बुरा है, इसके लिये सिर्फ अपने मन रूपी'लिटमस पेपर' पर उसे टेस्ट कीजिये और दुनिया के किसी भी लैब से फास्ट रिजल्ट लीजिये, और पूरी निष्ठा से उसे मान लीजिये। हमेशा अच्छा रिजल्ट आयेगा। एक बात और इस लिटमस पेपर की स्याही कभी सूखती भी नहीं, क्योंकि यह ईश्वर है, जो शाश्वत एवं सनातन है।

साबुन जैसे रिश्तें

आप नहाने के लिये कई प्रकार के साबुन प्रयोग करते होंगे, कभी पीले, कभी हरे तो कभी नीले, गुलाबी और पता नहीं कौन-कौन से। हर का आकार और फ्रैगरेन्स भी अलग-अलग, पर हर साबुन चाहे वो किसी भी रंग का हो, किसी भी आकार का हो और उनका फ्रैगरेन्स भी अलग-अलग। पर हर साबुन चाहे वो किसी भी रंग का हो, किसी भी आकार का हो और उनका फ्रैगरेन्स कैसा भी हो पर उनमें एक चीज कॉमन होती है, "शरीर पर पानी के साथ रगड़ने पर हर साबुन झाग सफेद ही पैदा करता है।"

सच्चे रिश्तों की कहानी भी कुछ-कुछ साबुन की तरह ही है। कभी खुशी, कभी नाराजगी, कभी थोड़ी सी डाँट तो कभी लाड़ भरा मनुहार रिश्तों मे चलता रहता है, लेकिन वो अहसास कराते हैं सिर्फ और सिर्फ एक दूसरे के प्रति समर्पण की, जिसकी झागरूपी ऊष्मा और सुषुमा श्वेत, शुभ्र एवं निराली होती है, हमेशा और हर के लिये।

रिश्ते हैं सदा के लिये

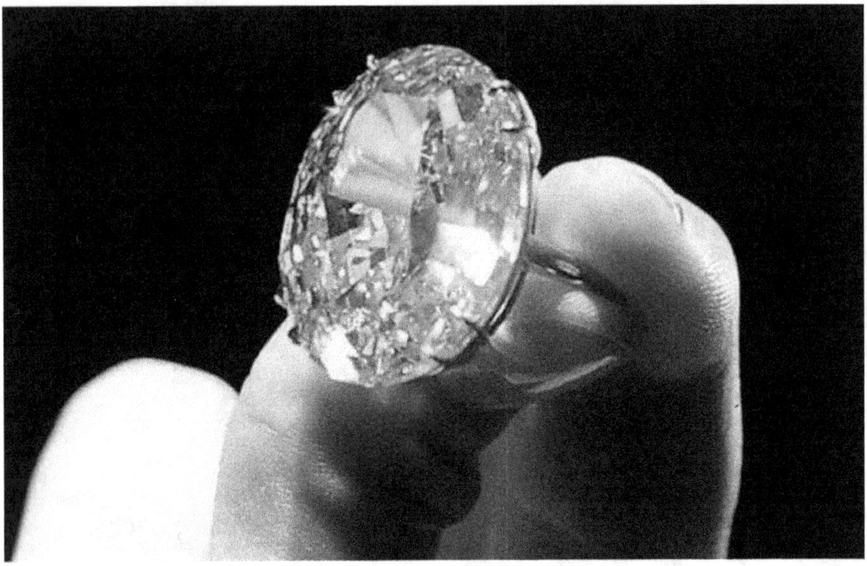

जीवन में रिश्ते चट्टानों से सोना या चाँदी ढूँढने के लिये नहीं होतें। रिश्तों को भी पकने के लिये समय चाहिये। जो रिश्ते समय से पहले तैयार हो जाते हैं, वे कठिनाइयों के ताप में पिघल भी तुरन्त जाते हैं। अतः ये रिश्तें कोयले के सदृश समय चाहते हैं, ताकि वो दबावों से जूझते हुए धीरे-धीरे अनमोल हीरे बन सकें, जिसकी प्रभा के सामने सोने-चाँदी की आभा भी फीकी पड़ जाये।

रिश्तों को कोयल के समान समय दें, सबको इज्जत दें। रिश्तों को अहसासों से सींचे, नाजों से पालें।

हाँ! अच्छे जौहरी को ही हीरे की परख होती है। आइये अच्छे जौहरी बनें और जयघोष करें कि'हीरे और रिश्तें हैं सदा के लिये ।'

दोस्ती और रिश्तों का मैट्रिक्स

मैं अपनी पत्नी की एक मित्र से पिछले दिनों फोन पर बात कर रहा था। उन्होंने बातों-बातों में यूँ ही कहा कि आज आपकी पत्नी जब उनके घर गयी तो मेरे बेटे ने अपनी'मौसी' से ढेर सारी बातें शेयर किया। बहुत दिनों बाद फिक्स्ड (Fixed) रिश्तों वाली आंटी से अलग'मौसी' संबोधन सुनकर आश्चर्य मिश्रित खुशी हुयी, नहीं तो अंकल-आंटी शब्द एक कान से प्रवेश कर दूसरे से हमें कुछ टच किये बिना यूँ ही निकल जाते हैं, न वे मन को छूते हैं और न ही दिल को झंकृत करते हैं।

बचपन में मुझे याद है घर के हर सदस्य के सभी मित्रों का रिश्ता घर के बाकी सभी सदस्यों से खुद बखुद जुड़ जाता था। हर दोस्त के माँ-पापा, हमारे चाचा-चाची बन जाते थें, उनकी दीदी हमारी दीदी और उनके भैया हमारे भैया बन जाते थें। एक-दूसरे के छोटे भाई-बहन सगे भाई-बहनों की तरह हमसे भी रूठते-मनुहार करते थें। दीदी की सहेलियों के लिये हम उनके छोटे रखवाले भैया बन जाते और उनसे राखियाँ भी बँधवाते थें। यह सिलसिला यहीं नहीं रुकता था। दोस्त की मौसी, मामी, बुआ, चाची भी हमारे मौसी, मामी, बुआ, चाची आदि बन जाते थीं। इस तरह गणित की मैट्रिक्स की तरह रिश्तों के भी पता नहीं कितने गुणक बन जाते थें।

लेकिन आज बच्चों पर पढ़ाई का बोझ, कम्पटीशन बीट करने का टेंशन, फोर्टनाईटली असेस्मेन्ट, बेतहाशा स्क्रीन टाईम और खुद हम माँ-बाप का अपने बच्चों को यह कहते रहना कि'पढ़ाई पर फोकस करो, बस यही काम आयेगा' ने इन परपंरागत रिश्तों को बुरी तरह दरका दिया है। दीदी की दोस्तों के साथ कबड्डी और खो-खो खेल लेना व मेरे दोस्तों के साथ दीदी का पतंग और क्रिकेट खेल लेना ब्लैक एंड व्हाईट फिल्मों की भाँति आज इतिहास का हिस्सा हो गये हैं। **'बेटी बचाओ'** का तब कोई नारा नहीं था, लेकिन दीदी एवं छोटी बहनों के रूप मे हमारी बहनें रिश्तों के इस पवित्र मैट्रिक्स मे तब ज्यादा सुरक्षित थीं। हमारे बच्चे मार्डन बने, टेक-सैवी हों पर रिश्तों के इस मैट्रिक्स को भी समझें, इस कार्य में हम पैरेन्ट्स ही उनकी मदद कर सकते हैं।

कैनवस पर रिश्तों के डॉट्स

जिन्दगी के कैनवस पर बहुतेरे डॉट्स होते हैं, कोई इधर, कोई उधर, कोई ऊपर, कोई नीचे, कोई दाँयें, कोई बाँयें। ये डॉट्स एक समान भी नहीं होतें। कोई खूब चमकीला-रंगीनियाँ बिखेर रहा होता है, तो कोई गुमसुम बुझा-बुझा सा। कुछ हमें बहुत प्यारे लगते हैं और हमारी दृष्टि उन्हीं पर केन्द्रित रहती है, तो वहीं कुछ डॉट्स ऐसे भी होते हैं, जिन पर हमारी नजर जाती भी नहीं है।

लेकिन एक अजीब बिडम्बना है कि सारे डाट्स स्वंय हमारे ही होने के बावजूद आपस में अक्सर जुड़े नहीं होतें। ये सभी अपनी-अपनी अस्मिता के लिये अलग-अलग संघर्षरत रहते हैं। नतीजन हम स्वंय मे बिखरे रहते हैं।

किन्तु ये डॉट्स हैं तो हमारे ही और हम ही इनके चितेरे भी हैं, तो क्यों न आज ही कूँची उठाकर भिन्न-भिन्न प्रकार के अपने पसन्द के रंगो से अपने इन सारे डॉट्स को जोड़ दें। एक ऐसी जिन्दगी बनाये जो किसी खूबसूरत आर्ट पीस की तरह दिलकश हो। आइये, उठाइये कूँची और शुरू हो जाइये एक सुसज्जित मनोहारी आर्टवर्क बनाने के लिये।

दुविधा की सुविधा

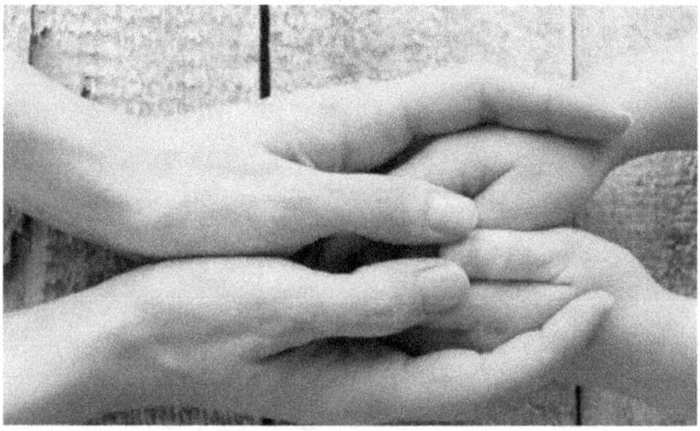

दुविधा में मत रहा करो, दृढ़ निश्चयी बनो। ये बातें हम बचपन से सुनते आये हैं। इसलिये दुविधा हमें सदा नकारात्मक लगती है। लेकिन यह इतनी भी बुरी नहीं है। वैसे तो जीवन में कभी दुविधा का समाना न करना पड़े, इससे अच्छी बात कोई हो ही नहीं सकती, लेकिन जिंदगी में सब कुछ हमेशा अच्छा ही होता रहे, तो फिर जीवन कितना नीरस हो जायेगा, है न! इसलिये चुनौतियाँ एवं दुश्वारियाँ Fillers के रूप में हमारी जिन्दगी में आती रहती हैं। रिश्तों, खासकर पति-पत्मी के रिश्तें में ऐसी मुश्किल घड़ी आ जाती है।

जब रिश्तों में ऐसी तल्खी कभी आ ही जाये और ऐसा लगने लगे कि हमारे बीच अब कुछ नहीं बचा, अब राहें जुदा करने का वक्त आ गया हैं, तो ऐसे'जगत-पूजित निश्चय' से लाख-गुणा अच्छी'संसार-तिरस्कृत दुविधा' ही है, जो हमें एक मौका देती है कि अरे! देखो क्या ऐसे निश्चय पर अमल करने के पूर्व तुम्हारे मन के किसी कोने में इस रिश्ते को बचाने की कोई हूक तो नहीं उठ रही? दुविधा तिरस्कृत एवं कुपोषित कन्या है, इसलिये उसकी शक्ति निश्चयरूपी हृष्ट-पुष्ट पुरूष से बहुत कम है, किन्तु, यह इतनी भी बेकार और निर्बल नहीं है। यह सेकेन्ड के हजारवें हिस्से में रजत विद्युत रेखा के रूप में कौंधकर हमारे मन में यह कोमल भाव जगाकर अपना कर्तव्य पूरा कर देती है।

बस, सेकेन्ड के हजारवें हिस्से में मन के उसी कोने को तलाशकर'चिपको- आन्दोलन' शुरू कर दीजिये।'दुविधा द्वारा दी गयी इस सुविधा का लाभ उठाइये।''स्याह-कुटिल निश्चय को पहाड़ से नीचे ढकेल दीजिये।'

रिश्तों की जीवन-यात्रा में Finish-Line से अच्छा Cross-Road का आना है, जो दिल की धड़कनों को तेज, बहुत तेज कर देता है।

कुरते का बटन और रिश्तों का संसार

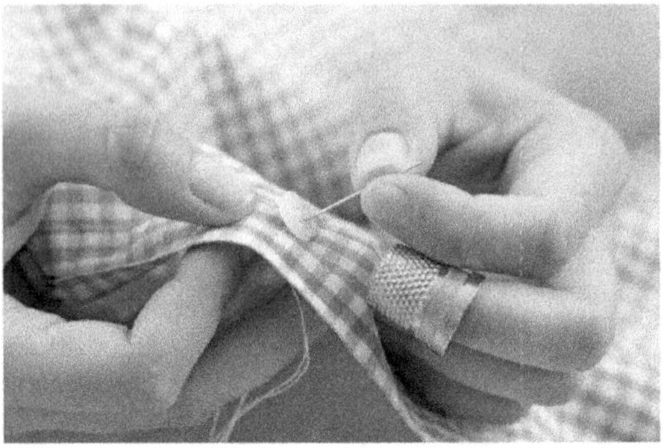

कुरते में लगे बटन को ध्यान से देखिये, यह कोई मामूली प्लास्टिक या धातु की चीज नहीं है। उसमें चार बराबर आकार के छेद आप पायेंगे। दरअसल ये छेद नहीं खानेनुमा घर हैं। सुई धागे के एक सिरे को पकड़कर एक घर से दूसरे, दूसरे से तीसरे, तीसरे से चौथे घर में बारी-बारी से ले जाती रहती है, एक नहीं कई-कई बार। तब तक जब तक कि पकड़ मजबूत न हो जाये। धागे-सुई की खानेनुमा घर में आने-जाने की प्रक्रिया इतनी लयबद्ध हेती है कि आप उस पर नजर न भी गड़ायें, तो भी आपकी उँगलियें में फँसी सुई बड़े मजे से एक घर से दूसरे घर में आती-जाती रहती है और यों छैल-छबीला बटन टँककर सज जाता है, कुरते के सीने पर, जैसे फौजी की छाती पर चमकता हुआ तमगा।

भारतीय परिवेश में बटन हमारे रिश्तों के संसार का प्रतिरूप है। बटन का पहला खानेनुमा घर वह है, जहाँ आपका जन्म होता है, इस घर से रिश्तें आपको विरासत में मिलते हैं। दूसरा घर आपके जीवनसाथी का है, जहाँ आपको जीवन-साथी के साथ-साथ ससुरालीजनों के रूप में ढेरों रिश्तों की सौगात मिलती है तो वहीं तीसरा घर आपके मित्रों का है, जिसे आप खुद गढ़ते हैं। बटन का अन्तिम और चौथा घर भी कुछ कम नहीं क्योंकि यह आपके भविष्य का घर है जिसमें आपके बच्चें, उनके मित्रों एवं बड़े हो जाने पर उनके विवाह से बने रिश्तों के नये आयाम का है, जिसमें रूनझुन पायल झनकाती बहू या पुत्र समान दामाद का आगमन होता है।

देखा न आपने बटन का हर खानेनुमा घर कितना जीवन्त है, हर अपने आप में कितना विशिष्ट है। धागे के रूप में आप स्वंय है, जिसे आपके कर्म जाने-अनजाने एक घर से दूसरे घर में ले जाते रहते है और यों बन जाता है रिश्तों का अप्रितम संसार, जो काज रूपी जगत से मिलकर वृहत्तर समाज का निर्माण करता है। आइये बटन को एक निर्जीव चीज के रूप में न देखें वरन् स्वंय को उसमें रिश्तों के एक मजबूत संसार के रूप में अनुभूत करें।

सफेद सूती कपड़ें और रिश्तों का उजाला

झक्क सफेद साफ-सुथरें रिश्तों पर भी उजले सूती कपड़ों की तरह समय के साथ पीलापन आ जाता है। इस पीलेपन को केवल साबुन-पानी से हटाया नहीं जा सकता है, हमें इसके लिये'नील' का ट्रीटमेंट देना ही पड़ता है और बड़े रूमानी अंदाज में हमें वह सफेदी मिल जाती है, जो ताजगी का अहसास करती है। ऐसे ही नील रूपी अतिरिक्त प्रयास की आवश्यकता रिश्तों की ताजगी के लिये भी आवश्यक है। रूटीन की इस मशीनी जिन्दगी में यदि फुरसत के कुछ पल हमें मिल भी जाये तो वो हमें लग्जरी लगने लगते हैं। ऐसा लगता है कि हम कुछ बेजा कर रहें हैं। यह चेन में बंधे जानवर की जिन्दगी के समान जिन्दगी है, जो चेन के हुक या कील से हट जाने के बाद भी वहीं बंधा पड़ा रहता है।

यदि फुरसत के पल मिल जायें तो बाँहें फैलाकर उनका स्वागत कीजिये और न मिले तो दिल लगाकर ढूँढिये, वे सात तालों में बन्द हों, तो सातों तालों को पूरी ताकत लगाकर खोल दीजिये और वक्त की स्वर्ण मंजूषा से उन्हें बाहर निकाल लाइये।

बहुत दूर न सही आस-पास की आउटिंग, महंगे न सही सस्ते उपयोगी गिफ्ट का आदान-प्रदान, सन्डे मसाज या कभी शाम को फैमिली वॉक रिश्तों को रिचार्ज कर देता है।

इन छोटी-छोटी Activities से रिश्तों में आये काई रूपी पीलेपन को नील से ट्रीटकर अहसास रूपी धूप में सूखाकर फिर से चमकदार और झक्क सफेद बनाया जा सकता है बस'यथास्थितिवाद' और'सब चल रहा है' जैसी सोंचरूपी दीवार को गिराने की आवश्यकता है।

अक्षर, शब्द, रिश्तें और कुटुम्ब

आप हिन्दी वर्णमाला के किसी भी अक्षर को ध्यान से देखें तो पायेंगे कि प्रत्येक अक्षर में कहीं मोड़ है, कहीं कोण है तो कहीं वृत्त और अर्द्धवृत्त हैं लेकिन इन मोड़ों, कोणों, वृत्तों और अर्द्धवृत्तों से गुजरते हुये अक्षर का प्रवाहक्रम कहीं टूटता नहीं है। बिन्दु से अपनी यात्रा शुरू करते हुये मोड़ों, कोणों से गुजरते हुये ये अक्षर बीच में एकाध आये पुलों (जंक्शन) पर रिचार्ज होकर अपनी मंजिल तक पहुँच जाते हैं।

यहाँ से यात्रा का अगला चरण प्रारम्भ होता है। पहला अक्षर अगले अक्षर को प्यार से अपने पास बुलाता है, साथ बिठाता है और उसका हाथ अपने हाथ में लेकर जुड़ते(--) हुये शब्द बन जाता है और वह शब्द अन्य गुणधर्मों वाले शब्दों से मिलकर एक अर्थपूर्ण वाक्य बन जाता है।

जीवन भी ऐसे ही मोड़ों से गुजरता हुआ एक अक्षर है, जो प्यार-दुलार से रिश्ते रूपी शब्द का सृजन करता है और रिश्तों की मानव-श्रृंखला को कुटुम्ब रूपी वाक्य के फलक तक ले जाता है। आइये अक्षर से वाक्य और व्यक्ति से कुटुम्ब की यात्रा प्रारम्भ करें।

फन्दों के प्यारे रिश्तों की कहानी

पता नहीं फन्दा शब्द को इतना दुष्प्रचारित क्यों कर दिया गया है।'फन्दे में पड़ गया','किसी फंदे में मत पड़ना' जैसे डरावने जुमले हम बचपन से सुनते चले आये हैं, लेकिन बेचारा फंदा इतना बुरा भी नहीं होता।

हम सभी ने बचपन में माँ के हाथों का बुना हुआ स्वेटर, मोजा, टोपी इत्यादि पहना हैं। जिसकी गर्माहट हमें हाड़ कँपाती ठंड से सुरक्षित रखती रही है।

ऊन के धागे माँ की उँगलियों से जब सलाई पर फन्दे का रूप अख्तियार करते हैं और एक से दूसरे, दूसरे से तीसरे-चौथे में बँधते हुये एक सुन्दर आकार ग्रहण करते हैं, तो माँ और शिशु का रिश्ता खिल उठता है।

एक बात और फंदों से हमारा रिश्ता जन्म के बाद नहीं वरन् उससे पहले ही शुरू हो जाता है। जब हम माँ की पेट में आकार ले रहे होते हैं तो माँ उस आकार की परिकल्पना कर ऊन के नर्म धागों से मजबूत सलाइयों में फंदें डाल हमारे लिये मोजे, टोपी को आकार देने लगती है। जब माँ और शिशु का रिश्ता दुनिया में सबसे प्यारा है, तो माँ के द्वारा अपने शिशु की रक्षा के लिये डाले गये फन्दे बुरे कैसे हो सकते हैं।

आइये उपेक्षित और अछूत फन्दे शब्द को एक नये नजरिये से देखें। माँ की आँखों में वात्सल्य और शिशु के मन में अपनेपन और सुरक्षा की भावना जगाने वाले फन्दों को आइये सुप्रभात् कहें।

मेंहदी

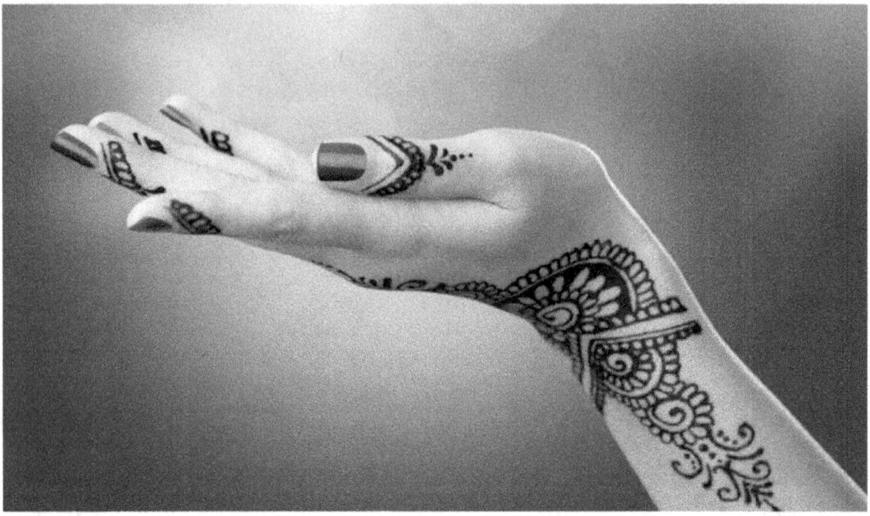

मेंहदी हथेली पर उकेरी गई एक डिजाइन नहीं वरन एक प्रणय गीत है। इसे निर्विकार भाव से लगाया ही नहीं जा सकता। सगुण प्रेम की द्योतक मेंहदी को रचाते समय होंठों पर कोमल स्वर अपने आप मुखरित हो उठते हैं। यह संयोग एवं वियोग दोनों प्रकार के श्रृंगार की भावभूमि है। वियोग में हथेली पर चित्रित मेंहदी जहाँ प्रिय की प्रतिनिधि बन नेत्रों में आंसुओं का सैलाब ले आती है। वहीं संयोग के क्षणों में प्रिया की मेहंदी रचित हथेली जब प्रिय के हथेलियों से मिलती है तब ठंडी तासीर वाली यही मेहंदी एक दूसरे में प्रेम की उष्मा का परस्पर संचार करती है। हथेली रूपी कैनवस पर मेहंदी मन और दिल की भावुक कविता है।

भारतीय परिवेश में प्रेम का जन्म

प्रेम एक स्वतः प्रस्फुटित निर्झर है, जिसे जन्म लेने के लिये न किसी भूमिका की आवश्यकता होती है और न किसी प्रयत्न की। इसका कोई लक्ष्य भी नहीं होता, क्योंकि लक्ष्य तो मानवजनित समाज के द्वारा बनाये गये उसूलों पर चलने के लिये बाध्य करता है, जबकि प्रेम सदैव एक मासूम शिशु की मानिंद अठखेलियाँ करता हुआ मन के आगोश में समा जाना चाहता है।

विचार और विवेक से पूर्णतया असंपृक्त बिना किसी पूर्व योजना के कोमलता मानवीय संवेदना के रूप में प्रेम जन्म लेने के लिये बस एक ही माध्यम की आवश्यकता पड़ती है और वे हैं आँखें, जो दिल की प्रतिनिधि है। इसलिये, आज भी सौ मे से निन्यानबे प्रेम गाथाओं का आविर्भाव एक अनिर्वचनीय क्षण में दो जोड़ी आँखों में सहसा उसी प्रकार होता है, जैसे मेघाच्छन्न काले नभ में बिजली की रजत रेखा सहसा कौंध जाती है। परस्पर आँखों से निःसृत एवं प्रकाश की गति के भाँति वेगवान प्रेम अभी तक अनजान दो प्राणियों के हृदय की अतल गहराईयों में प्रविष्ट होकर अपना स्थान ग्रहण कर लेता है।

यों तो प्रेम के लिये नदी, समन्दर, पर्वत या ग्लोब की कोई रेखा सीमा नहीं होती, और ना ही यह वर्ण, जाति, धर्म अथवा लिंग की मुखापेक्षी होती है, लेकिन भारत की अलौकिक भूमि पर उपजने वाला प्रेम भी विलक्षण ही होता है। यह स्थिरता सहनशीलता व निःस्वार्थता से परे

होती है, लेकिन एक पवित्र कामना के साथ जन्म लेता है कि मर्यादा का व्रत भंग कभी भी ना हो और अग्नि के सम्मुख सप्तपदी के फेरे व मंत्र उसे सात जन्मों के लिये अमर कर दें।

यदि पुराने समय की बात छोड़ दें तो भारत के शहरों मे पुष्पित-पल्लवित होने वाले प्रेम, आज भी इतने निर्दोष रूप में जन्म लेता है कि हम विस्मित रह जाते हैं और कवि की कलम सम्मोहित व ठिठकी।

छत पर तार पर सूख रहे कपड़े समेटते गौरी की नजरें पड़ोस के छत पर गमलों में पानी दे रहे कुमार से ज्यों ही टकराती है, तार-सप्तक का कोमल सुर आकाश में गूँज जाता है।

कालेज के नोटिस बोर्ड पर लगे परीक्षाफल को उचककर देखने की कवायद और किसी का पास आकर यों कहना कि "आपका रोल नम्बर क्या है?" दोनों को कहीं कुछ गहरे तक भिंगो डालता है।

मकबरे की जालियों में रिश्ता तय करने की मन्नत मानते धागा बाँधते हुये सहसा सामने की जाली से निर्निमेष ताकता एक निर्दोष चेहरा दोनो मनुजाओं के शरीर में मीठा-मीठा कंपन उत्पन्न कर देता है।

हॉस्टल की मेस की डायनिंग टेबल पर डोंगे से सब्जी निकालने की कोशिश में एक साथ बढ़े हुये दो हाथ जीवन भर के लिये आँखों से दिल तक एक पुल बना देते हैं।

या फिर कालेज से लौटते समय उसका उसी मोड़ पर रोज मिलना लेकिन कुछ न कहना और यों व्यवहार करना कि यह उसका उद्देश्य नहीं लेकिन अपनी कोशिश में असफल हो जाना और आँखों ही आँखों में हैलो कह जाना, मन के वीणा के तारों को झंकृत कर देता है।

यह ठहराव बासीपन की निशानी नहीं

जीवन में एक दौर ऐसा भी आता है जब गति की अपेक्षा ठहराव मुखर होने लगता है। कभी-कभी इस ठहराव को बासी मान हम कुछ नया ढूँढने लगते हैं, परन्तु थोड़े ही समय में अभी-अभी प्राप्त वह नया भी पुराना पड़ने लगता है और वही सीलता हुआ बासीपन हमारे नथुनों में फिर से समाने लगता है। उससे निजात पाने के लिए अस्थिर मन पुनः कुलबुलाने लगता है और आभासी सुख के खोज में यह यात्रा दिशाहीन हो बुरी तरह भटक जाती है, लम्बी, गुमनाम व अंधेरी सुरगों में।

दरअसल जिसको बासी मान हम कुछ नया ताजा ढूँढ रहे होते हैं, वह कभी बासी पड़ा ही नहीं था। जिस प्रकार वर्षा ऋतु के बाद नदी में जल का वेग धीमा पड़ जाता है, उसी प्रकार जीवन का एक कालखंड गुजर जाने पर परिपक्वता आ जाती है और इस परिपक्वता की निशानी होती है स्थिरता, जिसे हम बासी मान परेशान हो रहे होते हैं।

वैवाहिक जीवन में अक्सर यह ठहराव मुखर हो उठता है और कमजोर मन अन्यत्र भटकने लगता है। कोई नया मिल जाने पर उसका सामीप्य रोमांचक और उत्तेजक लगने लगता है और जीवन यात्रा एडवेंचरस महसूस होने लगती है, लेकिन वास्तव में ऐसा जीवन Roller Coaster की तरह होता है, जिसके कई राईड निश्चित तौर पर बहुत थ्रिलिंग होते हैं, परन्तु बीच-बीच में ऐसे जोरदार झटके लगते हैं कि पूरी दुनिया हिलती नजर आती है व डर भी लगातार समाया रहता है। पुनः इसकी गति इतनी तीव्र होती है कि कुछ ही मिनटों में खेल खत्म हो जाता है वहीं सामान्य झूले में रोमांच और थ्रिल रोलर कोस्टर जितना भले ही न हों, परन्तु हर पींग के साथ इसमें आनन्द बढ़ता ही जाता है, हौले-हौले ही सही और सबसे बड़ी बात कि कन्ट्रोल भी अपने पास ही रहता है, क्योंकि पाँव जमीन के नजदीक जो रहते हैं।

नये राहों की राही - आज की वामा

आज यह चर्चा सामान्य हो गयी है कि स्त्री पहले की भाँति संतोषी नहीं रही। वह स्वतंत्र होना चाहती है, जिम्मेदारियाँ उसे बंधन लगने लगी हैं। परन्तु जब सृष्टि का कोई भी अवयव परिवर्तन से अछूता नहीं, तो नारी ही क्यों वह भी तब जब वह स्वंय सृष्टिस्वरूपा हो। स्त्री स्वाधीनता के आम हो चले विमर्श मे परिवर्तन के शाश्वत भाव को इसलिये यथापेक्षित स्थान अवश्य दिया जाना चाहिये।

सदियों से वह अपने पुरुष साथी के पीछे रहती आयी है, लेकिन यह उसके जीवन में प्रारंभ से ही मौजूद नहीं रहा है। प्रकृति ने पुरुष और स्त्री को समान सम्मान दिया। इसलिये जब भी उसे मौका मिला तो वह थोपी गयी, इस परिधि से निकलना चाही। शुरूआत मे तो अपने स्थान पर ही खड़े रह कंधे उचकाकर अपने आगे खड़े पुरुषरूपी पर्वत के पार झिलमिलाती दुनिया को झाँककर देखने की उसने कोशिश किया, थोड़ी बहुत सफलता भी मिली परन्तु मजबूत पाषाण से टकराकर मेघ रूपी स्त्री वहीं बरस जाने को मजबूर हो गयी लेकिन अपने पंखों के ताकत से परिचित हो चुकी हिम्मत बटोर वह समय के साथ-साथ धीमे-धीमे उठ खड़ी हुयी। आकाश की ओर आँख उठाकर देखा तो सूरज उसे बुला रहा था।

पथ नया था और राही भी तो कभी-कभी डगमगाना और भटकना भी स्वाभाविक था। संबन्धों के नाम पर लक्ष्मणरेखा के निरन्तर सिकुड़ते दायरे मे स्वाधीनता का अहसास बाधित होते देख वह चीख पड़ी, तो समाज ने उसे विद्रोहिणी करार दिया। दरअसल उसकी यह पीर सुनने को समाज तैयार ही नहीं हुआ कि'वह सम्बन्धों को नहीं बल्कि कंधों पर जमी काई को खुरच-खुरचकर हटाना चाहती है। मानवीय संबन्धों के नाम पर रूढ़ियों की सीलन अब उसे सहन नहीं होती' । परन्तु उसके मुख से ज्यों ही यह शब्द निकलें समाज के ठेकेदारों ने उसे उश्रृखंल करार दिया। कुछ और नहीं मिला तो उसके वस्त्र-विन्यास को निशाना बनाकर उसे पथभ्रष्ट कहा जाने लगा।

चारो ओर से अपने ऊपर होते प्रहार को देख वह घबरा गयी, उसने एक-एक को समझाना चाहा कि मेरे अंदर भी एक नब्ज धड़कती है, एक बार उसकी बीट सुन तो लो। कुछ सहृदय व्यक्तियों ने सुना भी पर पुरातनपंथियों ने उन्हे अपौरुषेय ठहरा दिया।

परेशान वामा अन्त मे अपने पुरुष साथी के पास गयी, जिसके लिये वह सबकुछ छोड़ आयी थी। समय के साथ एक अच्छी बात हुयी कि पाषाण भी अब इतना सख्त नहीं रहा, उसने मेघ को गगन मे तैरने का मौका दिया, कुछ बड़े और निर्जीव हृदय पत्थरों ने उसे टोका पर वह अब परिवर्तित हो चुका था, पूरा नहीं तो बहुत हद तक। उसने उसके सुर को अपने सुर मे मिलाकर तार सप्तक के एक नये और कोमल सुर की रचना किया।

दोनो ने निश्चय किया कि भोगे हुये दुःख अपने बेटियों के किस्मत मे नहीं जाने देंगे। एक कदम आगे बढ़कर वामा ने एक नया प्रण किया कि वह अपने बेटों को रूढ़ियों का पुराना केंचुल पहचानने की जगह उसे नये ढंग से गढ़ेगी। जिसकी आँखों मे महिलाओं के लिये अबला मान करुणा नहीं मान-सम्मान का सृजन होगा।

आज की वामा संघर्ष की पथरीली राह से निकलकर वह कच्ची पगडंडियों तक पहुँच गयी है, जल्द ही उसे चिकनी और चौड़ी सड़क नसीब होगी, यह उसका ही नहीं वरन् हम सबका विश्वास है और तभी इस विश्व का समग्र विकास होगा।

शादी के फेरों में अग्रस्थाने नारी

"हे नारी! विवाह के संस्कार पथ पर तुम पुरुष के आगे चलो।" (ऋग्वेद) विवाह की वेदी के चारों ओर पुरुष के आगे नारी के चलने का विधान ऋग्वैदिक काल मे निर्मित हुआ। किन्तु, यह न तो किसी आर्ष मुनि की कोरी कल्पना थी और न ही किसी राजा का स्वेच्छाचारी आदेश। सब कुछ वर्षों तक सोचने विचारने के उपरांत निश्चित किया गया।

वास्तव मे ममतामयी प्रकृति माँ की गोद में बैठकर उसके मनीष पुत्रों द्वारा उसके पावन तरंगों से अनुप्राणित होकर वेदों की रचना की गयी थी, जो दीर्घ अनुभूति का परिणाम था। इन्हीं वेदों के प्रथम मण्डल ऋग्वेद मे ऊषा को नारी एवं सूर्य को पुरुष माना गया है। इस प्रकार ऊषा और सूर्य आदि स्त्री-पुरुष स्वरुप हुये। सूर्य के उदय होने के पूर्व लाल वस्त्रों मे सजी हुयी नारीरूपा नववधू ऊषा का क्षितिज पर आगमन होता है, जो पुरूष स्वरूप सूर्य के आने के पहले जगत का सारा तिमिर स्वयं पीकर सूर्य के लिये निर्बाध, निष्कटंक एवं सरल मार्ग तैयार कर देती है, जिस पर चलकर वह सम्पूर्ण संसार को ज्ञान, विद्या, ऊर्जा एवं सामर्थ्य का उपहार देते हैं।

ऋग्वेद (4/14/3) मे नारी को प्रकाशवती ऊषा की संज्ञा दी गयी है -

"हे विदुषि शुभगुणे पत्नि! त्वं यथा सुयुजा रथेनेव रश्मिभिश्चेकिताना सुविताय प्रबोधयन्ती ज्योतिषा चित्राऽरुणीरावहन्ती मही देव्युषा ईयत आगात्था त्वं भव ।।"

अर्थात् - "हे विद्यायुक्त और शुभगुणों वाली स्त्री!उत्तम घोड़ों से जुते हुये, जगमग रथ पर बैठकर आओ। तुम लाल आभायुक्त कान्तियों को छिटकाती हुयी आओ। अपने विस्मयकारी सद्गुणों के द्वारा हमें प्रबोध प्रदान करो। "

पुनः ऋग्वेद के मुनि कहते हैं -

"एषा स्या नव्यमायुर्दधाना गूढ्वी तमो ज्योतिषोषा अबोधि ।
अग्र एति युवतिरह्रयाणा प्राचिकितत्सूर्यं यज्ञमग्निम् ।।"

ऋग्वेद (7/80/2)

अर्थात् - "सृष्टिरचना से पूर्व परमात्मा की प्रकाशरूप ज्योतिशक्ति से उत्पन्न अंधकार का नाश करके सूर्य, यज्ञ तथा अग्नि की रचना करने वाली प्रकाशमान और चिरयुवती ऊषा (नारी) ! तुम नवीन आयु को धारण करती हुयी परमात्मा मे लयबद्ध रहो ।"

इस प्रकार प्रकृति मे सूर्योदय के पूर्व ऊषा के आविर्भाव की प्रक्रिया के रहस्य से हमारे मनीषी पूरी तरह परिचित थे। यही वह कारण था जिसके निमित्त उन्होने विवाह के समय ऊषा के समान लाल वस्त्रों मे सजी नारी को पुरुष के आगे स्थान देते हुये उसे आगे चलने का अनुरोध किया ताकि वह उसे अच्छे और बुरे का बोध कराती हुयी उसे सन्मार्ग पर चलने मे उसकी पथ-प्रदर्शिका बन सके और पुरुष के साथ परमतत्व से लयबद्ध हो सके।

फ्लैशबैक मे छूटा हुआ अपना घर

यादें बिस्तर पर बिछीं चादरों के मानिंद होती हैं। कुछ समय बाद उन पर सिलवटें आ ही जाती हैं। कुछ ढँक जाता है तो कुछ सिमट जाता है।

यादों के गलियारे में हमारे घर का एक बहुत बड़ा हिस्सा होता है। हमारे बीच अनेक ऐसे लोग होंगे जिनका आशियाना (घर) किसी न किसी कारण से बदलता रहता है, कभी गाँव से शहर आ जाने के कारण तो कभी एक जगह से दूसरी जगह ट्रांसफर हो जाने के कारण। हम नये घर में आ जाते हैं, लेकिन वो घर अपनी जगह कायम रहता है, कभी अंधेरे में बंद, तो कभी नये लोगों के साथ हँसते हुये उनसे बात करतें। लेकिन जब कभी हमारा मन अपना फ्लैशबैक चालू करता है, तो सब कुछ हमारी आँखों के सामने ठीक वैसे ही चलने लगता है, जैसे तब जब हम वहाँ रह रहे होते हैं। सुबह न्यूजपेपर पढ़ते हुये बरामदे मे चाय पीने, छत पर सूर्य भगवान को सुबह जल चढ़ाना, रसोईघर के दरवाजे पर हम भाई-बहनों का हाथ मे प्लेट लिये वहीं कड़ाही से निकलती गरमागरम पूड़ियाँ खाते जाना और माँ और भाई-बहनों से बतियाते जाना, शाम को टैरेस पर बैठकर लोगों को आते-जाते देखना और किसी परिचित को देख जोर से उन्हें आवाज लगाना और पता नहीं क्या-क्या। यादों के बिस्तर पर बिछी चादर की सारी सलवटें एक झटके में मिट जाती है, बिछौना फिर से नया एवं ताजा हो जाता है। उस घर के दीवारों में समायी हमारी साँसे हमारी यादों में पुनः सुगंध बिखेरने लगती हैं और धड़कनें साफ सुनाई देने लगती हैं। यादों में ही सही हम उस घर में फिर से जीने लगते हैं।

फिजिक्स का वह टॉपिक

दृश्य-1

मेरे एक परिचित कौशिक जी मेरे शहर में ही रहते हैं। पति-पत्नी दोनो वर्किंग कपल हैं और दोनों की अच्छी खासी सैलरी है। वे मेरे घर के पास वाले अपार्टमेंट में रहते हैं। परिवार में कुल मिलाकर तीन लोग हैं,पति-पत्नी और उनका सात-आठ वर्ष का प्यारा सा बेटा आकर्ष। अभी दो हफ्ते पहले सुबह-सुबह उनका फोन आया। देखते हुए बोले " सर ! नमस्ते। एक निवेदन था।" मैनें उन्हे आश्वस्त किया कि वे निसंकोच अपनी बात बतायें। कौशिक जी,"मां-पापा को घर लाना है।" मुझे पता था कि उनके वृद्ध मां-बाप इसी शहर में दूसरे मोहल्ले में अकेले रहते हैं। मैने पूर्व में उनसे एक-दो बार चर्चा किया था कि "आप उन्हे अपने साथ क्यों नहीं रखते ? वृद्ध हैं, कोई मेडिकल इमरजेन्सी हुयी तो मुश्किल हो सकती है।"

परन्तु इस बात पर उनका हर बार एक ही सपाट उत्तर होता था " छोटे से फ्लैट में इतनी जगह कहाँ होती है? और अब मां-बाबूजी ठहरे पुराने ख्याल के। प्राइवेसी और पीस दोनो डिस्टर्ब होती है। सब अपनी अपनी जगह शान्ति और खुशी के साथ रहें,यही ठीक है और फिर हम वीकएंड में जाकर उनका हाल समाचार ले आते हैं और उनके जरूरत का सामान वहाँ रख आते हैं। सब काम तो निपट ही रहा है।"

जिस व्यक्ति की खुशी की परिभाषा निपटाने तक सीमित हो, तो उसे क्या समझाना ? अतः मैंने एक दो बार के बाद उनसे इस मुद्दे पर कोई चर्चा करना छोड़ दिया। परन्तु, उनके आज के फोन कॉल ने मुझे आश्चर्य में डाल दिया कि प्राइवेट स्पेस के ट्रेंडजाल में जकड़े हुए यह दम्पति जो अबतक अपने मां-बाप को दूर रख रहा था,वो अचानक इस लॉकडाउन में उन्हें अपने साथ रखने की बात कैसे सोच सकता है? जबकि इस दौरान तो सभी को पूरे दिन घर के अन्दर उनके शब्दों में तथाकथित उस छोटे से फ्लैट में एक साथ ही रहना हो। फिर मेरे मुझे याद आया कि आजकल लॉकडाउन में मेड नहीं आ रही है। अच्छा! अब समझा। जरूर मिसेज कौशिक ने अपने हसबैंड पर दवाब बनाया होगा कि यदि मदर इन लॉ वहाँ आ जाएँ तो उनका काम आसान हो जाएगा। ओह माई गॉड! मैंने मन ही मन निश्चय किया कि मैं कभी इस पाप में भागी नहीं बनूँगा।

किन्तु, उन्हें बुरा भी न लगे और मैं इस पाप कर्म में भागीदार भी न बनूँ। अतः उनकी प्राइवेसी का हवाला देते हुए मैंने उन्हें समझाया,"उनके आने से कही आपकी प्राइवेसी और पीस डिस्टर्ब न हो जाये।"

कौशिक जी, "नहीं, सर! ऐसी कोई बात नहीं होगी। प्लीज, आप उनके आने का इंतजाम करा दीजिये।"

प्रशासनिक अधिकारी होने के कारण उन सीनियर सिटीजन के मेडिकल ट्रीटमेन्ट / केयर का हवाला देकर मैंने उनके माता-पिता को बेटे-बहु के घर जाने की अनुमति दिला दिया। बच्चों के पास जाने की खुशी से अभिभूत माँ-पिता सदृश उस वृद्ध दम्पत्ति ने मुझे दिल से दुआ दिया और शर्मा जी ने चमकती आँखों से धन्यवाद। लेकिन मेरा मन अभी भी आशंकित था।

दृश्य-2

परसों की बात है। मैं कक्षा आठ में पढने वाली अपनी छोटी बेटी लहर को फिजिक्स का प्रेशर टॉपिक पढ़ा रहा था। उसे मुझसे पढ़ना बहुत पसंद है ,क्योंकि मैं उसे किस्से-कहानी के माध्यम से पढ़ाता हूँ। लेकिन शायद उस दिन मेरा मन पढ़ाने में नहीं लग रहा था। मैंने निपटाने की गरज से उसे प्रेशर का फार्मूला रटा दिया $P = F / A$। अर्थात दबाव (प्रेशर) और क्षेत्रफल (एरिया) में व्युत्क्रमानुपाती संबंध होता है। पुस्तक में इस फार्मूले को एक कुली द्वारा अपने सिर पर कपडे की पगड़ी रखने के माध्यम से समझाया गया था कि पगड़ी की वजह से सामान के नीचे का क्षेत्रफल बढ़ जाता है,अतः उसे सामान का बोझ कम महसूस होता है।लेकिन मुझे पक्का पता था कि यह फार्मूला और दिया गया उदाहरण उसके दिल-दिमाग में अन्दर तक अपनी जगह नहीं बना पाया है, लेकिन शायद संकोचवश उसने मुझसे कुछ नहीं कहा और मैंने भी जानते-बूझते उस टॉपिक को वहीं पर यों समाप्त कर दिया, जैसे मानो एक काम पूरा हुआ।

दृश्य-3

कल कौशिक जी का फोन फिर से आया। मोबाईल पर उनका नम्बर देखते ही मेरा मन नकारात्मकता और आशंका से यों घिर आया, जैसे निरभ्र आकाश में डरावने-काले बादलों ने अचानक हमला बोलकर धूप की सत्ता हथिया कर अपना साम्राज्य स्थापित लिया हो।मुझे लगा कि अब वे बोलेंगे, "सर! सॉरी टू डिस्टर्ब यू अगेन। माँ-बाबूजी को वापस भेजना है।" लेकिन आशंका के विपरीत उनकी चहकती हुयी आवाज ने मेरे कानों में जैसे मिश्री घोल दिया ", सर ! बहुत- बहुत धन्यवाद। माँ-बाबूजी के घर आ जाने से पूरा माहौल खुशनुमा हो गया है। दरअसल पहले हम दोनों पति-पत्नी ऑफिस चले जाते थे और देर रात घर लौटते थे। रोजमर्रा की व्यस्तता में इतना समय एक साथ गुजारने का कभी समय ही नहीं मिला। सच मानिए तो शायद हम लोग इसके लिए यूज्ड टू ही नहीं थे। घर में रात-दिन रहते-रहते हमलोग एक दूसरे का चेहरा देख-देखकर और एक दूसरे की बात सुन-सुनकर पक से गये थे।

छोटी-छोटी बात पर भी झगड़ा होने लगा था किन्तु जबसे माँ-बाबू जी आये हैं, सब कुछ सरल सहज हो गया है। हम दोनों में आपस में जैसे ही कोई मतभेद हो तो अम्मा-बाबूजी बड़ी सहजता से मिनटों में उसे तुरन्त सुलझा देते हैं और मेरे छुटकु आकर्ष की बात तो बस पूछिये ही मत। कभी दादी से कहानियाँ सुनते हुए तो कभी दादाजी के साथ लूडो या कैरम खेलते हुए कब उसका खाना फिनिश हो जाता है, पता ही नहीं चलता। पूरा दिन उसका दादा-दादी के कमरे में बीतता है। आपका बहुत-बहुत धन्यवाद।" उनका धन्यवाद स्वीकार करते हुये मैंने भी उन्हें धन्यवाद दिया। वे चौंकते हुए बोले, " अरे! आप मुझे धन्यवाद क्यों दे रहे हैं? अहसान तो आपका है, मुझ पर।" मैनें बस इतना ही कहा, "आपने सेवा का मौका देकर मुझे पुण्य कमाने का जो अवसर दिया है, यह धन्यवाद उसके लिए है। " कृतज्ञता और खुशी से भीगे शब्दों में पुनः धन्यवाद देकर उन्होंने मुझसे विदा लिया। लेकिन सच पूछिये तो मेरे मन में कुछ और चल रहा था।

दृश्य-4

फोन कटते ही मैंने अपनी बिटिया को प्यार से बुलाकर बोला,"बेटा! उस दिन प्रेशर वाला टॉपिक क्लीयर नहीं हुआ था,न?" उसने बडी मायूसी से सहमति में सिर हिलाया। मैनें कहा कि चलो फिर से पढ़ते हैं। लेकिन पहले एक कहानी सुनी जाये। कहानी का नाम आते ही उसके चेहरे पर हंसी खिल आई।'तो चलो शुरू की जाए कहानी' मेरे यह कहते ही वह बोली,"हाँ,पापा! तुरंत शुरू कीजिए। मुझसे रहा नहीं जा रहा है।"

"ठीक है, ठीक है।" मैंने कहानी की शुरुआत किया, "आकर्ष अपने मम्मी-पापा के साथ फ्लैट में रहता था और उसके दादा-दादी उसी शहर में दूसरी जगह रहते थे। कोरोना वायरस के संक्रमण से बचने के लिये सरकार ने जब लॉकडाउन की घोषणा किया,तो सभी की तरह उसे और उसके मम्मी-पापा को भी घर के अन्दर रहना पड़ा। चूँकि यह बिल्कुल एक नयी तरह की चुनौती थी और इससे होने वाला दबाब भी बिल्कुल अलग किस्म का था। कोई भी इसके लिये मानसिक रूप से तैयार नहीं था। इसलिये मनोवैज्ञानिक रूप से आकर्ष की तरह के एकल परिवार के लोग अज़ीब सा स्ट्रेस महसूस करने लगे क्योंकि वे आपस में कितनी बात करते, कितना टी.वी. देखते। धीरे-धीरे उसके मम्मी-पापा में आपस में बेवजह की कहासुनी होने लगी, क्योंकि वे अपनी परेशानियाँ किसी और के साथ साझा नहीं कर सकते थें। सारा दबाब उन्हें खुद ही झेलना था लेकिन जब आकर्ष के मम्मी-पापा ने उसके दादा-दादी को अपने पास बुला लिया तो उन्हें लगा कि उन परेशानियों का दबाब कितना कम हो गया है। अब उस परिवार के सदस्यों की संख्या बढ़ गयी थी और सबने अचानक से उत्पन्न हुयी इस कठिन चुनौती को हँसी-खुशी मिल बाँटकर स्वीकार करते हुए जीना सीख लिया था। उसके मम्मी-पापा पर चुनौतियों का दबाव अब चार लोगों मे बँट गया और इस नई चुनौती का भारी भरकम बोझ उन्हें फूल सा लगने लगा था।"

लहर, "अच्छा! अब मैं समझ गयी कि यह कहानी क्या कहना चाहती है। आकर्ष के दादा-दादी के साथ आ जाने से इस परिवार का एरिया (क्षेत्रफल) बढ़ गया, जिससे फोर्स बँट गया और प्रेशर कम हो गया।"अरे वाह, इसे समझना कितना सरल था। थैंक्यू पापा।"

उसके थैंक्यू ने मुझे अन्दर तक प्यार से भिगो दिया। मुझे भी दो बातें इस प्रकरण से सीखने को मिली। माँ-बाप आप पर कतई दबाब या बोझ नहीं है, बल्कि आपके ऊपर पड़ने वाले सांसारिक दबाब को कम करते हैं। दूसरे, किताब की हर लाईन कुछ न कुछ कहती है। यदि उन्हें रट्टू तोते (Cramming) बनाने की जगह हम अपने बच्चों को कहानी या गेम के माध्यम से उन्हें पढाये, या समझायें तो कठिन से कठिन विषय भी सरल हो जाता है, जैसा'हिचकी' फिल्म में रानी मुखर्जी ने अपने स्टूडेन्ट्स को पढ़ाया था।

तुम्हारा दिया हुआ रूमाल

रूमाल मेरे लिए सूती का कोई मामूली कपड़ा नहीं बल्कि तुम्हारा महकता हुआ अहसास है। जानती हो! रोज ऑफिस जाते समय मुझे तुम जो प्रेस किया हुआ एक साफ सुथरा रुमाल देती हो वह पूरे दिन मेरे साथ तुम्हारे होने का आभास कराता रहता है। ऑफिस में जब थकान से पसीने की बूँदें मेरे चेहरे पर तिरने लगती हैं तो वह तुम ही हो जो हौले से उन बूँदों को अपने दामन में सोख कर मुझे फिर से तरोताजा कर देती हो। जब इसकी ऊपरी तह थोड़ी गीली और मटमैली हो जाती है तो मैं धीमे से उसकी अगली तह खोलता हूँ, इस पुरकशिश यकीन के साथ कि एक नई महकती उजली तह के रूप में तुम मुस्कुराते हुये मेरा हाथ थामने जरूर आओगी,मेरी तमाम चिंताओं, परेशानियों को हर लेने के लिए इसकी हर खुलती हुई नयी तह मेरे दिल को वही गुलाबी भीना - भीना सा अहसास दिलाती है, जब बरसों पहले मेरी जिंदगी में बसन्ती बहार बनकर तुमने दस्तक दिया था और मेरा जीवन महक उठा था।

एक राज की बात बताता हूँ, दिन तमाम होने के कगार पर आने के बावजूद भी मैं तुम्हारे दिए हुए रुमाल का वह अंतिम साफ तह नहीं खोलता। मैं उस अनछुये अंतिम तह को बड़े जतन से सुरक्षित रखता हूँ क्योंकि मैं तुम्हें कभी खोना नहीं चाहता।

मुझे पता है कि हर अगली चमकीली सुबह को धुले प्रेस किये हुये एक रूमाल के रूप में तुम एक सूती कपडा नहीं वरन् अपने को ही मुझे सौंप देती हो जिसकी हर तह तुम्हारी दुआओं और प्यार के इत्र से नहायी रहती है। धूल-पसीना न होते हुए भी चेहरा साफ करने के बहाने तुम्हारे दिए हुए रुमाल को जेब से निकाल अपने नजदीक लाकर मैं तुम्हारी खुशबू महसूस कर लेता हूँ।

तुम्हारा दिया हुआ रुमाल मेरे लिए सूती का एक मामूली कपड़ा नहीं बल्कि तुम्हारी शुभ्र सुवासित प्रतीति है।

किस्सागोई

सौरभ के घर में कहानी सुनाने की एक परंपरा है। सौरभ अपनी माँ से और उसकी माँ नानी से कहानी सुनते आये हैं और इसी परंपरा का सहर्ष निर्वाह करते हुए सौरभ भी अपनी दोनों बेटियों को रोज सोते समय कोई न कोई कहानी सुनाता है। कल रात को सोते समय उसकी बड़ी बिटिया उससे बोली," पापा आज मैं आपलोगों को कथासरित्सागर की एक कहानी सुनाऊँगी।"

इस कहानी में शब्दों का संयोजन उसने यद्यपि इसके मूल शब्दों से थोड़ा भिन्न आज की भाषाशैली के अनुरूप किया परंतु कि,स्सागोई की इसी सहज शैली के कारण यह खूब सरस व रोचक बन गया था।

कल जब सौरभ को उसकी बिटिया कहानी सुना रही थी तो अपनी आत्मकथा "रसीदी टिकट" में अमृता प्रीतम की लिखी वह पंक्ति उसे याद आ गई "कुछ बीज न जाने कैसे होते हैं कि एक बार लहू-माँस में उग जाये तो चाहे कैसी ही आँधियाँ आए, कैसा भी सूखा पड़ जाए, उनके पत्ते झड़ जाएँ, टहनियाँ टूट जाए पर वे जड़ों से नहीं उखड़ते।"

लफ्जों से बुनी कहानियों के संसार के एक पीढ़ी से दूसरी पीढ़ी में हस्तांतरण को देखकर खुशी हुई कि डिजिटल एंटरटेन्मेन्ट के इस दौर में भी क़िस्सागोई की कला एवं उसके माध्यम से हमारे सामाजिक धरोहर अभी पीढ़ियों तक सुरक्षित रहेंगे।

कस्टमाईजेशन ऑफ आवर बेटर-हॉफ्स फॉर ऑवरसेल्फ

ईश्वर ने हमें जानबूझकर परफेक्ट अथवा सम्पूर्ण नहीं बनाया है, अन्यथा हम उसकी सत्ता को भी चुनौती देने लगतें। उसने हमें आधा बनाकर छोड़ दिया, शरीर नहीं वरन् मन के सूक्ष्म धरातल पर और बोला, "कुछ भी करो, ढूँढ लो अपना 'Remaining Half' और वह तुम्हारे 'Present Half' से अच्छी होगी, क्योंकि उसे पाने में तुम्हें अनगिनत स्वेद-मुक्तायें बहानी होंगी।"

यों बनती है आपकी बेटर-हाफ । लेकिन कुछ दिनों के हनीमून-पीरियड के बाद हम उसमें ढूँढने लगते हैं -'बेस्ट हाफ' और यहीं से गड़बड़ी शुरु हो जाती है। दूसरों की बेटर- हाफ से अपने बेटर-हाफ की तुलना करने के चक्कर में अपनी जिन्दगी और गृहस्थी का सहज-स्वाभाविक संतुलन बिगड़ने लगता है । जबकि आपको शायद तनिक भी गुमान नहीं कि आपकी'बेटर-हाफ' ने आपके अनुरूप अपने-आपको कस्टमाइज करने में क्या-क्या नहीं सहा है, और उसके अंदर आज भी बसती है एक बच्ची, एक अल्हड़ किशोरी, एक विवाहोत्सुक युवती, नई दुनिया की जिम्मेदारी उठाने वाली नववधू और सबसे ज्यादा एक स्वाभिमानी वामा जो आपके सपनों को पूरा करने के लिये अपना सर्वस्व त्याग कर देती है।

चाय के साथ रिश्तों का रास्ता

चाय पीने से रंग काला हो जाता है, यह वाक्य बचपन मे सभी बच्चों को उनकी मम्मियाँ सुनाती-समझाती हैं और बच्चे चाय नहीं पी पातें। फिर पता नहीं बच्चे कब बड़े हो जाते हैं और किस घड़ी वे चाय पीना शुरू कर देते हैं। चाय के लिये मना करने वाली वही माँ बड़े हो चुके उस बच्चे के लिये अदरक-काली मिर्च वाली चाय बनाने लगती है, रात की पढ़ाई के लिये चाय बनाकर थरमस मेज पर रख देती है। पंख फैलाकर उड़ते उस बच्चे के कुछ और बड़ा हो जाने पर घर मे दुल्हन आ जाती है और सुबह की शुरूआत'मार्निंग टी' और शाम का'स्वागत चाय' के गरमागरम प्याले से होने लगता है। एक कप चाय शेयर करने के बहाने दोस्तों से फुरसत के कुछ क्षण साझा होने लगते हैं। कोई रिश्ता बासी हो रहा है, तो चाय से ताजा कर लिया जाता है।

चाय से चेहरे का रंग पता नहीं साँवला या काला पड़ता है या नहीं, पर चाय से रिश्तों का रंग जरूर निखरता है। चाय से रिश्तों का रास्ता बनता है। अपनों के साथ चाय पीयें, कुछ पल अपनों के साथ साझा करें।

इटिंग टूगेदर, बीटिंग द स्ट्रेस

दस्तरखान, चटाई या पीढ़े पर बैठकर एक साथ खाने का रिवाज शहरी जीवन की आपाधापी के कारण बहुत कम हो गया है। सुबह का'नाश्ता' और दोपहर का'लंच' तो इस शहरी जीवन की भेंट पहले ही चढ़ चुके थें। किन्तु, रात का'डिनर' अपने पर अभी भी इतराया करता था कि देखो! मेरी ताकत, मैं सबको जोड़े हुआ हूँ। नजर तो इसे भी लगनी थी। ऐसा ही अनिष्ट हुआ और हमारे घरों के ड्राइंग रूम में टेलीविजन तथा हाथों मे मोबाईल फोन का आगमन हुआ, जिन्होंने ईस्ट इंडिया कम्पनी की तरह हमारे सम्पूर्ण जीवन को अपना गुलाम बना लिया। नतीजतन दस्तरखान एवं चटाई की जगह ले चुके'डायनिंग टेबल' पर एक साथ बैठकर भी हम एक-दूसरे से ही नहीं भोजन से भी बेगाने हो गयें। एक-दूसरे से एक और रोटी ले लेने की मनुहार, उँगलिया चाटते हुए कोफ्ते की सब्जी की ग्रेवी की तारीफ, पास बैठे भाई-बहन की प्लेट से चुपके से स्वीट डिश उड़ा ले जाना इतिहास के पन्नों में बिसर गये, रह गया तो बस'सीरियल खत्म हो गया' या'मोबाईल का टाईम खत्म' होने की एनाउसमेन्ट और यंत्रवत् अपने-अपने कोनों में समा जाने की रूटीन कवायद। आइये, गुम हो रहे इन खूबसूरत पलों को पूरी ताकत से फिर से वापस ले आयें, चुहलबाजी और मनुहार को जिन्दा कर दें। खाना साथ खायें और उस वक्त सारे इलेक्ट्रानिक्स गैजेट्स हटाकर अपनों के साथ खाने पर ध्यान दें। यकीन कीजिये, आपके खाने का जायका भी बढ़ जायेगा और आपसी प्रेम भी।

हाथों का रिश्ता

बचपन में हम कहीं भी बाहर जाते समय चाहे हाट-बाजार हो या मेला हम माता-पिता का हाथ पकड़कर चलते थे। उनका हाथ कहीं छूट न जाए और हम मेले में खो न जाएँ इस भय से हम कस कर उनका हाथ पकड़े रहते थें। पर जैसे-जैसे हम बड़े होते गए धीरे-धीरे हाथ का यह रिश्ता टूटने लगा। हम अपने आप को बड़ा और स्वतंत्र समझने लगें। हम किसी खास अवसर पर भी उनका हाथ पकड़ने में झिझकने लगें। उनका हाथ अपने हाथ में लेने में स्टेटस सिंबल आड़े आने लगा। अब पाश्चात्य सभ्यता की नकल करते हुए हम डिफरेन्ट ओकेजन पर उन्हें विश करते हैं और ब्लेसिंग लेते हैं। इस तरह हाथों का यह रिश्ता मुरझाते-मुरझाते लगभग सूख सा जाता है। लेकिन कहते हैं ना कि बुझने से पहले दिये की रोशनी एक बार तेज होती है। ऐसा ही इस रिश्ते में भी होता है। माता-पिता जब जीवन के अंतिम पड़ाव में होते हैं तो फिर वही बचपन दुबारा जाग उठता है और हम उनकी ठंडी होती हथेलियों को अपनी हथेलियों में लेकर उन्हें रगड़कर उनमें प्राण फूँकने का प्रयास करते हैं। यहाँ पर वह बच्चे और हम उनके प्यारे संरक्षक माँ-बाप बन जाते हैं। लेकिन अब तक बहुत देर हो चुकी होती है।

आइए! इसके पहले कि जिंदगी यह यू-टर्न ले, हम हाथों के इस रिश्ते को पुनर्जीवित कर दें। माता-पिता और संतान की इस अनूठी पहचान को खाद-पानी देकर एक बार फिर से लहलहाने का मौका दें और गर्व से कहें कि हमारे पैरेन्ट्स हमारी शान हैं और हम उनके प्यारे हस्ताक्षर।

अक्रोधेन जयेत् क्रोधम्

जैन पुराण की कथा है कि एक बार बलदेव, वासुदेव और सात्यिक - ये तीनों बिना किसी सेवक या सैनिक के वन में भटक गये। बात यह थी कि तीनों के घोड़े शीघ्रगामी थे। वे नगर से सेवक-सैनिकों के साथ ही निकले थे, किन्तु इनके घोड़े बहुत आगे निकल गये, सैनिक पीछे रह गये। घर वन में सैनिकों से ये पृथक् हो गये। संध्या तो कब की बीत चुकी थी, रात्रि का अन्धकार फैल रहा था। अब न आगे जाना सम्भव था और न पीछे लौटना। एक सघन वृक्ष के नीचे रात्रि-विश्राम करने का निश्चय हुआ। घोड़े बाँध दिये गये और उन पर कसी जीन भूमि पर उतार दी गयी।

रात्रि का प्रथम आधा प्रहर बीत चुका था। अन्तिम आधे प्रहर से पूर्व तो तीनों को ही प्रातः कृत्य के लिये उठ ही जाना था। बात केवल तीन प्रहर व्यतीत करने की थी। निश्चय हुआ कि बारी-बारी से एक-एक व्यक्ति जगते हुए रक्षा का कार्य करे और शेष दो निद्रा लें। पहले सात्यिक को रक्षा का काम करना था। जब बलदेव और वासुदेव सो गये, तब वहाँ एक भयंकर पिशाच प्रकट हुआ। वह सात्यकि से बोला -'मै तुम्हें छोड़ दूँगा, इन दोनों का भक्षण कर लेने दो।'

सात्यिकि ने उसे डाँटा -'प्राण बचाना हो तो भाग जा यहाँ से। तनिक भी इधर-उधर की तो कचूमर निकाल दूँगा।' पिशाच ने लाल-लाल आँखें निकालीं -'तू नहीं मानता तो आ जा!'

पिशाच और सात्यिक भिड़ गये। परंतु सात्यिक जितना ही क्रोध करते थे, पिशाच का आकार और बल उतना ही बढ़ता जाता था। उस पिशाच से सात्यकि का शरीर छिल गया। उनका मुख तथा घुटने सूज गये।

युद्ध करते हुए जब एक प्रहर हो गया, पिशाच स्वयं अदृश्य हो गया। सात्यकि ने बलदेव जी को जगा दिया और स्वंय सो गये। परंतु सात्यकि के निद्रामग्न होते ही पिशाच फिर प्रकट हुआ। बलदेव जी से भी उसने पहले के समान बातें कीं और उनसे भी उसका द्वन्द्वयुद्ध होने लगा। पूरे एक प्रहर द्वन्द्वयुद्ध चला। पिशाच का बल और आकार बढ़ता ही जाता था। बलदेवजी को भी उसने भरपूर तंग किया।

रात्रि के पिछले भाग में वासुदेव उठे। बलदेव जी के निद्रित हो जाने पर जब पिशाच प्रकट हुआ और वासुदेव को उसने निद्रित लोगों को छोड़कर चले जाने को कहा, तब वे बोले -'तुम अच्छे आये। तुम्हारे साथ द्वन्द्वयुद्ध करने में एक प्रहर मजे से बीतेगा। न निद्रा आयेगी और न आलस्य।'

पिशाच वासुदेव से भी भिड़ गया। परंतु इस बार उसकी दुर्गति होनी थी। वह जब दाँत पीसकर घूँसे या थप्पड़ चलाता था, तब वासुदेव हँस उठते थे -'ओह, तुम अच्छे वीर हो! तुममें उत्साह तो है।' इसका परिणाम यह होता था कि पिशाच का बल बराबर घटता जाता था और उसका आकार भी छोटा होता जा रहा था। अन्त में तो वह एक छोटे कीड़े जितना ही रह गया। वासुदेव ने उसे उठाकर पटुके के छोर में बाँध लिया।

प्रातःकाल तीनों उठे। सात्यकि का मुख और घुटना इतना फूला था, उसे देखते ही वासुदेव ने पूछा -'तुम्हें क्या हो गया है?'

सात्यकि ने पिशाच की बात बतलायी। उसकी बातें सुनकर बलदेव बोले -'ओह! बड़ा भयंकर पिशाच था वह। मुझे भी उसने बहुत तंग किया।'

वासुदेव ने पटुके के कोने से खोलकर पिशाच को आगे रख दिया और बोले -'यह रहा पिशाच! आप लोगों ने इसे पहचाना ही नहीं। यह तो क्रोध है। जितना क्रोध आप करते गये, उतना यह बढ़ता और बलवान् होता गया। यही इसका स्वरूप है। क्रोध न किया जाय तो इसका बल और विस्तार सब समाप्त हो जाता है।'

शीलवती की बुद्धिमत्ता

नदी के किनारे बसे किसी नगर में एक वणिक्-कुटुम्ब निवास करता था। उस परिवार में चार जन थे - ससुर-सास और पुत्र-पुत्रवधू। पुत्र का नाम था अजितसेन और बहू का नाम था शीलवती। अजितसेन व्यापार के सिलसिले में प्रायः बाहर आता-जाता था और शीलवती घर पर सास-ससुर की सेवा में रहती हुई अपना नाम चरितार्थ करती थी।

एक दिन शीलवती आधी रात के बाद खाली घड़ा लेकर घर से बाहर गयी और बहुत देर बाद वापस लौटी। उसके ससुर को जब इस बात का पता चला तो उसे अपनी पुत्रवधू शीलवती के चरित्र पर शंका हुई। उसने विचार किया कि पुत्र आजकल बाहर गया हुआ है और बहू का यह आचरण आपत्तिजनक है। इससे मेरा पवित्र कुल कलंकित हो जायेगा। अतः दुश्चरित्र बहू को घर में रखना ठीक नहीं है। उसने अपनी पत्नी से इस बारे में परामर्श किया और उसकी सहमति पाकर बहू को रथ में बैठाकर स्वयं हाँकते हुए उसे नैहर पहुँचाने चल पड़ा। मार्ग में एक छोटी नदी आयी। ससुर ने पुत्रवधू से कहा -'तुम रथ से उतरकर जूते उतारकर नदी पार करो।' किंतु शीलवती ने जूते नहीं उतारे और पहने ही नदी पार कर गयी। ससुर ने विचार किया कि यह दुश्चरित्र होने के साथ ही अविनीत भी है।

आगे चलने पर मार्ग के किनारे एक बड़ा खेत मिला, जिसमें खूब फली हुई मूँग की फसल लहलहा रही थी। ससुर ने किसान के भाग्य की प्रशंसा करते हुए कहा -'देखो, यह खेत कितना अच्छा फला है। खेत का मालिक इससे खूब मुनाफा कमायेगा।' शीलवती ने कहा -'आपकी बात तो ठीक है, किंतु यदि यह जंगली जानवरों से खाया न जाय तो।' ससुर को बहू की बात अटपटी लगी -'कैसी बेतुकी बातें करती है? मालिक रखवाली तो करता ही होगा।' कुछ देर तक दोनों चुपचाप चलते रहे। कुछ दूर रास्ता तय करने के बाद वे एक नगर में पहुँचे। वहाँ के लोगों को आनन्दमग्न देखकर ससुर के मुँह से निकला -'देखो, यह नगर कितना सुन्दर है!' शीलवती ने कहा -'आपकी बात तो ठीक है, परंतु यदि इसे उजाड़ा न जाय तो।' ससुर अपनी बहू की बकवास से मन-ही-मन कुपित हुआ। कुछ दूर आगे चलने पर एक कुलपुत्र दिखायी पड़ा। ससुर ने उसकी प्रशंसा करते हुए कहा -'यह तो बहुत शूरवीर लगता है।' शीलवती तत्काल बोल पड़ी -'यदि कहीं पीटा न जाय तो।'

कुछ दूर आगे चलने पर ससुर रथ रोककर एक वटवृक्ष के नीचे विश्राम करने बैठ गया। शीलवती बरगद से दूर हटकर जा बैठी। ससुर सोचने लगा कि यह हमेशा उलटा ही बात-व्यवहार करती है। कुछ देर विश्राम करने के पश्चात् वे आगे बढ़े तो शीलवती का

ननिहाल आया। इस गाँव में प्रवेश करते ही बीच-रास्ते में शीलवती का मामा मिल गया। वह शीलवती को देखकर बहुत प्रसन्न हुआ और दोनों को आदरपूर्वक अपने घर ले गया। वहाँ भोजन करने के पश्चात् शीलवती का ससुर अपने रथ में ही लेट गया। ससुर को रथ में लेटा देखकर शीलवती भी घर के अन्दर नहीं गयी, अपितु रथ की छाया में ही बैठ गयी। इसी समय घर के बगल में उगे बबूल के पेड़ पर बैठकर एक कौवा काँव-काँव करने लगा। लगातार काँव-काँव की आवाज सुनकर शीलवती कहने लगी -'अरे! तू थकता क्यों नहीं? एक बार पशु की बोली सुनकर कार्य करने से तो मुझे घर से निकाला जा रहा है। अब तुम्हारी बोली के अर्थ के अनुसार कार्य करके एक नयी आफत मोल लूँ? कल आधी रात के समय गीदड़ की आवाज सुनकर मैं नदी के किनारे गयी और वहाँ जल में उतराये मुर्दे के शरीर से बहुमूल्य आभूषण उतारकर घर ले आयी। उसके दण्डस्वरूप मेरे ससुर मुझे घर से निकाल रहे हैं। अरे कौवे! अब तू कह रहा है कि इस बबूल के पेड़ की जड़ के पास बहुत सारा सोना गड़ा हुआ है। तो क्या इसे निकालकर फिर एक नयी विपत्ति मोल लूँ?'

शीलवती का ससुर इस बात को सुनकर बहुत प्रसन्न हुआ और जाकर बबूल की जड़ के पास खोदकर सारा सोना ले आया तथा बहू की बड़ाई करने लगा। वह उसे रथ में बैठाकर वापस घर की ओर ले चला। मार्ग में उसने बहू से पूछा कि तुम बरगद की छाया में क्यों नहीं बैठी? शीलवती ने उत्तर दिया कि'वृक्ष की जड़ में सर्प का भय रहता है और ऊपर से चिड़ियाँ भी बीट करती हैं। इसलिये दूर बैठना ही बुद्धिमानी है।' फिर कुलपुत्र के बारे में पूछने पर उसने बताया कि वास्तविक शूर वही होता है, जो कि पहले प्रहार करता है और वह प्रहार खाली नहीं जाता। इसी प्रकार उसने नगर के सम्बन्ध में बताया कि जिस नगर के लोग आगन्तुक अतिथियों का स्वागत नहीं करते, उसे वस्तुतः नगर नहीं कहा जाता। नदी पार करने के सम्बन्ध में उसने कहा -'नदी में विषैले जीव-जन्तुओं का भय होता है और पेंदी में कंकड़-पत्थर तथा काँटे होते हैं, जो नंगे पाँव में चुभ सकते हैं। अतः जूते पहनकर पार करने में ही सुरक्षा है। इसीलिये मैने जूते नहीं उतारे।'

शीलवती की बुद्धिमत्ता से उसका ससुर बहुत प्रसन्न हुआ और उसमें उसे आदर्श गृहिणी के सभी गुण प्रकट दिखायी दिये। उसने शीलवती की प्रशंसा करते हुए उसे घर की मालकिन बना दिया।

धैर्य बिना विद्या नहीं आती

जापान देश के एक शहर में माताज़ुरो नाम का एक व्यक्ति रहता था। उसका पिता बहुत बड़ा तलवारबाज था। उसे लगता था कि माताज़ुरो अच्छा तलवारबाज नहीं बन सकता, इसलिये उसने अपने पुत्र को घर से निकाल दिया। बेघर माताज़ुरो बाँजो नामक प्रसिद्ध तलवारबाज के पास गया और उससे तलवारबाजी सिखाने को कहने लगा। बाँजो ने उसे देखा और कहा-'तलवार चलाने के लिये कठिन परिश्रम की आवश्यकता होती है।' माताज़ुरो ने कहा -'यदि परिश्रम करूँ तो प्रवीण तलवारबाज बनने में मुझे कितना समय लगेगा?''तुम्हारी पूरी जिन्दगी' - बाँजो ने कहा।'यदि मैं और ज्यादा परिश्रम करूँ तो मुझे कितना समय लगेगा?''लगभग दस साल' - बाँजो ने कहा। माताज़ुरो ने कहा -'मेरे पिता वृद्ध हो रहे हैं। मुझे उनकी देखभाल भी करनी होगी। यदि मै और मेहनत करूँ तो कितने साल लगेंगे?''तीस साल' - बाँजो बोला।'ऐसा कैसे हो सकता है?' पहले आपने दस साल कहा और अब तीस साल बोल रहे हो। मुझे तो कम से कम समय में ही तलवारबाजी में पारंगत होना है। बाँजो बोला -'मैंने तुम्हें तीस साल इसलिये कहा; क्योंकि तुम्हारी तरह जल्दबाजी करने वाले लोगों को परिणाम शीघ्र नहीं मिला करते।' यह सुनकर माताज़ुरो ने कहा -'आप जैसा कहेंगे, मैं वैसा ही करूँगा।' बाँजो ने कहा - 'तुम तलवारबाजी सीखने की बात अपने दिमाग से निकाल दो और मेरे घर का काम करना सीख लो।'

अगले दिन से माताज़ुरो दिनभर बाँजो की सेवा में खटने लगा। वह उनके घर का सारा काम करता। उसने तलवार नाम लेना भी छोड़ दिया। वह तलवारबाजी सीखने वालों को देखता और उदास हो जाता। एक दिन माताज़ुरो रसोई के काम में व्यस्त था, तभी पीछे से बाँजो दबे-पाँव आया और लकड़ी की तलवार से उसपर वार किया। लेकिन माताज़ुरो ने वह वार रोक लिया। उस दिन से बाँजो ने उसे तलवारबाजी सिखाना शुरू किया। देखते-ही-देखते माताज़ुरो तलवारबाजी में निपुण हो गया।

एक दिन माताज़ुरो ने बाँजो से पूछा -'आपने पहले मुझे तलवारबाजी सिखाने से मना क्यों किया?' बाँजो ने कहा -'उस समय तुम पर कम-से-कम समय में तलवारबाजी में निपुण होने का जुनून था। जिस तरह कई दिनों का भोजन एक दिन में नहीं किया जा सकता, उसी तरह कई दिनों का परिश्रम कम समय में करके किसी भी शिक्षा में निपुण नहीं हुआ जा सकता है।'

घर में ही वैरागी

चक्रवर्ती भरत के जीवन की एक घटना है कि एक दिन एक विप्र देव ने उनसे पूछा -'महाराज! आप वैरागी हैं तो फिर महल में क्यों रहते हैं? आप महल मे रहते हैं तो वैरागी कैसे? माया-विकार एवं वासना के मध्य आप किस तरह वैरागी हैं? क्या आपके मन में कोई पाप, विकार और वासना के भान नहीं आते?' चक्रवर्ती भरत ने कहा -'विप्रदेव! तुम्हें इसका समाधान मिलेगा, किंतु पहले तुम्हें मेरा एक कार्य करना होगा।' जिज्ञासु ने कहा -'कहिये, महाराज! आज्ञा दीजिये। हम तो आपके सेवक हैं, और आपकी आज्ञा का पालन करना हमारा कर्तव्य है।'

भरत ने कहा -'यह पकड़ो तेल से लबालब भरा कटोरा। इसे लेकर तुम्हें मेरे अन्तःपुर में जाना है, जहाँ मेरी अनेक रानियाँ हैं, वे सज-धजकर तैयार मिलेंगी, उन्हें देखकर आओ और बताओ कि मेरी सबसे सुन्दर रानी कौन-सी है?'

भरत की बात सुनकर जिज्ञासु बोला -'महाराज! आपकी आज्ञा का पालन अभी करता हूँ। अभी गया और अभी आया।' तब भरत बोले -'भाई! इतनी जल्दी न करो। पहले पूरी बातें सुन लो। तुम्हें अन्तःपुर में जाना है -

- पहली बात - सबसे अच्छी रानी का पता लगाना है।
- दूसरी बात - लबालब तेल भरा कटोरा हाथ में ही रखना है।
- तीसरी बात- तुम्हारे पीछे दो सैनिक नंगी तलवारें लेकर चलेंगे और यदि रास्ते में तेल की एक बूँद भी गिर गयी, तो उसी क्षण ये सैनिक तुम्हारी गरदन धड़ से अलग कर देंगे।'

वह व्यक्ति चला। हाथ में कटोरा है, और पूरा ध्यान कटोरे पर। एक-एक कदम फूँक-फूँककर रख रहा है। अन्तःपुर में प्रवेश करता है। दोनों तरफ रूप की राशि रानियाँ खड़ी हैं। पूरे महल में मानो सौन्दर्य छिटका हुआ है। कहीं संगीत, तो कहीं नृत्य चल रहा है, लेकिन उस साधक का मन कटोरे पर अडिग है। चलता गया, बढ़ता गया और देखत-ही-देखते पूरे अन्तःपुर की परिक्रमा लगाकर चक्रवर्ती भरत के पास वापस आ पहुँचा। पसीने से तर-ब-तर था। बड़ी तेजी से हाँफ रहा था। चक्रवर्ती भरत ने पूछा -'बताओ, मेरी सबसे सुन्दर रानी कौन-सी है?' जिज्ञासु बोला -'महाराज! आप रानी की बात करते हैं। कैसी रानी? कहाँ की रानी? किसकी रानी? कोई रानी-वानी नहीं दिख रही थी। मुझे तो कटोरे में अपनी मौत दिख रही थी। सैनिकों की चमचमाती नंगी तलवारें दिख रही थीं।'

'वत्स! बस यही तुम्हारी जिज्ञासा का समाधान है, तुम्हारे सवाल का जवाब है।'

जैसे तुम्हें अपनी मौत दिख रही थी, रानियाँ नहीं, रानियों का रंग-रूप-सौन्दर्य नहीं और इस बीच रानियों को देखकर तुम्हारे मन में कोई पाप, विकार नहीं उठा, वैसे ही मैं भी हर-पल अपनी मृत्यु को देखता हूँ। मुझे हर-पल मृत्यु की पद-चाप सुनायी देती है और इसलिये मैं इस संसार की वासनाओं के कीचड़ से ऊपर उठकर कमल की तरह खिला रहता हूँ। राग-रंग में भी वैराग की चादर ओढ़े रहता हूँ। इसी कारण माया एवं वासना मुझे प्रभावित नहीं कर पाती।

सबसे पहले कर्तव्य

एक बार बुद्ध किसी गाँव में अपने एक किसान भक्त के यहाँ गये। शाम को किसान ने उनके प्रवचन का आयोजन किया। बुद्ध का प्रवचन सुनने के लिये गाँव के सभी लोग उपस्थित थे। लेकिन वह भक्त कहीं दिखायी नहीं दे रहा था। गाँव के लोगों में काना-फूसी होने लगी कि कैसा भक्त है कि प्रवचन का आयोजन करके स्वयं गायब हो गया? प्रवचन खत्म होने के बाद सब लोग घर चले गये। रात में किसान लौटा। बुद्ध ने पूछा -'कहाँ चले गये थे? गाँव के सभी लोग तुम्हें पूछ रहे थे।'

किसान ने कहा -'दरअसल प्रवचन की सभी व्यवस्था हो गयी थी, पर तभी मेरा बैल बीमार हो गया। पहले तो मैंने घरेलू उपचार करके उसे ठीक करने की कोशिश की, लेकिन जब उसकी तबीयत अधिक खराब होने लगी तो पशु-चिकित्सक के पास ले जाना पड़ा। अगर नहीं ले जाता तो वह नहीं बचता। इसीलिये मैं आपके प्रवचन के समय उपस्थित नहीं रह सका।'

अगले दिन सुबह जब गाँव वाले पुनः बुद्ध के पास आये तो उन्होंने किसान की शिकायत करते हुए कहा -'वह तो आपका भक्त होने का दिखावा करता है। प्रवचन का आयोजन कर स्वयं ही गायब हो जाता है।'

बुद्ध ने उन्हें पूरी घटना सुनायी और फिर समझाया कि प्रवचन सुनने की जगह कर्म को महत्व देकर उसने यह सिद्ध कर दिया कि मेरी शिक्षा को उसने ठीक ढंग से समझा है। उसे अब मेरे प्रवचन की आवश्यकता नहीं है। मैं यही तो समझाता हूँ कि अपने विवेक और बुद्धि से सोचो कि कौन-सा काम पहले किया जाना चाहिये और कौन-सा बाद में। यदि किसान बीमार बैल छोड़कर मेरे प्रवचन सुनने की प्राथमिकता देता तो दवा के बगैर बैल के प्राण निकल जाते। इसके बाद तो मेरा प्रवचन देना ही व्यर्थ हो जाता। मेरे प्रवचन का सार यही है कि सब कुछ त्यागकर प्राणी मात्र की रक्षा करो।

माँ कैसे बनोगी?

यह दन्तकथा सैकड़ों साल पुरानी है। एक बार एक स्त्री को माँ बनने की बहुत इच्छा हुई। वह मन्दिर में गयी और हाथ जोड़कर ईश्वर से बोली - "भगवन् ! मैं कब माँ बन सकूँगी?" तभी भगवान् ने कहा - "तुम जल्दी ही माँ बन सकती हो। घर जाओ ! हाँ, याद रखना कि यदि रास्ते में कोई बच्चा तुम्हारी ओर आये तो उसे प्यार से आने देना। फिर उसे सहलाते हुए गोद में लेना। यदि तुम्हारे पास कुछ खाने को हो तो उसे अवश्य देना।"

ईश्वर के वचन सुनकर स्त्री बहुत खुश हुई और घर को चल दी। रास्ते में ही उसकी बहन का घर था। वह उसी रास्ते पर चल दी। जब वह बहन के आँगन के पास पहुँची तो देखा कि कुछ बच्चे आपस में ही खेल रहे थे। उनमें से एक छोटा बच्चा गन्दे कपड़ों में कीचड़ से सना उसकी ओर आया और उसका कपड़ा पकड़ने लगा। स्त्री ने जल्दी से उसका हाथ हटाया। तभी उसकी बहन घर से बाहर आ गयी। उसने उस बच्चे को प्यार से उठाया और भीतर ले गयी। बच्चा उसकी गोद में जाकर मुस्कुराने लगा। बहन ने उसे खाना खिलाया और एक गिलास पानी पिलाया। बच्चा हँसते हुए गोदी से उतरा और खेलने चल दिया। यह सब देखकर स्त्री को अच्छा नहीं लगा। वह सीधे अपने घर चल पड़ी।

काफी लम्बा समय बीत गया। स्त्री माँ बनने का इन्तजार करती रही। पर ऐसा कुछ हुआ नहीं। एक दिन उसने सोचा कि वह फिर से मन्दिर में जाकर ईश्वर से पूछे कि माँ बनने में और कितना समय लगेगा। वह उसी मन्दिर में गयी और मूर्ति के सामने हाथ जोड़कर बोली - "ईश्वर! मुझे माँ बनने में और कितना समय लगेगा? मैं तो अभी तक माँ नहीं बनी।" ईश्वर ने जवाब दिया - "हाँ, यह सच है कि मैंने तुमसे माँ बनने की बात कही थी। इसके साथ ही मैंने तुमसे एक दूसरी बात भी कही थी, जो तुमने पूरी नहीं की। तुम्हें याद है, जब तुम्हारे पास कीचड़ में सना बच्चा आया था, क्या तुमने उसे प्यार दिया? गोदी में लिया या खाना खिलाया था? जब तुम बच्चों को अच्छा ही नहीं मानती हो तो माँ कैसे बनोगी? कहकर भगवान् चुप हो गये।"

स्त्री वहाँ से तुरन्त उठी और खाली हाथ घर चल दी। वह अपने जीवन में माँ तो नहीं बन सकी, पर उसे माँ की ममता के महत्व का रहस्य ज्ञात हो गया था।

प्रतिकूलता में संतुलन साधना

सुकरात की पत्नी कर्कश स्वभाव की थी। पति को भी परमार्थ कार्यों से रोकती और जो मिलने आतें, उन्हें भी कोसती। सोचती इसमें लाभ नहीं होता, घाटा पड़ता है।

एक दिन सत्संग गोष्ठी चल रही थी। पत्नी ने छत पर से उन सबके ऊपर गंदा पानी उलीच दिया और उन सबको गंदी-गंदी गालियाँ सुनाई। वातावरण में आक्रोश पनपा। आगंतुकों ने इसे अपमान माना। सुकरात ने सूझबूझ से काम लिया। उन्होने क्रोध को विनोद मे बदला। हँसते हुए कहा, "आज वह किंवदंती मिथ्या हो गई, जिसमें कहा जाता है कि जो गरजते हैं वे बरसते नहीं, आज तो गरजना-बरसना साथ-साथ हो रहा है।" क्रोध, हँसी में बदल गया। गीले कपड़ें सुखाने के लिए डाल दिए गयें और विचारगोष्ठी फिर उसी संतुलित वातावरण मे चलने लगी। चलते समय सुकरात ने सिखाया, "प्रतिकूलता में भी संतुलन बना लेना दूरदर्शिता की कसौटी है।" उनके इसी गुण के कारण उनका दाँपत्य जीवन अच्छी तरह निभा। पत्नी ने क्रमशः अपने को सुधारा एवं एक आदर्श आर्धांगिनी बनकर रहीं।

हमारी गलत चालें भगवान् की नजर में

यहूदी सन्त सिम्शा बुनेन अपने पड़ोसी के पापपूर्ण जीवन को देखकर बहुत दुखी होते थे। उनके पड़ोसी को शतरंज का शौक था। एक बार सन्त बुनेन ने उसे शतरंज खेलने के लिये अपने घर बुलाया। खेल के दौरान उन्होंने जान-बूझकर एक गलत चाल चली और जब वह व्यक्ति उनके मोहरे को मारने लगा तो सन्त बुनेन'माफ कीजिये' कहकर अपने मोहरे को वापस लेने लगे। उस व्यक्ति ने उन्हें चाल वापस लेने की अनुमति दे दी। थोड़ी देर बाद सन्त ने पुनः एक गलत चाल चली और मोहरा पिटने से पहले ही फिर से माफी माँगते हुए चाल वापस लेने लगे। इस पर वह व्यक्ति नाराज हो गया और बोला -'मैंने आपको एक बार चाल वापस क्या लेने दी, आप तो बार-बार चाल वापस लेने लगे। अब मै आपको चाल वापस लेने की अनुमति नहीं दूँगा।'

तब सन्त बुनेन हँसकर बोले -'मेरे भाई! तुम खेल में मुझे अपनी दो गलत चालें भी वापस नहीं लेने देते और असली जिन्दगी में सोचते हो कि तुम गलत-पर-गलत चालें चलते रहोगे और खुदा उन्हें हमेशा नजरअंदाज करता रहेगा। ध्यान रखो गलत चालों का अंजाम हमेशा बुरा होता है, इसलिये हमें हमेशा अच्छे काम ही करने चाहिये।'

ईश्वर हृदय में रहते हैं

सन्त राबिया एक दिन सुबह-सुबह अपने घर के बाहर कुछ ढूँढ रही थीं। जब उन्हें ऐसा करते बहुत देर हो गयी, तब लोगों ने पूछा - "क्या ढूँढ रही हो राबिया?" उन्होंने कहा - "मेरी सूई खो गयी है, उसे ही खोज रही हूँ।" लोग बोले - "सूई सड़क पर कैसे गिरी?" राबिया ने उत्तर दिया - "यह तो पता नहीं। मैं कल भीतर बैठी कपड़ा सिल रही थी, तभी वहाँ गिर गयी। मेरे पास एक ही सूई थी, इसलिये परेशान हूँ।" लोग चौंके और पूछा - "जब सूई घर के अन्दर गिरी है, तब उसे बाहर क्यों खोज रही हो?" राबिया तत्काल बोलीं - "चूँकि यहाँ रोशनी है, घर के भीतर तो अँधेरा है।" लोग झल्लाये - " चीज जहाँ खोयी होती है, उसे वहाँ ही खोजा जा सकता है, दूसरी जगह नहीं। तुम्हें इतनी-सी बात नहीं मालूम।"

राबिया हँसी और बोलीं - "ऐसा तो मैंने तुमसे ही सीखा है। तुम भी तो अल्लाह को बाहर ही तलाशते रहते हो, जबकि उसका ठिकाना दिल में है।"

आयु कुल चार वर्ष!

ईरान के बादशाह नौशेरवाँ का, जो भी मिले उसी से कुछ-न-कुछ सीखने का स्वभाव हो गया था। अपने इस गुण के कारण ही उन्होंने जीवन के स्वल्पकाल में महत्वपूर्ण अनुभव अर्जित कर लिये थे।

राजा नौशेरवाँ एक दिन वेष बदलकर कहीं जा रहे थे। मार्ग में उन्हें एक वृद्ध किसान मिला। किसान के बाल पक गये थे, पर शरीर में जवानों-जैसी चेतनता विद्यमान थी। उसका रहस्य जानने की इच्छा से नौशेरवाँ ने पूछा - "महानुभाव! आपकी आयु कितनी होगी?"

वृद्ध ने मुसकान भरी दृष्टि नौशेरवाँ पर डाली और हँसते हुए उत्तर दिया - "कुल चार वर्ष।" नौशेरवाँ ने सोचा कि बूढ़ा दिल्लगी कर रहा है, पर सच-सच पूछने पर भी जब उसने चार वर्ष ही आयु बतायी तो उन्हें कुछ क्रोध बढ़ गया। एक बार तो मन में आया कि उसे बता दूँ - "मैं साधारण व्यक्ति नही, नौशेरवाँ हूँ।" पर उन्होंने अपने विवेक को सँभाला और विचार किया कि उत्तेजित हो उठने वाले व्यक्ति सच्चे जिज्ञासु नहीं हो सकते, किसी के ज्ञान का लाभ नहीं ले सकते, इसलिये उठे हुए क्रोध का उफान वहीं शान्त हो गया।

अब नौशेरवाँ ने नये सिरे से पूछा - "पितामह! आपके बाल पक गये, शरीर में झुर्रियाँ पड़ गयीं, लाठी लेकर चलते हैं, मेरा अनुमान है कि आप अस्सी वर्ष से कम के न होंगे, फिर आप अपने को चार वर्ष का कैसे बताते हैं?"

वृद्ध ने इस बार गम्भीर होकर कहा - "आप ठीक कहते हैं, मेरी आयु अस्सी वर्ष की है, किंतु मैंने छिहत्तर वर्ष धन कमाने, ब्याह-शादी और बच्चे पैदा करने में बिताये, ऐसा जीवन तो पशु भी जी सकता है, इसलिये उसे मैं मनुष्य की अपनी जिन्दगी नहीं, किसी पशु की जिन्दगी मानता हूँ।"

इधर चार वर्ष से कुछ समझ आयी है। अब मेरा मन ईश्वर-उपासना, जप, तप, सेवा, सदाचार, दया, करुणा, उदारता में लग रहा है। इसलिये मैं अपने को चार वर्ष का ही मानता हूँ। नौशेरवाँ वृद्ध का उत्तर सुनकर अति सन्तुष्ट हुए और प्रसन्नतापूर्वक अपने राजमहल लौटकर सादगी, सेवा और सज्जनता का जीवन जीने लगे।

भविष्य की चिन्ता

मुसलिम सन्त करमानी की बेटी उनसे बढ़कर थी। उसके सौन्दर्य और स्वभाव की कीर्ति सुनकर बादशाह ने अपने शहजादे के साथ उसके निकाह का प्रस्ताव रखा। यद्यपि करमानी शाही खानदान से सम्बन्धित थे, परन्तु उन्होंने बादशाह के प्रस्ताव को ठुकराकर एक फकीर के साथ उसका निकाह कर दिया।

बेटी जब अपने खाविन्द के घर आयी, तो उसे एक कटोरे में पानी और एक थाली में सूखी रोटी के टुकड़े ढँके हुए दिखायी दिये। उसने पति से घर पहुँचाने की प्रार्थना की। इस पर फकीर बोला - "मै जानता था कि तुम सरीखी शाही खानदान की लड़की मुझ जैसे फकीर के साथ कभी बसर नहीं कर सकोगी। इसलिये मैंने तुम्हारे अब्बाजान से अपने हालात को बयान कर दिया था, लेकिन इसके बावजूद उन्होंने रजामन्दी दे दी थी। अगर मैं जानता कि तुम मेरे हालात से वाकिफ नहीं हो, तो मैं कभी राजी न हुआ होता।"

"नहीं, नहीं, ऐसी बात नहीं," लड़की बोली - "मैं तुम्हारे हालात के कारण घर नहीं जाना चाहती। मैं तो अब्बाजान से इस बात की शिकायत करने जाना चाहती थी कि आपने तो यह कहा था कि आप मेरा निकाह खुदादोस्त(भक्त) और परहेजगार(संयमी) व्यक्ति के साथ करेंगे, मगर मैंने तो यह पाया कि मेरे खाविन्द का तो अल्लाह पर भरोसा है ही नहीं। इसीलिये उसने पहले दिन का खाना दूसरे दिन के लिये रख छोड़ा है। आप ही बतायें कि क्या यह तवक्कुल (खुदा की इच्छा) के खिलाफ नहीं? मुझ पर यकीन कीजिये, आप जो भी खायेंगे और जैसा भी खायेंगे, मैं भी वैसा ही खाऊँगी।" फकीर की आँखें खुल गयी। उसने फौरन अपनी पत्नी को गुरू मान लिया।

सत्य-पालन से राज्य-प्राप्ति

हंगरी के राजा मत्थियस का एक गड़रिया था। वह सत्य को परमेश्वर मानकर आदर करता था। उसने प्रण कर लिया था कि प्राण भले ही चले जायँ, परंतु सत्य बोलना कभी न छोड़ूँगा। धीरे-धीरे उसके सत्य-भाषण का लोहा सब लोग मानने लगे। हंगरी का राजा उस गड़रिये को प्राणों से बढ़कर मानता था और उसकी प्रशंसा किये बिना उससे रहा नहीं जाता था। एक बार प्रशिया के राजा से उन्होंने गड़रिये की सच्चाई की प्रशंसा कर दी। प्रशिया के राजा को विश्वास न हुआ कि कोई व्यक्ति इतना सच्चा हो सकता है। उन्होंने कहा - "मैं उसे झूठ बोलने के लिये विवश कर दूँगा।" हंगरी के राजा को अपने गड़रिये की सत्यनिष्ठा पर पूरा-पूरा भरोसा था। उन्होंने दृढ़ता के साथ कहा - "गड़रिया को कभी सत्यनिष्ठा से डिगाया नहीं जा सकता।"

प्रशिया के राजा ने कहा - "उसे मै सत्यनिष्ठा से डिगा ही दूँगा। यदि ऐसा न कर सका तो आधा राज्य आपको दे दूँगा। पर याद रखना, यदि उसे सत्य से डिगा दिया तो तुम्हें आधा राज्य मुझे देना पड़ेगा।" दोनों ने शर्त को स्वीकार कर लिया। मत्थियस के पास सुनहले रंग का एक मेमना था। जब गड़रिया मेमनों को चारागाह में ले गया, तब प्रशिया के राजा ने उसे बहुत बड़ी रकम थमाकर कहा कि "यह सुनहला मेमना मुझ दे दो। अपने राजा से कह देना कि उसे भेड़िया उठा ले गया।"

गड़रिया ने विनम्रता से कहा - "सरकार! मैं झूठ नहीं बोल सकता।" राजा ने धन की रकम बढ़ाते हुए कहा - "लो यह भरी हुई थैली, इससे तुम जीवनभर के लिये सुखी हो जाओगे। तुम्हारा कोई-न-कोई मेमना प्रतिदिन खोता ही रहता है। इस बार भेड़िया तुम्हारे सुनहले मेमना को उठा ले गया, यह राजा से कह देना। इतना कहने से तुम्हारा क्या बिगड़ेगा।"

गड़रिया ने राजा साहब का खूब सम्मान किया और कहा - "सरकार ! मैं सत्य की हत्या नहीं करूँगा, क्षमा करें।" राजा घबड़ा गया। उसे अपना आधा राज्य अपने हाथ से जाता दिख पड़ा। अपनी बेटी से उसने इस काम में सहायता माँगी। उसकी बेटी एक तो बहुत सुन्दर थी और दूसरे कौन-सा काम कैसे बनाया जाय, इसका तरीका उसे ज्ञात था। राजकुमारी गड़रिये के पास आयी और उससे मीठी-मीठी बातें करने लगी। उसे कुछ खिलाया और पीने के लिये मदिरा दी। पीने से गड़रिये की चेतना कमजोर पड़ती गयी। उधर राजकुमारी की मीठी बातों में आकर गड़रिये ने मेमना राजकुमारी को दे दिया। प्रशिया के राजा की प्रसन्नता की सीमा न थी। वे समय से पहले ही मत्थियस के राजमहल में जा पहुँचे।

इधर गड़रिये का जब नशा उतरा, तब वह समझ पाया कि उससे सुनहला मेमना धोखे से ले लिया गया है, किन्तु वह घबराया नहीं, क्योंकि सत्य बोलने वाले घबराते नहीं। सत्य स्वयं दूध-का-दूध पानी-का-पानी अलग कर देता है। गड़रिया ने इस घटना को भरे दरबार में ज्यों-का-त्यों सुना दिया।

प्रशिया नरेश शर्त हार चुके थे। उन्हें आधा राज्य देना पड़ा। मत्थियस ने इस आधे राज्य को अपने गड़रिये को सौंपते हुए कहा - "यह तुम्हारे सत्य-भाषण का पुरस्कार है।" उधर प्रशिया नरेश भी उस गड़रिये की सत्यनिष्ठा के सामने श्रद्धा से अवनत हो गया। उसने अपनी राजकन्या से उस गड़रिया का विवाह कर दिया।

इस प्रकार सत्य ने एक अकिंचन को राजा बना दिया।

नेकी का प्रतिदान

तीन पहाड़ थे, पास ही पास। उनसे लगा हुआ एक लंबा गहरा गड्ढा था। उसके कारण उस ओर किसी का आवागमन नहीं होने पाता था। एक बार देवता उधर से निकलें, पहाड़ों से कहा, "इस क्षेत्र का नामकरण करना है। तुम तीनो मे से किसी के नाम पर नामकरण किया जाएगा। तुम तीनो अपनी एक-एक इच्छा पूरी करा सकते हो। एक वर्ष बाद जिसका जितना विकास होगा, उस आधार पर नामकरण किया जाएगा।"

पहले पहाड़ ने कहा, "मै सबसे ऊँचा हो जाऊँ, ताकि सबको दूर से दिखाई दूँ।" दूसरे ने कहा, "मुझे खूब हरा-भरा प्राकृतिक संपदा से भरा-पूरा बना दें, ताकि सब मेरी ओर आकर्षित हों।" तीसरे पहाड़ ने कहा, "मेरी ऊँचाई छीलकर इस गड्ढे को समतल बना दें, ताकि यह सारा क्षेत्र उपजाऊ हो जाए और लोग यहाँ सुविधा से आ-जा सकें।" देवता तीनों की व्यवस्था बनाकर चले गए।

एक वर्ष बाद परिsणाम देखने देवता पुनः पहुँचे। पहला पहाड़ ऊँचा हो गया था, दूर से दिखता था, पर वहाँ sकोई जाता नहीं था। हवा, सरदी, गरमी की मार सबसे अधिक उसे ही सहनी पड़ती थी।

दूसरा पहाड़ प्राकृतिक संपदा से भर गया था, पर बीहड़ इतना था कि किसी के जाने की हिम्मत न पड़ती थी। वन्यपशुओं का आतंक भी उससे खूब बढ़ गया था।

तीसरा पहाड़ गड्ढा पाटने से समतल हो गया था। उस सारे क्षेत्र मे फसलें उगाई जा रही थीं। गड्ढा पट जाने से लोग वहाँ जाने लगें, बसने लगें।

देवताओं ने उस क्षेत्र का नाम उसी तीसरे पहाड़ के नाम पर रखा, जिसने अपने निकटवर्ती क्षेत्र को भी उपयोगी बना दिया। लोगों के आने-जाने का मार्ग बना और उपजाऊ भी। इस प्रयास मे उसने अपने अस्तित्व को ही दाँव पर लगा दिया। देवताओं ने कहा, "इसी ने इस क्षेत्र को अपना बनाया है। यह क्षेत्र इसी के परिवार के रूप मे विकसित हुआ है, इसी के नाम से जाना जाएगा।" इस तरह वह तीसरा पहाड़ अमर हो गया। "आपके द्वारा किया गया एक छोटा सा नेक कार्य समय आने पर आपको कई गुणा समृद्धिशाली बना देता है।"

दुनिया का सबसे अच्छा खाना

वर्मा के शान प्रान्त में एक धनी किसान रहता था। मरते समय उसने अपने दोनों बेटों को बराबर-बराबर सम्पत्ति बाँट दी और सीख देते हुए कहा कि "तुम दोनों हमेशा अच्छे-से-अच्छा खाना खाने की कोशिश करना। इससे तुम हमेशा मेरी तरह सुखी रह सकोगे।"

किसान के मरने के बाद छोटे भाई ने बड़े भाई से कहा - "भैया ! चलो, किसी बड़े शहर में चलकर रहते हैं, वहीं हमें अच्छे-से-अच्छा खाना मिल सकता है।"

"अगर तुम चाहो तो घर से जा सकते हो, मैं तो यहीं गाँव में रहूँगा और जो अच्छे से अच्छा खाना यहाँ मिलेगा, वही खाऊँगा।" बड़े ने कहा।

छोटे ने अपनी जमीन-जायदाद बेची और सारा पैसा लेकर शहर चला गया। शहर में उसने बड़ा-सा घर लिया। अच्छे-से-अच्छा खाना बनवाकर खाने एवं आराम से रहने लगा। और सोचने लगा कि वह जल्दी ही मालदार हो जायेगा। लेकिन हुआ इसका उल्टा, जल्दी ही उसका सारा पैसा खत्म हो गया और फिर सारा सामान एवं मकान भी बिक गया। अतः उसे गाँव में लौटना पड़ा।

गाँव आकर उसने देखा कि बड़ा भाई और भी अधिक मालदार हो गया है, तो उसने कहा - "भैया ! मुझे वह खाना दिखाओ, जिसे खाकर तुम और भी मालदार हो गये। मैंने अच्छे-से-अच्छा खाना खाया, फिर भी कंगाल हो गया।"

"खाना दिखाना क्या, मैं तुम्हें खिलाऊँगा भी, लेकिन चलो, पहले खेतों पर चलो।" बड़े ने कहा और उसे खेतों पर ले गया। वह खेतों में काम करने लगा और छोटे को भी काम पर लगा दिया।

काम करते-करते घण्टों बीत गये। दोनों भाई पसीने से तर-बतर हो गये, तो छोटे ने कहा - "भैया! बहुत देर हो गयी काम करते-करते। अब तो अपना अच्छे-से-अच्छा खाना खिलाओ।"

"अभी खिलाते हैं, जरा यह अधूरा काम तो पूरा कर लें।" कहकर बड़ा फिर काम में जुट गया और छोटे को भी लगा दिया। काम करते-करते फिर घण्टों बीत गये तो बेहद थके और भूखे-प्यासे छोटे ने कहा - "भैया! अब तो काम बंद करो। अब मुझमें हाथ-पैर चलाने की बिल्कुल ताकत नहीं रही है।"

"थोड़ा-सा काम और बाकी था, खैर छोड़ो।" कहकर बड़े ने काम बंद किया। हाथ-पैर धोये

और पेड़ की छाया में बैठ गया। फिर पोटली खोली और उसमें से रोटी निकालकर एक खुद ले ली और दूसरी उसे देकर बोला - "बहुत भूख लगी है न! तो पहले इसे खा लो, फिर घर चलते हैं।"

छोटे का तो भूख के मारे बुरा हाल था। उसने फौरन उस मोटी-सी सूखी रोटी के टुकड़े किये और खाने लगा। भूख के मारे उसे उस रोटी में बहुत ही अच्छा स्वाद आया।

बड़े ने पूछा - "कहो, रोटी का स्वाद कैसा है?"

"बहुत अच्छा, बहुत अच्छा", कहते हुए उसने पूरी रोटी खत्म कर दी। "इस रोटी से मुझमें ज़रा-सी जान आयी है। अब चलिये, घर चलकर मुझे अपना अच्छे-से-अच्छा खाना खिलाइये।"

"यही तो मेरा सबसे अच्छा खाना है, क्यों तुम्हें अच्छा नहीं लगा?"

"रोटी तो बहुत अच्छी लगी, लेकिन क्या यही आपका सबसे अच्छा खाना है?" आश्चर्य से उसने पूछा।

बड़े ने कहा - "मेरे प्यारे भाई, मेहनत करने के बाद कड़कड़ाकर भूख लगने पर खाया गया खाना ही दुनिया का सबसे अच्छा खाना होता है, चाहे वह रूखी-सूखी रोटी ही क्यों न हो? पिता जी के कहने का यही मतलब था।"

बूढ़े आदमी का वरदान

पुराने समय की बात है। एक बार तीन भाई काम की खोज में भटकते-भटकते यूनान देश में पहुँचे। वे लम्बे समय तक काम खोजते रहे। लेकिन किसी को कोई काम नहीं मिला। एक दिन उन तीनों भाइयों ने जगंल की ओर जाने का विचार किया।

दूसरे दिन रूखा-सूखा कलेवा बनाकर वे अनजाने जंगल की ओर बढ़ गये। वहाँ सबसे पहले एक पगडण्डी से उतरे। उसके बाद रास्ता सीधा था। वे उसी पर चलते रहें। कुछ दूर जाने पर उनकी नजर एक तालाब पर पड़ी। वे वहीं को चल पड़े। तालाब के किनारे के सुन्दर पानी में उन्होंने अपने पाँव भिगोये। फिर हाथ धोकर किनारे के पत्थर में बैठकर कलेवा खाने लगे।

तभी एक बूढ़ा आदमी उनके आगे आ टपका। उसकी लम्बी दाढ़ी लटक रही थी और हाथ में लाठी थी। बिना पूछे ही वह उनके बगल में बैठ गया। लड़कों ने उसे गौर से देखा। फिर बड़े भाई ने पूछा - "क्या आप थोड़ा कलेवा खाना पसन्द करेगें?" यह सुनकर बूढ़े आदमी को बड़ा अच्छा लगा। उसने कलेवा स्वीकार कर लिया।

उसके बाद सभी एक साथ आगे बढ़ गये। कुछ दूर जाने पर बूढ़े आदमी ने बड़े भाई से पूछा- "तुमको सबसे ज्यादा किस चीज की इच्छा है?" यह प्रश्न बड़े भाई को बड़ा अच्छा लगा। उसने तुरन्त उत्तर दिया - "मेरी इच्छा है कि आकाश में उड़ते ये सारे कौवे बकरियाँ बनकर नीचे आ जायँ और वे सभी मेरी हो जायँ।" बूढ़े ने कहा - "ऐसा ही हो जायेगा,पर पहले तुम मेरे एक प्रश्न का उत्तर दो। क्या तुम इन बकरियों का थोड़ा दूध गरीब व्यक्तियों को भी दोगे?"

बड़े भाई ने खुश होकर कहा - "क्यों नहीं महाराज, दूध ही नहीं मक्खन भी दूँगा।" तभी बूढ़े आदमी ने अपनी लाठी की नोक को तीन बार जमीन मे ठोका। देखते-ही-देखते आकाश के सारे कौवे बकरियाँ बनकर उसके चारो ओर घिर गये। बड़ा भाई खुश होकर उनके साथ रहने लगा। दोनों भाई आगे बढ़ गये। उनके साथ बूढ़ा आदमी भी चल दिया।

कुछ दूर जाने पर उन्हें सुन्दर देवदार का जंगल मिला। तभी बूढ़े आदमी ने दूसरे भाई से पूछा - "तुमको सबसे ज्यादा किस चीज की इच्छा है?" उसने खुश होकर कहा, "मेरी इच्छा है कि ये देवदार के पेड़ जैतून के होकर मेरे हो जायँ।"

बूढ़े आदमी ने कहा, "ठीक है, पर मुझे बताओ कि क्या तुम कुछ जैतून का तेल किसी गरीब को भी दोगे?" भाई ने तुरन्त उत्तर ही दिया- "महाराज! मै यह काम जरूर करूँगा।" यह सुनकर बूढ़ा बड़ा खुश हुआ और उसने अपनी लाठी जमीन में खटखटायी कि सारा जंगल जौतून के पेड़ों से भर गया। तब से दूसरा भाई उसी जंगल में रहने लगा।

अब बूढ़ा आदमी और छोटा भाई आगे बढ़ गये। उन्हे एक तालाब दिखा तो वे वहीं बैठ गये। कुछ देर आराम करने के बाद बूढ़े आदमी ने छोटे भाई से पूछा - "कहो , क्या तुमको भी किसी चीज की इच्छा है?" यह सुनकर छोटे भाई को भी अच्छा लगा और वह तुरन्त बोला - "जी हाँ, मुझे इच्छा है कि इस इस तालाब का पानी शहद बन जाय और सालभर बहता रहे। मैं तालाब का मालिक बन जाऊँ।" बूढ़े ने उससे भी पूछा - "मुझे यह बताओ कि तुम अपना कुछ शहद किसी गरीब को भी दोगे?" छोटे भाई ने एक ही साँस में कहा - "जी हाँ, महाराज! अवश्य दूँगा। " बूढ़ा आदमी बड़ा खुश हुआ। उसने अपनी लाठी की नोक जमीन में ठोकी और तालाब का पानी शहद में बदल गया। अब छोटा लड़का वहीं रहने लगा और बूढ़ा आदमी आगे बढ़ गया।

कुछ समय बीत गया। इस बीच लड़के ने शहद को बेचकर खूब पैसे कमाये और बहुत सारा शहद गाँव के गरीबों को बाँट दिया और खुद भी आराम से रहने लगा। लेकिन लम्बे समय तक अकेले रहने के बाद उसकी इच्छा हुई कि वह अपने भाइयों से मिलने जाय। उसने अपना काम गाँव के लोंगो को सौंपा और भाइयों से मिलने निकल पड़ा।

सबसे पहले वह जैतून के जंगल की ओर बढ़ा। जब वह वहाँ पहुँचा तो देखा कि वहाँ तो देवदार के ही पेड़ खड़े थे। यह देखकर उसे बड़ा बुरा लगा। वह वहाँ से निकलकर बड़े भाई से मिलने चल पड़ा। उसे वह जंगल भी मिल गया। उसने देखा कि वहाँ भी कोई बकरियाँ नहीं थी। उसने भाई को पुकारा, पर कुछ भी असर नहीं पड़ा।

अब उसके पास आगे बढने के अलावा कोई रास्ता नहीं था। वह कुछ ही दूर बढ़ा था कि वही बूढ़ा आदमी उसे दिख गया। वह खुश हुआ। वह कुछ पूछता कि बूढ़ा आदमी खुद ही बोल पड़ा, "तुम्हारे भाइयों ने गरीबों की सहायता करने की अपनी प्रतिज्ञा का जरा भी पालन नहीं किया। वे उसका फल भुगत रहे हैं। तुमने अपनी प्रतिज्ञा का पालन किया। तुम उसका आनन्द लूट रहे हो।" कहकर वह अन्तर्धान हो गया।

नासमझ पाला

एक था बूढ़ा पाला, जिंदगी के अनुभवों से समझदार। उसका एक जवान बेटा था, बाप के बिल्कुल विपरीत, नासमझ, शेखीखोर पाला। उस जवान पाले को घमण्ड था कि वह अपने प्रभाव के कारण सबको ठण्ड से अकड़ा सकता है। एक बार उसने एक अमीर जागीरदार को ठण्ड से बीमार कर दिया था। जागीरदार बग्घी में बैठा जा रहा था। गरम कपड़ों से लदा-फँदा, पर जवान पाले के कारण वह ठण्ड से सिकुड़ गया, अकड़ गया। जवान पाला पिता के पास जाकर बोला - "देखा! उस पहलवान से जागीरदार को मैंने कैसे ठण्ड से अकड़ा दिया।"

पिता बेटे की नासमझी पर हँस पड़ा। बोला - "तू नासमझ है। भले ही तूने उस मोटे जागीरदार को ठण्ड से अकड़ा दिया, पर उस किसान को ठण्ड से अकड़ा दे तो जानूँ।"

जवान पाले ने देखा, एक मरियल-सा किसान फटा-पुराना कोट पहने घोड़े की स्लेज पर चला जा रहा था। वह तुरंत उड़ता हुआ उसके पास जा पहुँचा। उसने चारों ओर से उस पर हमला बोल दिया। पर किसान रुका नहीं। अब जवान पाले ने किसान के पैरों में चुटकियाँ काटनी शुरू कर दीं। किसान स्लेज से उतर गया और घोड़े के साथ-साथ दौड़ने लगा।

जवान पाला परेशान हो उठा। उसने सोचा, जंगल में इसे ठण्ड से अकड़ा दूँगा। किसान ने जंगल में पहुँचकर एक पेड़ पर कुल्हाड़ी चलानी शुरू कर दी। जब जवान पाला पूरी ताकत से किसान को परेशान करने लगा। जवान पाले ने किसान को ठण्ड से जितना परेशान करने की कोशिश की, उसने उतने ही ज्यादा जोर-शोर से कुल्हाड़ी चलायी और कई वृक्ष काट डाले। वह पसीने-पसीने हो गया। उसने अपने दस्ताने उतार दिये। जवान पाला निराश होकर स्लेज की ओर भागा और किसान के दस्ताने पड़े देखकर उनमें जा घुसा। ठण्ड के कारण चमड़े के दस्ताने अकड़ गये। किसान ने घर लौटने की तैयारी की। मगर वे पत्थर की तरह सख्त थे। जवान पाला हँसा। जब किसान ने यह देखा कि दस्ताने ठण्ड से अकड़ गये हैं तो उसने कुल्हाड़ी लेकर उन पर चोट करना शुरी कर दिया। चोटों के कारण पाले को रुलाई आने लगी। वह निकलकर भागा। बूढ़ा पाला उसकी दशा पर हँस पड़ा और बोला - "बेटे ! आरामतलब लोगों को तुम आसानी से सता सकते हो, पर मेहनती लोगों के आगे किसी मुसीबत की नहीं चलती।"

यात्रा करें, परन्तु अपने मूल स्थान को ना भूलें

प्रकृति में कुछ भी सदा के लिये स्थिर एवं स्थायी नहीं है, चाहे वह कोई वस्तु हो अथवा भाव। निर्जीव पाषाण हो या पवन मे तैरते पर्जन्य, सबके जीवन गाथा मे संचरण एवं परिवर्तन निश्चित है।

भास्कर के रश्मि पुंज से नहाया जड़-चेतन को ऊर्जा स्वित करने वाला निरभ्र चमकीला आसमान भी दीर्घ अवधि तक सहन नहीं हो पाता और हम गगन मे श्याम मेघों के घिर आने की कामना करने लगते हैं। कोमल मन से भेजी गयी हमारी भावरूपी पाती को पाकर ईश्वर द्रवित हो उठते हैं और पैरों मे छमछम घुँघरू बांधकर नृत्य कर रही वर्षा रानी को हमारे पास भेज देते हैं। उसकी प्रथम फुहार हमारे तप्त दग्ध हृदय को शीतलता प्रदान करती है, मन प्रेम से उमड़ने लगता है, परन्तु भादों की लम्बी-काली रात मे बारिश की लगातार गिरती बौछारें हमारे अंतस मे भय एवं उब पैदा करने लगती हैं और हम कुछ नया ढूँढने लगते हैं।

हमारा मन बहुत चंचल होता है, एक डाली से दूसरी डाली पर जाते रहना इसके स्वभाव में है। यात्रा कीजिये परन्तु, अपने ओरिजनल स्टेशन को भूल मत जाइये, अन्त में हमें लौटना वहीं है।

लोमड़ी दिखी, बाघ क्यों नहीं?

एक लकड़हारा जंगल में लकड़ी लाने रोज जाता था और उसे एक अपाहिज लँगड़ी लोमड़ी रोज दिखायी देती थी। वह सोचता कि भला यह लोमड़ी किस तरह अपना पेट भरती होगी, क्योंकि शिकार करना तो उसके बस की बात रही नहीं। एक दिन उसने देखा कि एक बाघ ताजा शिकार लिये उसी ओर आया, जहाँ लोमड़ी झाड़ी में बैठी थी। बाघ ने अपना शिकार खाया और बचा हुआ वहीं छोड़कर चलता बना। उस बचे हुए शिकार से लोमड़ी का पेट मजे से भर गया। यह सब देखकर लकड़हारे के मन में आया कि जब ऊपरवाला इस अपाहिज लोमड़ी का ख्याल रखता है तो मुझे क्यों भूखा रखेगा? ऐसा सोचकर उसने कुल्हाड़ी एक ओर फेंकी और परवरदिगार की भेजी रोटी का इन्तजार करने लगा।

कुछ दिन गुजरे और कहीं से कुछ नहीं आया। भूख के मारे लकड़हारे को कमजोरी हो चली और उसका उठना-बैठना भी मुश्किल हो गया। उसने फिर भी उम्मीद नहीं छोड़ी और उसी तरह पड़ा रहा। एक दिन उसे लगा कि उसका आखिरी वक्त आ गया है। तभी उसे एक आवाज सुनायी दी - "बेवकूफ, तुझे केवल अपाहिज लोमड़ी दिखायी थी, बाघ दिखायी नही दिया। तुझे बाघ का अनुसरण करने से किसने रोका था? ऐसा करने से तू अपने साथ-साथ दूसरे जरूरतमन्दों का भी ख्याल रख सकता था।" लकड़हारे को अपनी भूल समझ में आ गयी।

मानवता का चश्मा

एक आदमी भीख माँग रहा था। वह कम-से-कम सौ घरों के आगे चक्कर लगा चुका था। साँझ ढलने को थी। सुबह से अबतक चलते-चलते उसका शरीर भी थक चुका था, पर भिक्षापात्र में न तो अन्न का दाना था और न ही फूटी कौड़ी। यह दशा केवल आज की नहीं, अपितु विगत दो दिनों से थी। वह यों ही भीख माँगता रहा, मगर किसी ने उसे कुछ नहीं दिया। दुत्कार तो बहुत जगह मिली, पर सहानुभूति कहीं से नहीं पायी। थका-हारा भिखारी अपनी टूटी-फूटी झोपड़ी में पहुँचा और भाग्य को कोसता हुआ सो गया।

वह नींद लेना चाहता था, मगर भूखे को नींद कहाँ से आती? अन्न ही प्राण है, भोजन ही जीवन का रक्षक है। भोजन बिन चैन कहाँ? वह सोचता रहा, मन में विचारों की आँधी उठती रही। उसे पता भी न चला कि कब उसकी आँखों मुँद गयीं। जब सुबह आँख खुली तो देखा कि पौ फट चुकी है और भूखा पेट उसे भीख माँगने के लिये मजबूर कर रहा है। उसके कदम फिर चल पड़े नगर की ओर, पेट की आग बुझाने के लिये। उसने सोचा कि नगर में बहुत घूम चुका हूँ, क्यों न आज नगर-सेठ की हवेली की तरफ जाऊँ।

भिखारी नगर सेठ की हवेली पर गया। सेठ दालान में बैठा था। भिखारी ने सेठ से भीख माँगी कि "सेठ साहब! भूखा हूँ, कुछ हो तो दीजिये।" लेकिन सेठ ने सुना-अनसुना कर दिया। कुछ देर बाद भिखारी ने पुनः कहा। पर सेठ ने इस बार भी ध्यान नहीं दिया। भिखारी ने तीसरी बार फिर कहा तो सेठ बोला - "जाओ, चले जाओ, यहाँ कुछ नहीं है। सुबह हुई नहीं कि भीख माँगने निकल पड़े। हटो यहाँ से।"

भिखारी सेठ के इस उत्तर से उदास तो जरूर हुआ, मगर यह सोचकर उसने सेठ को पुनः पुकारा कि बार-बार कहने से सम्भव है कि सेठ का दिल पसीज जाय। भिखारी को मना करने के बाद भी बार-बार माँगने के लिये रट लगाना सेठ को बुरा लगा। सेठ ने कहा - "तुम जाते हो कि नहीं? या धक्के देकर निकलवाऊँ?"

भिखारी की आँखों से आँसू निकल पड़े, पर पेट बड़ा पापी होता है। भिखारी ने हिम्मत करके एक बार फिर भीख माँग ली। अबकी बार सेठ को इतना गुस्सा आया कि पास में पड़ी ठण्डे पानी की बाल्टी भिखारी के ऊपर डाल दी। भिखारी काँप उठा और उसकी आत्मा रो पड़ी। लेकिन सेठजी का दिल नहीं पसीजा।

सेठ के द्वारा किये गये इस दुर्व्यवहार से भिखारी की भावनाओं को बहुत ठेस लगी। वह कहने लगा कि "यह जिन्दगी भी कोई जिन्दगी है? इससे तो मरना भला है" और वह आत्महत्या के लिये एक तालाब में कूद पड़ा। संयोग से एक सन्त तालाब के किनारे बैठे थे। उन्होंने भिखारी

को डूबते देखा और उसे बचाना अपना धर्म समझा। सन्त तालाब में कूद पड़ें और उन्होंने भिखारी को बचा लिया। सन्त ने भिखारी से डूबने का कारण पूछा। भिखारी ने रोते-रोते अपनी राम-कहानी सन्त को सुना दी। सन्त ने कहा - "अरे ! तूने भीख तो बहुतों से माँगी, मगर तुमने उस मानव से भीख नहीं माँगी, जो दूसरे मानव को भी मानवस्वरूप मानता है।"

"ठीक है, मैं तुम्हें एक चश्मा देता हूँ। उसे पहनकर तुम नगर में जाओ। जो इस चश्मे से तुम्हें मानव दिखायी दे, उसी से भीख माँगना।" भिखारी ने सन्त की आज्ञा का पालन किया। चश्मा पहनकर वह सारे नगर में घूमा, परंतु उसे एक भी मानव नहीं दिखायी दिया। अन्त में उसे एक मानव दिख ही पड़ा, वह जूता सिलाई कर रहा था। भिखारी सोचने लगा मानव तो मिला, किंतु यह खुद ही गरीब है अतः इस मानव का दाना खाने का मुझे विधान नहीं है। भिखारी लौटने लगा। मोची ने उसे देख लिया और समझ गया कि इसे भोजन की अभी सख्त जरूरत है। मोची ने भिखारी से कहा - "आप यहाँ ठहरिये। मेरे पास एक जूतेकी जोड़ी है, उसे मैं बेचकर जो पैसा मिलेगा, आपको दे दूँगा।"

मोची जूतों की जोड़ी लेकर बाजार में गया। संयोग से उस देश का राजा अपने कुछ सिपाहियों के साथ उसी समय बाजार से निकल रहा था। राजा को जूते की जोड़ी बहुत अच्छी लगी। उसने दाम पूछा। मोची ने कहा - "आपको जो उचित लगे, वह दे दीजिये।" राजा के कहने पर मंत्री पैसे देने लगा तो मोची बोला - "राजन् ! इन पैसों का अधिकारी मैं नहीं, कोई और है, आप कृपया उसी के हाथ में ये पैसे दीजिये। वह एक भिखारी है और कई दिनों से भूखा है।" राजा को बड़ा आश्चर्य हुआ, क्योंकि मोची स्वयं एक निर्धन व्यक्ति था। भिखारी को बुलाया गया। राजा ने भिखारी से पूछा - "तुम कौन हो? भीख क्यों माँगते हो?" भिखारी बोला - "राजन् ! मैं एक ब्राम्हण हूँ, भाग्य का मारा भीख माँग रहा हूँ।" राजा बोला - "नगर में इतने बड़े-बड़े धनी लोग हैं, उनको छोड़कर एक मोची से भीख माँगी?"

भिखारी ने कहा - "राजन् ! मैं कुछ कहूँ, इससे अच्छा कि आप यह चश्मा पहनकर स्वयं देख लें।" रहस्य जानने के लिये राजा ने चश्मा पहना। राजा की आँखें चकरा गयीं। राजा चश्मे से नगर के बड़े बाजार को देख रहा है, जिसमें बड़ी-बड़ी दुकानें हैं, किंतु दुकानों में एक भी मानव नहीं है। राजा जिधर देखता, उधर ही राजा को पशु-ही-पशु दिखायी पड़ते। राजा ने अपने मंत्री की तरफ देखा तो वह भी और सारे सिपाही भी राजा को पशु ही दिखायी दिये और जैसे ही उसने चश्मा उतारा, वे पशु फिर मनुष्य दिखायी देने लगे।

राजा ने मंत्री से कहा - "तुम भी मुझे इस चश्मे से देखो।" मंत्री ने चश्मा पहना। उसे राजा का ऐसा स्वरूप दिखायी दिया, जिसे कहते ही उसे फाँसी की सजा मिल जाय। मंत्री बोला - "आपका चेहरा तो इसमें बहुत सुन्दर दिखायी दे रहा है। देवतुल्य।" राजा ने उसको डाँटा और कहा - "चापलूसी मत करो। जो सत्य है, वह कहो।" मंत्री बोला - "राजन् ! क्षमा चाहता हूँ। आप इस चश्मे में एक जंगली शेर दिखलायी पड़ रहे हैं।"

राजा बोला - "तो क्या इस भरे बाजार में और कोई मानव भी दिखायी देता है?" मंत्री ने कहा - "हाँ, राजन् ! एक ही मानव दिखायी देता है और वह है - मोची।"

राजा को अपने ऊपर घृणा हो गयी और वह मोची के चरणों में गिर पड़ा और कहने लगा - "मैं न तो राज्य चाहता हूँ, न देवत्व चाहता हूँ और न ही सारे संसार का आधिपत्य। मैं चाहता हूँ केवल तुम्हारे जैसा मनुष्यत्व।"

एक दीपक तो ऐसा है, जो है तो सोने का, पर उसमें न तेल है, न बाती है और न ही अग्नि का संस्कार है तथा दूसरा दीपक ऐसा है, जो है तो मिट्टी का, पर उसमें तेल, बाती और अग्नि का संस्कार है। इनमें कौन-सा दीया श्रेष्ठ है? सोने का या मिट्टी का? मोची के उस माटी के दीये में मानवता की जो लौ जली थी, उसने मिट्टी के दीये की इतनी कीमत बढ़ा दी कि जिसके आगे सोने के दीये की कीमत कौड़ी की हो गयी।

महापुरुष लोग दीये की कीमत नहीं आँकते। उनकी नजरें टिकी रहती हैं, ज्योतिर्मुख लौ पर, प्रकाशवादी जीवन पर। वे तो उस निराकार की आभा का दर्शन करना चाहते हैं, जो आकारों के अन्तर्घट में छिपी रहती है। हम लोग भी अपनी मानवता के बुझे हुए दीप को जलायें और जिन लोगों ने जला रखा है, वे उसमें थोड़ा और घी-तेल डालने का प्रयास करें। घर-घर में मानवता का दीप जलायें।

आधे विश्वास से काम नहीं होता

एक ग्वालिन एक पण्डित जी के यहाँ दूध पहुँचाया करती थी। ग्वालिन का घर नदी के उस पार था, इसलिये समय पर नाव न मिलने के कारण उसे दूध लाने में देर हो जाया करती थी। एक दिन देरी के कारण पण्डित जी ने उसे खूब फटकारा। ग्वालिन बोली - "क्या करूँ, महाराज! मैं तो घर से जल्दी ही निकलती हूँ, पर मल्लाह के लिये मुझे बहुत देर तक बैठे रहना पड़ता है।"

पण्डित जी बोले - "अरी ! रामनाम लेकर लोग भवसागर पार हो जाते हैं और तू एक छोटी-सी नदी को पार नहीं कर पाती?" ग्वालिन बेचारी भोली-भाली थी। पण्डित जी की बात सुनकर वह बड़ी प्रसन्न हुई। दूसरे दिन से वह नाव के लिये राह न देख विश्वास के साथ रामनाम लेते हुए पैरों चलकर नदी पारकर आने लगी। एक दिन पण्डित जी ने उससे पूछा - "क्या बात है? आजकल तो तुझे देर नहीं होती।"

ग्वालिन बोली - "महाराज! आपकी बात सुनकर मैं अब नाव के लिये नहीं ठहरती, रामनाम लेते हुए पैदल ही नदी पार कर आती हूँ।" पण्डित जी को उसकी बात पर विश्वास ही नहीं हुआ। उन्होंने उससे कहा - "तू मुझे चलकर नदी पारकर दिखा सकती है?" ग्वालिन पण्डित जी को साथ ले गयी और नदी में उतरकर रामनाम लेते हुए चलने लगी। पण्डित जी भी घबराते हुए पानी में उतरे और धोती को सम्भालते हुए बड़ी मुश्किल से एक-दो पग आगे बढ़े। ग्वालिन ने थोड़ी दूर जाकर जब पीछे मुड़कर देखा, तो पण्डित जी बड़ी मुसीबत में पड़े हुए थे। तब वह बोली - "वाह महाराज! तुम मुँह से रामनाम भी लोगे और हाथों से धोती भी सम्भालोगे, यह कैसे चलेगा !"

भगवान् पर पूरे विश्वास के साथ समर्पण करो, तभी काम बनेगा।

बटोरो वही, जो आपको खुशी दे

हरिराम को कौन नहीं जानता। रिक्शा चलाते हुए बीस बरस हो गये। शहर का बच्चा-बच्चा हरिराम को सर-आँखों पर बिठाता है। वह बच्चों का प्यारा-दुलारा जो है। यदि कोई बच्चा बीमार हो गया हो, स्कूल की बस छूट गयी हो, कभी बच्चों में परस्पर झगड़ा हो गया हो, घर में अकेला रह गया हो, बच्चे को अस्पताल ले जाना हो, बस्ते का वजन ज्यादा हो तो हरिराम को बुला लो। वह सदैव तैयार मिलेगा। बशर्ते कि वह किसी सवारी को कहीं ले नहीं जा रहा हो। यदि आपको उसे बुलाना है तो आपके पास उसके फोन नम्बर जरूर होंगे। यदि न भी हो तो चिन्ता की कोई बात नहीं। राह चलते किसी भी आदमी से, किसी मजदूर से, दुकानदार से, नौकरी पेशावाले से या ठेलावाले - किसी से भी उसका नम्बर पूछ लो, बता देगा। आदमी कामवाला है ना। बुलाने पर तत्काल पहुँच जाता है रिक्शा लेकर आपके पास। यदि आपको रेलवे स्टेशन पर जाने की जल्दी हो, बस पकड़नी हो, बैंक में जाने को साधन नहीं हो तो हरिराम की सेवाएँ प्रस्तुत हैं।

गौरव भी गाहे-बगाहे हरिराम की सेवायें लेता रहता था। उस दिन सोनी अस्पताल में एक महिला रोगी को खून की जरूरत थी। गौरव को खून देना था। जाने का साधन रात के ग्यारह बजे भला कैसे सम्भव है। उसने तत्काल हरिराम को फोन किया तो उत्तर मिला, "बाबूजी! रोडवेज वाले चौराहे पर हूँ। अभी आया, जल्दी हो तो आप चौराहे की ओर आइये और मैं इधर से प्रस्थान कर रहा हूँ। आप निश्चिन्त रहिये, दस मिनट भी नहीं लगेंगे अस्पताल पहुँचने में।"

देखते-ही-देखते हरिराम का रिक्शा आँख झपकते ही सामने आ खड़ा हुआ और चल दिया अस्पताल की ओर। हरिराम सभी आवश्यक स्थानों का पूरा रास्ता जानता है। खुशमिजाज हरिराम पूछने लगा।

"बाबूजी! घर पर सब ठीक-ठाक तो है ना! इस भाग-दौड़ की जिन्दगी में किसी को बात करने की भी फुरसत नहीं मिलती। मैं तो रोज देखता हूँ, रास्ते सुनसान नहीं रहते। भीड़ भरे रास्तों में कई बार वाहनों की रेलमपेल में दुर्घटना का खतरा बना रहता है। यह तो बरसों रिक्शा चलाते-चलाते मेरा हाथ साफ हो गया है, नहीं तो रोज ही एक्सीडेंट का खतरा बना रहता है।"

बातचीत चल ही रही थी कि सामने से एक टैक्सीवाला तेज गति से गलत साइड से आ रहा था। उसकी टैक्सी का पिछला भाग मेरे रिक्शे से टकराते-टकराते बचा। टैक्सीवाला रुका तब हरिराम ने कहा, "भैया! गलत साइड मत चला करो" , किन्तु वह नौजवान अपनी गलती

नहीं मानते हुए कहने लगा, "तुम्हें दिखाई नहीं दे रहा था कि मैं सामने से आ रहा हूँ। बेवकूफ कहीं के। रिक्शा चलाना नहीं आता तो क्यों चलाते हो", और क्रोधित होकर गालियों की बरसात करने लगा। हरिराम कुछ नहीं बोला, मुस्कुराता रहा, कहने लगा, "भैया! गलती हो गयी। माफ करना। मैं आपसे क्षमा चाहता हूँ।"

'चोरी और सीना जोरी' वाली कहावत को चरितार्थ होते देखकर सौरभ ने हरिराम से कहा, "भैया! गलती उसकी थी, गलत साइड से वह आ रहा था और सटकर निकलना क्या उसकी गलती नहीं थी। तुम तो हरिराम बहुत सीधे हो। उसकी गालियाँ सुनते रहे और क्षमा माँगते रहे। ऐसा क्यों? ईट का जवाब पत्थर से देना चाहिये था।"

"बाबूजी! दुनिया में बहुत से लोग स्वच्छ भारत मिशन के कूड़ा-कचरे से भरे ट्रक की तरह होते हैं। वे लोग बहुत सारा कूड़ा-कचरे से भरे ट्रक की तरह होते हैं। वे लोग बहुत सारा कूड़ा अपने दिमाग में भरकर चलते हैं। जिन चीजों की जीवन में आवश्यकता ही नहीं होती, उन्हें भी वे ढोते रहते हैं, जैसे क्रोध, घृणा, ईर्ष्या, द्वेष, तनाव, निराशा, चिन्ता, अहंकार आदि उनके दिमाग में कूड़े की तरह भरा रहता है और जब यह कूड़ा अधिक हो जाता है, तो वे अपना बोझ कम करने के लिये दूसरों पर फेंकने का अवसर ढूँढते रहते हैं, इसलिये मैं ऐसे लोगों से दूरी बनाये रखता हूँ; क्योंकि उनके द्वारा गिराया गया कूड़ा यदि मैंने स्वीकार कर लिया तो मैं भी कूड़े का ट्रक बन जाऊँगा। स्वच्छ भारत मिशन की तरह मानसिक सफाई अभियान आवश्यक है, ताकि लोगों के मन-मस्तिष्क से कूड़ा हट सके और अपने पास-पड़ोस के लोगों पर वह कूड़ा गिरता न रहे। मेरी सोच है कि यह जिन्दगी बड़ी खूबसूरत है, अतः जो हमसे अच्छा व्यवहार करते हैं, उन्हें धन्यवाद कहो और जो अच्छा व्यवहार नहीं करते, उन्हें मुस्कराकर माफ कर दो। इसीलिये मैं सकारात्मक सोच के साथ गलती सामने वाले की होने पर भी मुस्कराकर क्षमा माँगने में अपना हित समझता हूँ।"

हरिराम की यह सकारात्मक सोच गौरव को बहुत बड़ी सीख दे गयी कि बटोरो वही जो आपको सच्ची खुशी दे, नहीं तो सबकुछ बटोरने के चक्कर में जिन्दगी कचरा गाड़ी बन जायेगी।

नफरत का बोझ

एक बार एक गुरु ने अपने सभी शिष्यों से अनुरोध किया कि वे कल प्रवचन में आते समय अपने साथ एक थैली में बड़े-बड़े आलू साथ लेकर आएँ। उन आलुओं पर उस व्यक्ति का नाम लिखा होना चाहिए, जिससे वे नफरत करते हैं। जो शिष्य जितने व्यक्तियों से घृणा करता है, वह उतने आलू लेकर आए।

अगले दिन सभी शिष्य आलू लेकर आए। किसी के पास चार आलू थे तो किसी के पास छः। गुरु ने कहा कि अगले सात दिनों तक ये आलू वे अपने साथ रखें। जहाँ भी जाएँ, खाते-पीते, सोते-जागते, ये आलू सदैव साथ रहने चाहिए। शिष्यों को कुछ समझ में नहीं आया, लेकिन वे क्या करते, गुरु का आदेश था। दो-चार दिनों के बाद ही शिष्य आलुओं की बदबू से परेशान हो गए।

जैसे-तैसे उन्होंने सात दिन बिताए और गुरु के पास पहुँचे। सबने बताया कि वे उन सड़े आलुओं से परेशान हो गए हैं। गुरु ने कहा, "यह सब मैंने आपको शिक्षा देने के लिए किया था। जब सात दिनों में आपको ये आलू बोझ लगने लगे, तब सोचिए कि आप जिन व्यक्तियों से नफरत करते हैं, उनका कितना बोझ आपके मन पर रहता होगा। यह नफरत आपके मन पर अनावश्यक बोझ डालती है, जिसके कारण आपके मन में भी बदबू भर जाती है, ठीक इन आलुओं की तरह। इसलिए अपने मन से गलत भावनाओं को निकाल दो, यदि किसी से प्यार नहीं कर सकते तो कम से कम नफरत तो मत करो। इससे आपका मन स्वच्छ और हल्का रहेगा।" सभी शिष्यों ने वैसा ही किया।

चूड़ी बेचने वाले की मीठी आवाज का जादू

पुराने जमाने की बात है। एक आदमी अपनी घोड़ियों पर चूडियाँ लादकर गाँव-गाँव घूम कर चूड़ियाँ बेचा करता था। जब वह चूड़ियाँ बेचने ले जाता, तब अपनी घोड़ियों को बड़े प्यार से हाँकते हुए कहता था,'चल मेरी बहन, चल मेरी भाभी, चल मेरी माँ।' लोग जब यह सुनते थे तो उन्हें बड़ा आश्चर्य होता था।

एक दिन एक आदमी ने उस चूड़ी वाले को टोकते हुए कहा, "क्यों भाई यह क्या कह रहे हो, इन घोड़ियों से तुम्हारा कैसा रिश्ता, यह तुम्हारी बहन और भाभी कैसे बन गई?"
पहले तो चूड़ी वाले ने हँसकर टालना चाहा फिर जब उस व्यक्ति ने सवाल दोहराया तो चूड़ी वाले ने जवाब दिया, "आप जानते ही हैं कि मेरा काम चूड़ी बेचने का है और चूड़ियाँ हमेशा माता, बहन और भाभियाँ ही खरीदती हैं। इसलिए मै सावधानी रखता हूँ कि मेरे मुँह से कहीं कोई अपशब्द न निकल जाए। मेरी आदत बनी रहे कि हमेशा मुँह से माता, बहन और भाभी ही निकलें। यही कारण है कि मैने घोड़ियों के साथ भी माता, बहन और भाभियों का रिश्ता बना रखा है।"

चूड़ी बेचने वाला अपनी बोली के कारण ही स्त्रियों में अत्यंत लोकप्रिय था। उसकी चूड़ियाँ हाथों-हाथ बिक जाती थीं। एक समय ऐसा आया जब लोग अपने बच्चों को अच्छी भाषा सिखाने के लिए उसकी मिसाल देने लगे। उसके बारे में बताते हुए अभिभावक अपने बच्चों को समझाते कि आदत एक ऐसी प्रवृति है जो व्यक्ति पर हावी हो जाती है। आदत पर अंकुश रखना जरूरी है। चूड़ी बेचने वाला अपनी आदत के प्रति सजग था इसलिए अपने जीवन में सफल हुआ।

कागज के टुकड़ें

एक बार एक बूढ़े आदमी ने अफवाह फैलाई कि उसके पड़ोस में रहने वाला नौजवान चोर है। यह बात दूर-दूर तक फैल गई। आसपास के लोग उस नौजवान से बचने लगे। नौजवान परेशान हो गया। कोई उस पर विश्वास ही नहीं करता था। तभी चोरी की एक वारदात हुई और शक उस नौजवान पर गया। उसे गिरफ्तार कर लिया गया। लेकिन कुछ दिनों के बाद सबूत के अभाव में वह निर्दोष साबित हो गया। निर्दोष साबित होने के बाद वह नौजवान चुप नहीं बैठा। उसने बूढ़े आदमी पर गलत आरोप लगाने के लिए मुकदमा दायर कर दिया।

अदालत में बूढ़े आदमी ने अपने बचाव में न्यायाधीश से कहा, "मैंने जो कुछ कहा था वह एक टिप्पणी से ज्यादा कुछ नहीं था। किसी को नुकसान पहुँचाना मेरा मकसद नहीं था।" न्यायाधीश ने बूढ़े आदमी से कहा, "आप एक कागज के एक टुकड़े पर वो सब बातें लिखें जो आपने उस नौजवान के बारे में कही थीं और जाते समय उस कागज के टुकड़े-टुकड़े करके घर के रास्ते पर फेंक दें और कल फैसला सुनने के लिए आ जाएँ।" बूढ़े व्यक्ति ने वैसा ही किया।

अगले दिन न्यायाधीश ने बूढ़े आदमी से कहा कि फैसला सुनने से पहले आप बाहर जाएँ और उन कागज के टुकड़ों को जो आपने कल बाहर फेंक दिए थे, इकट्ठा कर ले आएँ। बूढ़े आदमी ने कहा, "मैं ऐसा नहीं कर सकता। उन टुकड़ों को तो हवा कहीं से कहीं उड़ा कर ले गई होगी। अब वे नहीं मिल सकेंगे। मैं कहां-कहां उन्हें खोजने के लिए जाऊँगा?"

न्यायाधीश ने कहा, "ठीक इसी तरह एक सरल सी टिप्पणी भी किसी का मान-सम्मान उस सीमा तक नष्ट कर सकती है, जिसे वह व्यक्ति किसी भी दशा में दोबारा प्राप्त करने में सक्षम नहीं हो सकता। इसलिए यदि किसी के बारे में कुछ अच्छा नहीं कह सकते तो चुप रहें। हमारी वाणी पर हमारा नियंत्रण होना चाहिए ताकि हम शब्दों के दास न बनें।"

तीन कटोरें

एक बार की बात है, एक कक्षा में गुरूजी अपने सभी छात्रों को समझाना चाहते थे कि प्रकृति सभी को समान अवसर देती है और उस अवसर का इस्तेमाल करके अपना भाग्य खुद बना सकते हैं। इसी बात को ठीक तरह से समझाने के लिए गुरूजी ने तीन कटोरे लिए। पहले कटोरे में एक आलू रखा, दूसरे में अंडा और तीसरे कटोरे में चाय की पत्ती डाल दी। अब तीनों कटोरों में पानी डालकर उनको गैस पर उबलने के लिए रख दिया। सभी छात्र ये सब हैरान होकर देख रहे थें लेकिन किसी को कुछ समझ नहीं आ रहा था। बीस मिनट बाद जब तीनों बर्तन में उबाल आने लगें, तो गुरूजी ने सभी कटोरों को नीचे उतारा और आलू, अंडा और चाय को बाहर निकाला। अब उन्होंने सभी छात्रों से तीनों कटोरों को गौर से देखने के लिए कहा। अब भी किसी छात्र को समझ में नहीं आ रहा था। आखिर में गुरु जी ने एक बच्चे से तीनों (आलू, अंडा और चाय) को स्पर्श करने के लिए कहा।

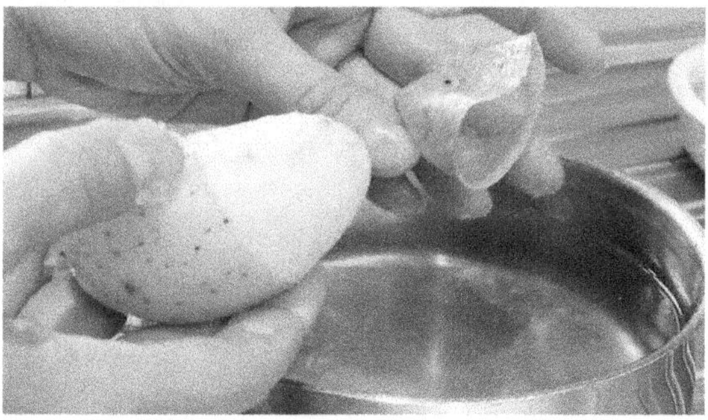

जब छात्र ने आलू को हाथ लगाया तो पाया कि जो आलू पहले काफी कठोर था, पानी में उबलने के बाद काफी मुलायम हो गया था। जब छात्र ने अंडे को उठाया तो देखा जो अंडा पहले बहुत नाज़ुक था, उबलने के बाद वह कठोर हो गया है। अब बारी थी चाय के कप को उठाने की। जब छात्र ने, चाय के कप को उठाया तो देखा चाय की पत्ती ने गर्म पानी के साथ मिलकर अपना रूप बदल लिया था और अब वह चाय बन चुकी थी। अब गुरु जी ने समझाया, "हमने तीन अलग-अलग चीजों को समान विपत्ति से गुजारा, यानी कि तीनों को समान रूप से पानी में उबाला लेकिन बाहर आने पर तीनों चीजें एक जैसी नहीं मिली। आलू जो कठोर था वो मुलायम हो गया, अंडा पहले से कठोर हो गया और चाय की पत्ती ने भी अपना रूप बदल लिया उसी तरह यही बात इंसानों पर भी लागू होती है। सभी को समान अवसर मिलते हैं और मुश्किलें आती हैं लेकिन ये पूरी तरह आप पर निर्भर है की आप परेशानी का सामना कैसा करते हैं और मुश्किल दौर से निकलने के बाद क्या बनते हैं।"

नीलम का हार

एक जौहरी के निधन के बाद उसका परिवार संकट में पड़ गया। खाने के भी लाले पड़ गए। एक दिन उसकी पत्नी ने अपने बेटे को नीलम का एक हार देकर कहा, "बेटा, इसे अपने चाचा की दुकान पर ले जाओ और कहना कि इसे बेचकर वे कुछ रुपए दे दें।" बेटा वह हार लेकर चाचाजी के पास गया।

चाचा ने हार को अच्छी तरह से देख-परखकर कहा, "बेटा, माँ से कहना कि अभी बाजार बहुत मंदा है। थोड़ा रुककर बेचना, अच्छे दाम मिलेंगे' और उसे थोड़े से रुपए देकर कहा कि तुम कल से दुकान पर आकर बैठना।"

अगले दिन से वह लड़का रोज दुकान पर जाने लगा और वहाँ हीरे-रत्नों की परख का काम सीखने लगा। एक दिन वह बड़ा पारखी बन गया और लोग दूर-दूर से अपने हीरे की परख कराने आने लगे।

एक दिन उसके चाचा ने कहा, "बेटा, अपनी माँ से वह हार लेकर आना और कहना कि अब बाजार बहुत तेज है, उसके अच्छे दाम मिल जाएँगे।"

माँ से हार लेकर उसने परखा तो पाया कि वह तो नकली है। वह उसे घर पर ही छोड़कर दुकान लौट आया।

चाचा ने पूछा, "हार नहीं लाए?"

उसने कहा, "वह तो नकली था।"

तब चाचा ने कहा, "जब तुम पहली बार हार लेकर आए थे, तब मैं उसे नकली बता देता तो तुम सोचते कि आज हम पर बुरा वक्त आया, तो चाचा हमारी चीज को भी नकली बताने लगे और आज जब तुम्हें खुद ज्ञान हो गया, तो पता चल गया कि हार सचमुच नकली है।"

सच यह है कि ज्ञान के बिना इस संसार में हम जो भी सोचते, देखते और जानते हैं, वह सब गलत है और ऐसे ही गलतफहमी का शिकार होकर रिश्तें बिगड़ते हैं।

बिल्ली मत पालना

एक गुरु ने मरते वक्त अपने शिष्य से कहा, "बिल्ली मत पालना। यही आध्यात्मिक सफलता (सांसारिक भी) का सूत्र है।" शिष्य को गुरु की यह बात समझ में नहीं आई। शिष्य उस सूत्र में उलझकर रह गया। उसने सोचा गुरु मरते समय सठिया गया था। क्या होगा बिल्ली पालने से और मुझे क्या करना बिल्ली-विल्ली से। खैर...थोड़े दिनों में शिष्य उस बात को या कहें कि सूत्र को भूल गया।

फिर एक जंगल में जीवनभर तपस्या और ध्यान करने के लिए गया और वहाँ जंगल में एक कुटिया बनाकर रहने लगा। बहुत कम साधनों में उसका गुजारा चल रहा था और जिंदगी मजे में गुजर रही थी। लेकिन वहाँ एक दिक्कत खड़ी हो गई। जहाँ वह रहता था वहाँ चूहे बहुत हो गए। शिष्य के सारे कपड़े चूहे काट जाते, वह उन चूहों से परेशान रहने लगा।

एक दिन पास ही के गाँव के एक बुजुर्ग ने सलाह दी कि चूहों से बचने के लिए एक बिल्ली पाल लो तो तुम्हारी सारी समस्या समाप्त हो जायेगी। हालांकि चूहों को भगाने के और भी तरीके हो सकते थें लेकिन शिष्य को बुजुर्ग की यह बात पसंद आई और उसने बिल्ली पाल ली।

अब चूहे तो नहीं रहे, लेकिन बिल्ली के लिए भिक्षा के साथ उसे अब दूध भी माँगना पड़ता था। गाँव के लोग दूध देने में कतराते थें। अब उसके लिए बिल्ली एक समस्या बन गई। आधा ध्यान बिल्ली में लगा रहता।

तब फिर उसी बुजुर्ग ने सलाह दी, एक काम करो। तुमको पहाड़ी से नीचे गाँव में भिक्षा माँगने और इसके लिए दूध लाने जाना पड़ता है तो क्यों नहीं एक गाय पाल लेते हो। यहाँ आसपास चारा बहुत है। कुछ करने की जरूरत नहीं पड़ेगी। गाय चारा खुद ही खा लेगी और तुम रोज उसका दूध निकालकर खुद भी पीना और बिल्ली को भी पिलाना। बचे समय में निश्चिंत होकर तप और ध्यान करना। इस बार भी उस शिष्य को बुजुर्ग की बात पसंद आ गई आई और गाय भी पल गई।

वह गाय ले आया लेकिन उसे क्या मालूम था कि गाय को पालना इतना आसान नहीं है। दिनभर गाय की देखरेख करना। गोबर हटाना और साफ सफाई करने के बाद दूध निकालना, इसी में उसका समय चला जाता था। फिर एक दिन गाय को बछड़ा हो गया। अब शिष्य को फुरसत नहीं मिलती थी। रात भी ध्यान देना पड़ता था। ध्यान और तप के लिए समय ही नहीं मिलता। बिल्ली, गाय और बछड़ा, बस इसी के आसपास उसका जीवन उलझकर रह गया था। ध्यान-पूजा सब छूट गया।

तब फिर से वही बुजुर्ग सामने आया और फिर से उसने सलाह दी, "अरे! भाई इतनी झंझट क्यों पालते हो। राजा जनक और महर्षि विश्वामित्र ने भी तो गृहस्थ जीवन जीकर मोक्ष पाया था। मेरी मानो तो तुम गृहस्थ रहकर भी ध्यान-पूजा कर सकते हो। यदि तुम शादी कर लोगे तो यह सारी झंझट खत्म। बिल्ली, गाय, बछड़ा सभी पत्नी संभाल लेगी और खाना भी बनाकर देगी। तुमको भिक्षा माँगने नहीं जाना पड़ेगा। दिनभर फुरसत ही फुरसत और तुम मजे से ध्यान और तप करना।"

इस बार फिर शिष्य को उस बुजुर्ग की बात पसंद आ आई। उसने विवाह कर लिया और फिर देखते ही देखते जीवन में नयी तरह की चुनौतियाँ आ गयीं। दो-तीन बच्चे हो गए और सभी तरह की अलग-अलग माँगें। जीवन संपूर्ण तरह से अब उलझ चुका था। जीवन कब गुजर गया पता ही नहीं चला। अंतत: जब वह मरने लगा तो उसे अंत में अपने गुरु की कही गई बात याद आई। गुरु ने एक सूत्र दिया था कि बिल्ली मत पालना। यह सोचकर वह रोने लगा और सोचने लगा कि यदि मैं चूहों से बचने लिए बिल्ली नहीं पालता तो निश्चित ही आज जीवन कुछ और ही होता।

"जीवन को सरल-सहज प्रवाह में बहने दीजिये, सब कुछ मधुर और सुखद हो जायेगा।"

मीठा मन

एक शिष्य अपने गुरु से सप्ताह भर की छुट्टी लेकर अपने गाँव जा रहा था। तब गाँव पैदल ही जाना पड़ता था। जाते समय रास्ते में उसे एक कुआँ दिखाई दिया।

शिष्य प्यासा था, इसलिए उसने कुएँ से पानी निकाला और अपना गला तर किया। शिष्य को अद्भुत तृप्ति मिली, क्योंकि कुएँ का जल बेहद मीठा और ठंडा था।

शिष्य ने सोचा - क्यों ना यहाँ का जल गुरुजी के लिए भी ले चलूँ। उसने अपनी मशक भरी और वापस आश्रम की ओर चल पड़ा। वह आश्रम पहुँचा और गुरुजी को सारी बात बताई।

गुरुजी ने शिष्य से मशक लेकर जल पिया और संतुष्टि महसूस की। उन्होंने शिष्य से कहा, "वाकई जल तो गंगाजल के समान है।" शिष्य को खुशी हुई। गुरुजी से इस तरह की प्रशंसा सुनकर शिष्य आज्ञा लेकर अपने गाँव चला गया।

कुछ ही देर में आश्रम में रहने वाला एक दूसरा शिष्य गुरुजी के पास पहुँचा और उसने भी वह जल पीने की इच्छा जताई। गुरुजी ने मशक शिष्य को दी। शिष्य ने जैसे ही घूँट भरा, उसने पानी बाहर कुल्ला कर दिया।

शिष्य बोला, "गुरुजी इस पानी में तो कड़वापन है और न ही यह जल शीतल है। आपने बेकार ही उस शिष्य की इतनी प्रशंसा की।"

गुरुजी बोले, "बेटा, मिठास और शीतलता इस जल में नहीं है तो क्या हुआ। इसे लाने वाले के मन में तो है। जब उस शिष्य ने जल पिया होगा तो उसके मन में मेरे लिए प्रेम उमड़ा। यही बात महत्वपूर्ण है। मुझे भी इस मशक का जल तुम्हारी तरह ठीक नहीं लगा पर मै यह कहकर उसका मन दुखी करना नहीं चाहता था। हो सकता है जब जल मशक में भरा गया, तब वह शीतल हो और मशक के साफ न होने पर यहाँ तक आते-आते यह जल वैसा नहीं रहा, पर इससे लाने वाले के मन का प्रेम तो कम नहीं होता है ना"

"दूसरों के मन को दुखी करने वाली बातों को टाला जा सकता है और हर बुराई में अच्छाई खोजी जा सकती है।"

माँ की महिमा

माँ की महिमा जानने के लिए एक आदमी स्वामी विवेकानंद के पास आया। इसके लिए स्वामी जी ने उस आदमी से कहा," 5 किलो का एक पत्थर कपड़े में लपेटकर पेट पर बाँध लो और 24 घंटे बाद मेरे पास आना, तुम्हारे हर सवाल का उत्तर दूँगा।" दिनभर पत्थर बाँधकर वह आदमी घूमता रहा, थक-हारकर स्वामी जी के पास पहुँचा और बोला- मैं इस पत्थर का बोझ ज्यादा देर तक सहन नहीं कर सकता हूँ।

स्वामी जी मुस्कुराते हुए बोले,"पेट पर बँधे इस पत्थर का बोझ तुमसे सहन नहीं होता। एक माँ अपने पेट में पलने वाले बच्चे को पूरे नौ महीने तक ढ़ोती है और घर का सारा काम भी करती है। दूसरी घटना में स्वामी जी शिकागो धर्म संसद से लौटे तो जहाज से उतरते ही रेत से लिपटकर रोने लगे थें। वह भारत की धरती को अपनी माँ समझते थें और लिपटकर खूब रोए थें।

संसार में माँ के सिवा कोई इतना धैर्यवान और सहनशील नहीं है। इसलिए माँ से बढ़ कर इस दुनिया में कोई और नहीं है।

जब हवा चलती है.....

बहुत समय पहले की बात है, आइसलैंड के उत्तरी छोर पर एक किसान रहता था। उसे अपने खेत में काम करने वालों की बड़ी जरूरत रहती थी लेकिन ऐसी खतरनाक जगह, जहाँ आये दिन आंधी-तूफान आते रहते हों, कोई काम करने को तैयार नहीं होता था।

किसान ने एक दिन शहर के अखबार में इश्तहार दिया कि उसे खेत में काम करने वाले एक मजदूर की जरूरत है। किसान से मिलने कई लोग आयें लेकिन जो भी उस जगह के बारे में सुनता, वो काम करने से मना कर देता। अंततः एक सामान्य कद का पतला-दुबला अधेड़ व्यक्ति किसान के पास पहुँचा।

किसान ने उससे पूछा, "क्या तुम इन परिस्थितियों में काम कर सकते हो?"

"हम्म, बस जब हवा चलती है तब मै सोता हूँ।" व्यक्ति ने उत्तर दिया।

किसान को उसका उत्तर थोड़ा अजीब लगा लेकिन चूँकि उसे कोई और काम करने वाला नहीं मिल रहा था इसलिए उसने व्यक्ति को काम पर रख लिया।

मजदूर मेहनती निकला, वह सुबह से शाम तक खेतों में मेहनत करता, किसान भी उससे काफी संतुष्ट था कुछ ही दिन बीते थें कि एक रात अचानक ही जोर-जोर से हवा बहने लगी। किसान अपने अनुभव से समझ गया कि अब तूफान आने वाला है। वह तेजी से उठा हाथ में लालटेन ली और मजदूर के झोपड़े की तरफ दौड़ा।

"जल्दी उठो, देखते नहीं तूफान आने वाला है, इससे पहले कि सबकुछ तबाह हो जाए कटी फसलों को बाँधकर ढक दो और बाड़े के गेट को भी रस्सियों से कस दो।" किसान चीखा।

मजदूर बड़े आराम से पलटा और बोला, "नहीं जनाब, मैने आपसे पहले ही कहा था कि जब हवा चलती है तो मैं सोता हूँ।"

यह सुन किसान का गुस्ता सातवें आसमान पर पहुँच गया। जी मे आया कि उस मजदूर को गोली मार दें, पर अभी वो आने वाले तूफान से चीजों को बचाने के लिये भागा।

किसान खेत में पहुँचा और उसकी आँखें आश्चर्य से खुली रह गयी, फसल की गाँठें अच्छे से बंधी हुई थीं और तिरपाल से ढँकी हुयी थी। उसके गाय-बैल सुरक्षित बँधे हुए थें और मुर्गियाँ भी अपने दडबों में थीं। बाड़े का दरवाजा भी मजबूती से बँधा हुआ था। सारी चीजें बिलकुल व्यवस्थित थीं। नुकसान होने की कोई संभावना नहीं बची थी। किसान अब मजदूर की ये बात कि "जब हवा चलती है तब मैं सोता हूँ...." समझ चुका था और अब वो भी चैन से सो सकता था।

हमारी जिन्दगी में भी कुछ ऐसे तूफान आने तय हैं, जरूरत इस बात की है कि हम उस मजदूर की तरह पहले से तैयारी कर के रखें ताकि मुसीबत आने पर हम भी चैन से सो सकें। जैसे कि यदि कोई विद्यार्थी शुरू से पढ़ाई करे तो परीक्षा के समय वह आराम से रह सकता है, हर महीने बचत करने वाला व्यक्ति पैसे की जरूरत पड़ने पर निश्चिंत रह सकता है, इत्यादि।

तो चलिए हम भी कुछ ऐसा करें कि कह सकें - "जब हवा चलती है तो मैं सोता हूँ..."

अभ्यास ही निपुणता का एकमात्र साधन है

पुरानी लोक कथा के अनुसार पुराने समय में एक गरुड़ अपने दो बच्चों को अपनी पीठ पर बैठाकर एक सुरक्षित स्थान पर पहुँचा देता था। दोनों बच्चें ने वहाँ दिनभर दाना चुगते। शाम को गरुड़ बच्चों को अपनी पीठ पर बैठाकर अपने घर वापस ले आया। रोज यही क्रम चलने लगा। बच्चों ने सोचा कि जब पिताजी पीठ पर बैठाकर ले जाते हैं तो हमें उड़ने की क्या जरूरत है?

गरुड़ ने समझ लिया कि उसके दोनों बच्चे आलसी हो गए हैं और मेहनत नहीं करना चाहते हैं। इसीलिए उड़ना नहीं सीख रहे हैं। एक दिन सुबह-सुबह गरुड़ ने बच्चों को अपनी पीठ पर बैठाकर ऊँची उड़ान भरी। ऊँचाई पर पहुँचकर गरुड़ ने पीठ पर बैठे दोनों बच्चों को गिरा दिया। अब दोनों बच्चों ने अपने-अपने पंख फड़फड़ाना शुरू कर दिए। उस दिन उन्हें समझ आ गया कि उड़ना सीखना बहुत जरूरी है। किसी तरह दोनों बच्चों ने अपने प्राण बचा लिए।

शाम को घर पहुँचकर दोनों बच्चों ने अपनी माता मादा गरुड़ से कहा कि माँ आज हमने पंख न फड़फड़ाए होते तो पिताजी ने मरवा ही दिया था।

मादा गरुड़ ने अपने बच्चों से कहा कि जो लोग अपने आप नहीं सीखते हैं, आलस्य नहीं छोड़ते हैं, उन्हें सिखाने का यही नियम है। हमारी पहचान ऊँची उड़ान से होती है, यही हमारी योग्यता है। इसे बढ़ाने के लिए लगातार अभ्यास करते रहने की जरूरत है। बच्चों को अपनी माँ की बातें समझ आ गईं, इसके बाद उन्होंने भी आलस्य छोड़कर उड़ना सीखा और लगातार अभ्यास से वे भी काफी ऊँचाई तक उड़ने लगे।

अगर हम सफल होना चाहते हैं तो हमें आलस्य छोड़कर अपनी योग्यता को बढ़ाते रहना चाहिए। किसी भी काम में परफेक्ट होने के लिए लगातार अभ्यास करते रहना चाहिए। इस कहानी में गरुड़ के बच्चे आलसी थे, इस कारण उड़ना नहीं सीख रहे थे। गरुड़ की योग्यता यही है कि वे काफी ऊँचाई तक उड़ सकते हैं। इसके बाद गरुड़ के बच्चों ने आलस्य छोड़कर उड़ना सीख लिया।

दु:ख के दिनों में धैर्य रखें

दु:ख के दिनों में धैर्य से काम लेना चाहिए, वरना सुख कभी नहीं मिल पाता है। संघर्ष के समय में किन बातों का ध्यान रखना चाहिए, इस संबंध में एक लोक कथा प्रचलित है। कथा के अनुसार पुराने समय में एक व्यक्ति बहुत गरीब था। वह गरीबी दूर करने के लिए बार-बार कोशिश कर रहा था, लेकिन उसे धन लाभ नहीं हो पा रहा था। लगातार मिल रही असफलता से वह हिम्मत हार गया और निराश रहने लगा। कुछ दिनों के बाद गाँव में एक संत आए। गाँव के सभी लोग संत से मिलने पहुँचें।

निराश युवक भी संत के पास पहुँचा। उसने संत को अपनी परेशानियाँ बता दी। संत ने उससे कहा कि इस तरह निराश होने से कोई लाभ नहीं मिलेगा। तुम अपनी कोशिश करते रहो, इस तरह हारकर बैठ जाओगे तो परेशानियाँ दूर होने की उम्मीद भी खत्म हो जाएगी। यह बात सुनकर व्यक्ति ने कहा कि मैं हार चुका हूँ और अब मैं कुछ नहीं कर सकता।

संत को समझ आ गया कि ये व्यक्ति नकारात्मक विचारों में बुरी तरह उलझ गया है। तब संत ने उससे कहा कि मैं तुम्हें एक कहानी सुनाता हूँ। कहानी से तुम्हारी निराशा दूर हो जाएगी। संत ने कहानी सुनाना शुरू किया -

"एक छोटे बच्चे ने एक बाँस का और एक कैक्टस का पौधा लगाया। बच्चा रोज दोनों पौधों की देखभाल करता। धीरे-धीरे कैक्टस का पौधा तो पनप गया, लेकिन बाँस का पौधा वैसा का वैसा ही था। उसमें कोई परिवर्तन नहीं हुआ। कई महीने व्यतीत हो गए।

छोटे बच्चे ने हिम्मत नहीं हारी। वह बाँस के पौधे की भी देखभाल करता रहा। इसी तरह कुछ दिन और निकल गए, लेकिन बाँस का पौधा नहीं पनपा था। बच्चा निराश नहीं हुआ और उसने पौधे को पानी देना जारी रखी। कुछ महीनों के बाद बाँस पौधा भी पनप गया और कुछ ही दिनों में वह कैक्टस के पौधे से भी बड़ा हो गया।"

संत ने उस व्यक्ति से कहा इस कथा की सीख यह है कि बाँस का पौधा पहले अपनी जड़ें मजबूत कर रहा था, इसीलिए उसे पनपने में समय लगा। हमारे जीवन में जब भी संघर्ष आए तो हमें सबसे पहले अपनी जड़ें मजबूत करनी चाहिए, निराश नहीं होना चाहिए। जैसे ही हमारी जड़ें मजूबत हो जायेंगी, हम तेजी से अपने लक्ष्य की ओर बढ़ने लगेंगे, तब तक धैर्य रखना चाहिए। वह युवक संत की बात समझ गया और उसने एक बार फिर से पूरे उत्साह के साथ काम करना शुरू कर दिया।

नकारात्मकता से बचें

हमें सफलता तब ही मिल सकती है जब हमारी सोच सकारात्मक हो। इस संबंध में एक कथा प्रचलित है। कथा के अनुसार पुराने समय में एक राजा के दो पुत्र थे। एक दिन दोनो राजकुमारों ने सोचा कि जंगल में शिकार के लिए चलना चाहिए। ये इच्छा उन्होंने अपने पिता को बताई तो राजा ने राजकुमारों के साथ कुछ सैनिकों को भी भेज दिया। राजकुमार सैनिकों के साथ जंगल की ओर निकल पड़े।

जंगल में उन्हें एक नदी दिखाई दी। राजकुमारों ने वहीं पड़ाव डाल दिया और नदी में स्नान करने चले गए। दोनो ही तैरना जानते थें। एक राजकुमार तैरते-तैरते कुछ दूर निकल गया, वहाँ नदी का बहाव तेज था और गहराई भी अधिक थी। दूसरा राजकुमार किनारे पर ही था, जब उसने देखा कि उसका भाई बहुत आगे चला गया तो वह नदी से बाहर निकला और उसे बुलाने लगा। गहराई की ओर पहुँच चुका राजकुमार थक गया था। वह गहराई और नदी का बहाव देखकर घबरा गया। तभी दूसरे राजकुमार ने किनारे पर रखा लकड़ी का बड़ा टुकड़ा पानी में फेंक दिया। वह लकड़ी डूबते राजकुमार के पास नहीं पहुँच सकी। वह लगातार बाहर निकलने का प्रयास कर रहा था।

किनारे पर खड़ा दूसरा राजकुमार और सैनिक बोल रहे थे कि अब इनका बाहर निकलना असंभव है, ये डूब जाएगा। ये बातें बोलते-बोलते वे सभी दुखी हो रहे थें। किनारे खड़े लोगों की ये बातें सुनकर नदी में फँसा राजकुमार भी हताश हो रहा था। तभी नदी के तेज बहाव के साथ राजकुमार वहाँ से आगे बह गया। ये देखकर किनारे पर खड़े राजकुमार और सैनिक विलाप करने लगें।

कुछ देर बाद उन्होंने देखा कि दूसरी ओर से एक संन्यासी और एक युवक उनकी ओर आ रहे हैं। जब वे दोनों पास पहुँचे तो राजकुमार और सैनिक हैरान हो गए, क्योंकि संन्यासी के साथ नदी में डूब रहा राजकुमार था। सभी ने उस राजकुमार से पूछा कि वह कैसा बचा? तब संन्यासी ने कहा कि मैं समझाता हूँ, ये नदी से बाहर कैसे निकला।

जब ये नदी में बहकर दूर तक चला गया तो ये वहाँ अकेला था, इसे निराश करने वाली बातें नहीं थी, कोई भी इसका उत्साह कम करने वाला नहीं था। नदी के बीच में इसने खुद को समझाया कि मैं नदी से बाहर निकल सकता हूँ, अपनी सोच को सकारात्मक किया और बाहर निकलने की कोशिश करने लगा। कुछ ही देर में इसे लकड़ी का बड़ा टुकड़ा मिल गया, जिसे पकड़कर ये किनारे तक पहुँच गया। संन्यासी ने सभी को समझाया कि जो लोग नकारात्मकता से घिरे रहते हैं, उन्हें सफलता नहीं मिल पाती है। इसीलिए हमेशा सकारात्मक सोचना चाहिए। तभी परेशानियों को दूर कर सकते हैं। नकारात्मकता से बचना चाहिए।

परिस्थिति के अनुकूल खुद को ढाल लेने में ही सुख

किसी गाँव में एक विद्वान संत रहते थे। गाँव के आसपास के क्षेत्र के सभी लोग उनका बहुत सम्मान करते थें। लोग अपनी समस्याएँ लेकर उनके आश्रम जाते और संत उन्हें समस्याओं का हल बताते थें। एक दिन संत के पास एक दुखी व्यक्ति आया और बोला कि गुरुजी मै जीवन में आने वाली परेशानियों से बहुत दुखी हूँ। कृपया मुझे अपना शिष्य बना लें, मैं सेवा करना चाहता हूँ। संत ने उसकी बात समझी और कहा कि तुम अब यहीं रहो और आश्रम की गाय की देखभाल करो, सुबह-शाम दूध का सेवन करो। गायत्री मंत्र का जाप करो।

संत की बात सुनकर व्यक्ति खुश हो गया, क्योंकि उसे सुबह-शाम ताजा दूध मिलेगा। व्यक्ति ने गाय की देखभाल शुरू कर दी, कुछ ही दिनों में वह तंदुरुस्त हो गया। उसने संत से कहा कि गुरुदेव अब बहुत आनंद है। मैं गाय की देखभाल करता हूँ, मस्त रहता हूँ। गुरु ने कहा कि ठीक है। एक दिन गाय आश्रम से कहीं चली गई। बहुत खोजने के बाद भी शिष्य को गाय नहीं मिली। गाय न मिलने की वजह से वह शिष्य दुखी हो गया। उसने अपने गुरु को इस बात की जानकारी दी। गुरु ने कहा कि यह भी ठीक है।

कुछ दिनों के बाद शिष्य को गाय फिर मिल गई। शिष्य खुश हो गया। उसने गुरु को बताया कि गाय मिल गई है। गुरु ने कहा है कि यह भी ठीक है।

शिष्य ये सुनकर हैरान हो गया। उसने गुरु से कहा कि गुरुदेव जब मैंने आपको बताया था कि गाय के दूध सेवन से मैं आनंद में हूँ, तब आपने कहा था ठीक है। इसके बाद जब गाय गुम हो गई, तब भी आपने कहा था कि यह भी ठीक है और जब गाय मिल गई है, तब भी आप यही कह रहे हैं कि ठीक है। ऐसा क्यों?

गुरु ने शिष्य से कहा कि यही जीवन को जीने का सही तरीका है। हमारे जीवन में जैसी परिस्थितियाँ, हमें उन्हें ठीक समझना चाहिए। परिस्थितियों के अनुसार खुद को ढाल लेना चाहिए। यही सुखी जीवन का मूल मंत्र है।

जब भी ऐसा लगे कि अब सब खत्म हो गया है

पुराने समय में एक राजा के नगर में विद्वान संत पहुँचे। राजा तुरंत ही संत के पास गया और अपने महल में आमंत्रित किया। उसने संत की खूब सेवा की। राजा की सेवा से प्रसन्न होकर संत ने जाते समय उसे एक ताबीज दिया और कहा कि जीवन में परेशानियाँ खत्म नहीं हो रही हैं और आपको ऐसा लगे कि अब सब कुछ खत्म हो गया है, तब इस ताबीज में रखे एक कागज पर मंत्र लिखा है, उसे निकालकर पढ़ लेना, लेकिन ध्यान रहे उससे पहले ये ताबीज मत खोलना। राजा ने संत की बात मानकर ताबीज गले में पहन लिया।

कुछ दिन बाद राजा के नगर पर पड़ोसी शत्रुओं ने आक्रमण कर दिया। बलवान शत्रुओं से राजा की सेना हार गई। किसी तरह राजा अपने प्राण बचाकर जंगल में भागा और एक गुफा में छिप गया। गुफा में उसे शत्रु सैनिकों के कदमों की आवाज सुनाई दे रही थी। राजा को लगा कि मैं फँस गया हूँ, अब सब खत्म हो गया। ये सैनिक मुझे बंदी बना लेंगे। तभी उसे संत के ताबीज की याद आई। राजा ने तुरंत ही ताबीज खोला और कागज निकाला। उस पर लिखा था कि ये समय भी कट जाएगा। ये पढ़कर राजा को थोड़ा सुकून मिला।

कुछ ही देर में सैनिक के कदमों की आवाज कम होने लगी। गुफा से झाँककर राजा ने देखा तो सैनिक उस जगह से काफी दूर निकल गए थे। राजा तुरंत ही गुफा से बाहर निकला और अपने राज्य में पहुँच गया। इस तरह राजा के प्राण बच गए और अपने मित्र राजाओं के सहयोग से सेना एकत्र कर शत्रु को परास्त कर अपना राज्य पुनः प्राप्त कर लिया। इस तरह न केवल राजा के प्राण बच गये, बल्कि उसने अपना खोया हुआ राज्य पुनः प्राप्त कर लिया।

इस छोटी सी कथा की सीख यह है कि जीवन में अच्छे दिन हो या बुरे दिन, हमेशा नहीं रहते हैं। सुख और दुःख, दोनों तरह के समय में ये बात हमेशा ध्यान रखनी चाहिए कि ये समय भी कट जाएगा। अच्छे दिनों में ऐसे कामों से बचें, जिनसे अहंकार बढ़ता है और बुरे दिनों में धैर्य से काम लें। इस बात का ध्यान रखेंगे तो परेशानियों से बचे रहेंगे।

मन की ढील

एक सेठ के यहाँ गुणसुंदरी नामक कन्या थी। वह अपनी जीवन साधना-स्वाध्याय में लगाना चाहती थी, किन्तु मानसिक धरातल पर वह अपरिपक्व ही थी। वयस्क होने पर भी वह विवाह के लिए तैयार न होती थी। पिता के बहुत आग्रह पर उसने एक विद्वान वयोवृद्ध से विवाह की स्वीकृति दे दी, ताकि उसका व्रत भी निभता रहे और लोकापवाद भी बना रहे। वयोवृद्ध पति की सेवा करते और उनसे ज्ञान-अनुदान पाते बहुत समय बीत गया।

एक रात घर में चोर घुस आया। वह बड़ा रूपवान् था। गुणसुंदरी का मन विचलित हुआ और उस पर आसक्त होकर उसने उस चोर को घर में रख लिया। एक दिन विचार आया कि क्यों न पति को मार दिया जाए, ताकि कोई कंटक ही न रहे। दोनो ने मिलकर बूढ़े को गला दबाकर मार डाला। चोर प्रातः होते ही नित्य की भाँति घर से जाने लगा तो ऊपर से दरवाजा टूट पड़ा और उसकी भी वहीं मृत्यु हो गई।

गुणसुंदरी को मन की चंचलता पर बड़ा दुःख हुआ। उसने दोनो पतियों के साथ चिता मे शरीर को जला देने का निश्चय किया। वह मन की दुष्टता पर बार-बार पछताती और अपने कुकृत्य का विवरण सभी को बताती हुई प्राण त्याग गई।

सभी लोग कहने लगें - मन की उच्चता और निकृष्टता का कोई ठिकाना नहीं। उसे तनिक भी ढील नहीं मिलनी चाहिए। हर समय कड़ा अंकुश रखने से ही काम चलता है।

गृहस्थ जीवन का निर्वाह ऐसे ही कठिन उत्तरदायित्वों से बँधा है, जिसमें अनुबंध, अनुशासन, आत्मनियंत्रण को सर्वोपरि महत्व दिया जाना चाहिए।

अपनी-अपनी मर्यादा का पालन

एक चिड़ियाघर के जानवरों ने इकट्ठे होकर विचार किया कि निःशस्त्रीकरण की नीति पर चलना चाहिए। गैंडे ने कहा - "दाँत और पंजे सबसे अधिक खतरनाक होते हैं, उन पर प्रतिबंध लगाया जाए, सींग तो केवल रक्षा के साधन मात्र हैं।" भैंसा और हिरन से लेकर काँटों वाली सेही तक ने गैंडे का समर्थन किया। शेर ने दाँत और पंजों को खाने और चलने का साधारण साधन बताते हुए कहा - "सींग ही निरर्थक वस्तु है, सर्वसम्मति से उसी का प्रयोग निषिद्ध किया जाए।" बाघ, चीता और सियार से वन विलाव तक ने इस तर्क की प्रशंसा की। रीछ की बारी आई तो उसने कहा- "सींग और दाँत, पंजे यह सभी हानिकारक हैं। जरूरत पड़ने पर आलिंगन करने के मित्रतापूर्ण ढंग पर छूट रखी जानी चाहिए।" जो लोग रीछ की आदत जानते थें, वे उसकी चालाकी को ताड़ गए और मन ही मन बहुत कुढ़ें। अपने पक्ष का समर्थन और प्रतिपक्षी का विरोध करने के जोश में बहुत शोर मचने लगा, एक दूसरे पर गुर्राने लगें, यहाँ तक कि टूट पड़ने की बात सोचने लगें।

चिड़ियाघर के मालिक ने यह शोर सुना तो उसने उन सबको अपने-अपने बाड़े में खदेड़ दिया और कहा - "मूर्खों ! तुम भलमनसाहत से अपनी-अपनी मर्यादाओं का पालन करो, तो बिना निःशस्त्रीकरण के भी काम चल सकता है।"

आशा करनी चाहिए कि मनुष्य मे सद्बुद्धि आएगी एवं विनाश का यह वातावरण पारिवारिक की मनःस्थिति के विकसित होते ही बदलेगा। सन्मति ही प्रज्ञा है। चिंता की भ्रष्टता एवं आचरण की दुष्टता चारों ओर समझदारी का वातावरण बनने पर ही मिटेगी।

काम का धन, बेकार का धन

एक सेठ था। उसके पास बहुत धन था, पर स्वभाव से वह था कंजूस। न स्वयं खा-पी सके और न किसी को दे सके। घर में अपने धन को इसलिए नहीं रखता था कि कोई चोर-डाकू न चुरा ले, अतः गाँव के बाहर एक जंगल मे गड्ढा करके अपना सारा धन गाड़ आया। दूसरे-तीसरे दिन जाता और उस स्थान को चुपचाप देख आता। उसे अपने पर बड़ा गर्व था।

एक बार एक चोर को शक हुआ, वह कंजूस के पीछे-पीछे चुपचाप गया और छिपकर देख आया। उसे समझते देर न लगी कि इस स्थान पर अवश्य कोई मूल्यवान वस्तु दबी है। जब कंजूस चक्कर लगाकर घर चला गया, तो उस चोर ने खुदाई करके सारा धन प्राप्त कर लिया और वहाँ से रफूचक्कर हो गया। दूसरे दिन जब कंजूस छिपे धन को देखने गया, तो उसे जमीन खुदी हुई दिखाई दी। आसपास मिट्टी का ढेर लग रहा था और बीच में एक खाली गड्ढा था। उसका सारा धन जा चुका था। इतनी बड़ी हानि वह सहन नहीं कर सका। माथा पकड़कर जोर से रोने-चिल्लाने लगा- "हाय ! मै तो लुट गया, मेरे सारे जीवन की कमाई चोर ले गए।"

रोना चिल्लाना सुनकर जंगल मे रहने वाले आस-पास के कई आदमी आ गयें। उन्होने पूछकर स्थिति जानी। एक आदमी ने समझाते हुए कहा - "सेठ जी! धन तो आपके काम पहले भी न आया था और न आगे आपके जीवन मे आ सकता था। हाँ उस पर आपका अधिकार अवश्य था। जिसे यहाँ छिपाकर रख छोड़ा था, वह बेकार ही था। ऐसी स्थिति में दुःखी होने की क्या आवश्यकता है? जितने से आपका कार्य-व्यापार चल रहा है, वही आपके काम का धन है।"

उदासीनता तथा चिंताओं को लॉक कर दें

एक राजा दुखी, उदास और इतना चिंतित रहता कि उसे रात को नींद तक नहीं आती। राज्य के मंत्री तथा निजी चिकित्सक उसे प्रसन्न रखने के लिए तरह-तरह के प्रयत्न करने लगें। प्रयत्न क्यों न करतें? राजा जो ठहरा राज्य का। किसी ने कहा, यदि राज्य के सबसे सुखी और प्रसन्न व्यक्ति को ढूँढकर उसका उतरीय वस्त्र राजा को पहना दिया जाए, तो उसकी खोई हुई प्रसन्नता लौट सकती है। अनेक मंत्री तथा नौकर-चाकर सुखी व्यक्ति की खोज मे निकल पड़ें। सब सोचते जो यह कार्य सबसे पहले कर दिखाएगा उसकी कार्यक्षमता का प्रभाव राजा पर पड़ेगा और राजा खुश हो गया, तो मुँह माँगा पुरस्कार मिलेगा।

एक दिन सड़क के किनारे अपने राम में मस्त एक सज्जन मिल गए। यद्यपि उन्होंने राजा के सम्मुख जाने को बहुत आनाकानी की, पर विवश थें जाना पड़ा। राजा के सम्मुख उपस्थित हुए। जब राजा राज्य के सबसे प्रसन्न व्यक्ति से मिलें, तो उनकी भी खुशी का ठिकाना न रहा। वह चिल्ला पड़ा, "अच्छा तुम हो सबसे सुखी व्यक्ति। इनका उतरीय कहाँ है, मैं भी उसे पहनकर अपनी उदासीनता तथा चिंताओं से तुरन्त मुक्त होना चाहता हूँ।"

सज्जन, "राजन्! आप उतरीय वस्त्र की बात कहते हैं, मेरे पास तो ओढ़ने की, पहनने की एक धोती के सिवाय कुछ नहीं। रमता योगी और बहता पानी जैसा मेरा जीवन है।" राजा समझ गया कि सुख वस्तुओं में नहीं संतोष में है।

सबसे बड़ा खजाना

अँधेरी रात मे वह फकीर आकाश के तारों को देख रहा था। रात जैसे-जैसे गहरी होती जा रही थी, वैसे-वैसे आकाश में तारे बढ़ते जा रहे थें। धीरे-धीरे तो पूरा आकाश ही उनसे जगमग हो उठा था और आकाश के तारों को देखते-देखते उसका मन भी उस मौन सौंदर्य से भर गया। वह एक वृक्ष से टिका इस सौंदर्य में खोया ही था कि तभी किसी ने पीछे से आकर उसके कंधे पर अपना ठंडा हाथ रख दिया। आने वाले की पगध्वनियाँ भी उसे सुनाई पड़ी थीं। पर, वे ऐसी नहीं थी, जैसी किसी जीवित व्यक्ति की होनी चाहिए। उसका स्पर्श तो इतना निर्जीव था कि अँधेरे में भी उसकी आँखों में भरे भावों को समझने मे उस फकीर को देर न लगी। उसके शरीर का स्पर्श उसके मन की हवाओं को भी उस फकीर तक ले आया था। हालाँकि वह व्यक्ति तो जीवित था और युवा था, लेकिन जीवन कभी का उससे विदा ले चुका था और यौवन तो संभवतः उसके मार्ग मे कभी आया ही नहीं था।

वे दोनो तारों के नीचे बैठे थें। उसके मुरदा हाथों को फकीर ने अपने हाथों मे ले लिया था, ताकि वे थोड़े गरम हो सकें और थोड़ी सी जीवन ऊष्मा उनमें भी प्रवाहित हो सके। निश्चय ही ऐसे समय मे बोलना उचित नहीं था, शायद इसीलिए वह फकीर चुप रहा।' हृदय मौन में ही कहीं ज्यादा निकटता पाता है और शब्द जिन घावों को नहीं भर सकतें, मौन उन्हें भी स्वस्थ करता है।' शब्द और ध्वनियाँ तो जीवन-संगीत मे विध्न और बाधाएँ ही हैं।

रात्रि मौन थी और निर्वाक हो गई। उस शून्य संगीत ने उन दोनों को घेर लिया। वे दोनो अब अपरिचित नहीं रहें। फिर आगंतुक की पाषाण जैसी जड़ता टूटी और उसके आँसुओं ने खबर दी कि वह पिघल रहा है। वह रो रहा था और उसका शरीर कंपित हो रहा था। उसके हृदय मे जो हो रहा था उसकी तरंगें उसके शरीर के तंतुओं तक आ रही थी। वह रोता रहा, रोता रहा, "मै निराश हूँ। मेरे पास कुछ भी तो नहीं है।"

फकीर थोड़ी देर चुप रहा, फिर मुस्कुराते हुए बोला, "ऐसा क्यों कहते हो, तुम्हारे पास तो एक बहुत बड़ा खजाना है।"

वह युवक हैरान हुआ, उसने कहा, "खजाना? मेरे पास तो फूटी कौड़ी भी नहीं है।"

इस पर फकीर हँसने लगा और बोला, "मेरे साथ बादशाह के पास चलो। बादशाह बड़ा समझदार है। छिपे खजानों पर उसकी सदा से गहरी नजर रही है।"

युवक की समझ मे कुछ नहीं आया। वह उलझन में पड़ गया और हैरान होते हुए कहने लगा, "आखिर मुझे भी तो पता चले कौन-सा खजाना है मेरे पास?"

फकीर ने कहा, "जैसे तुम्हारी आँखें, तुम्हारा हृदय, मस्तिष्क। इनमे से किसी एक के भी हजार दीनार मिल सकते हैं तुम्हें।"

वह युवक हैरान हुआ और कहने लगा, "मैने तो सुना था कि फकीर जुन्नैद एक आला दरजे के आलिम हैं, उनके पास रूहानी ताकत है। पर आप तो पागल हैं। भला कोई अपना हृदय, मस्तिष्क भी कभी बेचना चाहेगा।"

फकीर हँसने लगा और बोला, "मै पागल हूँ या तू? जब तेरे पास इतनी बेशकीमती चीजें हैं, जिन्हें तू हजारों में तो क्या लाखों में भी नहीं बेच सकता, तो झूठ-मूठ का गरीब क्यों बना हुआ है, अपने को निर्धन क्यों कहता है, इनका उपयोग कर। जो खजाना उपयोग में नहीं आता, वह भरा हुआ भी खाली है और जो उपयोग में आता है, वह खाली भी हो तो भर जाता है। परमात्मा खजाने देता है, अकूत खजाने देता है, जो उसमे ही संपदा नहीं देखता, वह संपदा को और कहाँ पा सकता है?"

शादी के लिये अनूठी शर्त

एक बहुत बड़ा सरोवर था। उसके उत्तर तट पर मोर रहता था, दक्षिण तट पर रहने वाली मोरनी से एक दिन मोर ने प्रस्ताव रखा कि हम तुम विवाह कर लें, तो कितना अच्छा रहे? मोरनी ने पूछा, "तुम्हारे मित्र कितने हैं?" उसने'नहीं' मे उत्तर दिया, तो मोरनी ने विवाह से इंकार कर दिया।

मोर ने उसे समझाना चाहा कि विवाह के बाद हमें-तुम्हें साथ-साथ रहना है, इसमे मित्रों का क्या काम? पर मोरनी नहीं मानी। मोर सोचने लगा कि शादी के लिये मित्र बनाना ही पड़ेगा। अतः उसने पूर्व तट पर रहने वाले सिंह से, पश्चिम तट पर रहने वाले कछुए से और बगल मे रहने वाली सिंह के लिए शिकार का पता लगाने वाली टिटहरी से दोस्ती कर ली। जब उसने यह समाचार मोरनी को सुनाया, तो वह तुरंत विवाह के लिए तैयार हो गई। पेड़ पर घोसला बनाया और उसमे अंडे दिए और भी कितने ही पक्षी पेड़ पर रहते थें। एक दिन शिकारी आये। दिन भर कहीं शिकार न मिला तो वे उसी पेड़ की छाया मे ठहर गए और सोचने लगे, पेड़ पर चढ़कर अंडे-बच्चों से भूख बुझाई जाए। मोर दंपत्ति को भारी चिंता हुई, मोर मित्रों के पास सहायता के लिए दौड़ा। टिटहरी ने जोर-जोर से चिल्लाना शुरू किया। सिंह समझ गया, कोई शिकार है। वह उसी पेड़ के नीचे चला, जहाँ शिकारी बैठे थें। इतने मे कछुआ भी पानी से निकलकर बाहर आ गया। सिंह से डरकर भागते हुए शिकारियों ने कछुए को ले चलने की बात सोची। जैसे ही हाथ बढ़ाया कछुआ पानी मे खिसक गया। शिकारियों के पैर दलदल मे फँस गए। इतने मे सिंह आ पहुँचा और उन्हें ठिकाना लगा दिया।

मोरनी ने कहा, "मैने विवाह से पूर्व मित्रों की संख्या पूछी थी, सो बात काम की निकली न, यदि मित्र न होते, तो आज हम सबकी खैर न थी।"

जब तक बेटी हमारे घर है उनकी हर इच्छा जरूर पूरी करें

पाँच साल की बेटी बाज़ार में गोल गप्पे खाने के लिए मचल गई।

"किस भाव से दिए भाई?" पापा ने सवाल किया।

"10 रूपये के 8 दिए हैं। गोल गप्पे वाले ने जवाब दिया...

पापा को मालूम नहीं था गोलगप्पे इतने महँगे हो गये हैं....

जब वे खाया करते थे तब तो एक रुपये के 10 मिला करते थें।

पापा ने जेब में हाथ डाला, 15 रुपये बचे थें।

बाकी रुपये घर की जरूरत का सामान लेने में खर्च हो गए थें।

उनका गाँव शहर से दूर है 10 रुपये तो बस किराए में लग जाने हैं।

"नहीं भई 5 रुपये में 10 दो तो ठीक है वरना नहीं लेने।"

यह सुनकर बेटी ने मुँह फुला लिया...

"अरे अब चलो भी, नहीं लेने इतने महँगे।"

पापा के माथे पर लकीरें उभर आयीं...

"अरे खा लेने दो ना साहब..."

अभी आपके घर में है तो आपसे लाड़ भी कर सकती है, कल को पराये घर चली गयी तो पता नहीं ऐसे मचल पायेगी या नहीं। तब आप भी तरसोगे बिटिया की फरमाइश पूरी करने को।

गोलगप्पे वाले के शब्द थे तो चुभने वाले पर उन्हें सुनकर पापा को अपनी बड़ी बेटी की याद आ गयी।

जिसकी शादी उसने तीन साल पहले एक खाते-पीते पढ़े

लिखे परिवार में की थी। परन्तु, ससुराल वालों ने पहले साल से ही उसे छोटी-छोटी बातों पर सताना शुरू कर दिया था। दो साल तक वह मुट्ठी भरभर के रुपये उनके मुँह में ठूँसता रहा पर, उनका पेट बढ़ता ही चला गया। और अंत में एक दिन सीढियों से गिर कर बेटी की मौत की खबर ही मायके पहुँची। आज वह छटपटाता है कि उसकी वह बेटी फिर से उसके पास लौट आये..? और वह चुन-चुन कर उसकी सारी अधूरी इच्छाएँ पूरी कर दे। पर, वह अच्छी तरह जानता है कि अब यह असंभव है।

"दे दूँ क्या बाबूजी", गोलगप्पे वाले की आवाज से पापा की तंद्रा टूटी।

"रुको भाई दो मिनट ...."

पास ही पंसारी की दुकान थी उस पर गए जहाँ से जरूरत का सामान खरीदा था। खरीदी गई पाँच किलो चीनी में से एक किलो चीनी वापस की तो 40 रुपये जेब में बढ़ गए।

फिर ठेले पर आकर पापा ने डबडबायी आँखें पोंछते हुए बोलें, "अब खिला दे भाई। हाँ, तीखा जरा कम डालना। मेरी बिटिया बहुत नाजुक है।" यह सुनकर पाँच वर्ष की गुड़िया जैसी बेटी की आँखों में चमक आ गई और उसने पापा का हाथ कस कर पकड़ लिया।

"जब तक बेटी हमारे घर है, उनकी हर इच्छा जरूर पूरी करे, क्या पता आगे कोई इच्छा पूरी हो पाये या ना हो पाये।"

पानी ने दूध से मित्रता की और उसमे समा गया Google+

पानी ने दूध से मित्रता की और उसमें समा गया। जब दूध ने पानी का समर्पण देखा तो उसने कहा, "मित्र तुमने अपने स्वरुप का त्याग कर मेरे स्वरुप को धारण किया है अब मैं भी मित्रता निभाऊँगा और तुम्हें अपने मोल बिकवाऊँगा।"

दूध बिकने के बाद जब उसे उबाला जाता है तब पानी कहता है...."अब मेरी बारी है मै मित्रता निभाऊँगा और तुमसे पहले मै चला जाऊँगा।"

दूध से पहले पानी उड़ता जाता है। जब दूध मित्र को अलग होते देखता है तो उफन कर गिरता है और आग को बुझाने लगता है। जब पानी की बूँदें उस पर छींटकर उसे अपने मित्र से मिलाया जाता है तब वह फिर शांत हो जाता है, पर इस अगाध प्रेम में... थोड़ी सी खटास - (निम्बू की दो चार बूँद) डाल दी जाए तो दूध और पानी अलग हो जाते हैं.... थोड़ी सी मन की खटास अटूट प्रेम को भी मिटा सकती है।

रिश्ते में खटास मत आने दो। क्या फर्क पड़ता है, हमारे पास कितने लाख, कितने करोड़, कितने घर, कितनी गाड़ियाँ हैं, खाना तो बस दो ही रोटी है। जीना तो बस एक ही ज़िन्दगी है। फर्क इस बात से पड़ता है, कितने पल हमने ख़ुशी से बिताये, कितने लोग हमारी वजह से खुशी से बितायें।

सूई और कैंची

एक दिन किसी कारण से स्कूल में छुट्टी की घोषणा होने के कारण, एक दर्जी का बेटा, अपने पापा की दुकान पर चला गया। वहाँ जाकर वह बड़े ध्यान से अपने पापा को काम करते हुए देखने लगा। उसने देखा कि उसके पापा कैंची से कपड़े को काटते हैं और कैंची को पैर के पास टांग से दबा कर रख देते हैं। फिर सुई से उसको सीते हैं और सीने के बाद सुई को अपनी टोपी पर लगा लेते हैं। जब उसने इसी क्रिया को चार-पाँच बार देखा तो उससे रहा नहीं गया, तो उसने अपने पापा से कहा कि वह एक बात उनसे पूछना चाहता है?

पापा ने कहा, "बेटा बोलो क्या पूछना चाहते हो?"

बेटा बोला, "पापा मैं बड़ी देर से आपको देख रहा हूँ, आप जब भी कपड़ा काटते हैं, उसके बाद कैंची को पैर के नीचे दबा देते हैं, और सुई से कपड़ा सीने के बाद, उसे टोपी पर लगा लेते हैं, ऐसा क्यों?"

इसका जो उत्तर पापा ने दिया, "उन दो पंक्तियाँ में मानों उसने ज़िन्दगी का सार समझा दिया।"

उत्तर था, " बेटा, कैंची काटने का काम करती है, और सुई जोड़ने का काम करती है, और काटने वाले की जगह हमेशा नीची होती है परन्तु जोड़ने वाले की जगह हमेशा ऊपर होती है। यही कारण है कि मैं सुई को टोपी पर लगाता हूँ और कैंची को पैर के नीचे रखता हूँ........"

बेटी की बुझी हुयी मोमबत्ती

एक पिता अपनी चार वर्षीय बेटी मिनी से बहुत प्रेम करता था। ऑफिस से लौटते वक़्त वह रोज़ उसके लिए तरह-तरह के खिलौने और खाने-पीने की चीजें लाता था। बेटी भी अपने पिता से बहुत लगाव रखती थी और हमेशा अपनी तोतली आवाज़ में पापा-पापा कह कर पुकारा करती थी।

दिन अच्छे बीत रहे थे कि अचानक एक दिन मिनी को बहुत तेज बुखार हुआ, सभी घबरा गए, वे दौड़े-भागे डॉक्टर के पास गए, पर वहाँ ले जाते-ले जाते मिनी की मृत्यु हो गयी।

परिवार पर तो मानो पहाड़ ही टूट पड़ा और पिता की हालत तो मृत व्यक्ति के समान हो गयी। मिनी के जाने के हफ़्तों बाद भी वे ना किसी से बोलते ना किसी से बात करते...बस रोते ही रहतें। यहाँ तक की उन्होंने ऑफिस जाना भी छोड़ दिया और घर से निकलना भी बंद कर दिया।

आस-पड़ोस के लोगों और नाते-रिश्तेदारों ने उन्हें समझाने की बहुत कोशिश की पर वे किसी की ना सुनते , उनके मुख से बस एक ही शब्द निकलता ... मिनी !

एक दिन ऐसे ही मिनी के बारे में सोचते-सोचते उनकी आँख लग गयी और उन्हें एक स्वप्न आया। उन्होंने देखा कि स्वर्ग में सैकड़ों बच्चियाँ परी बन कर घूम रही हैं, सभी सफ़ेद पोशाकें पहने हुए हैं और हाथ में मोमबत्ती लेकर चल रही हैं। तभी उन्हें मिनी भी दिखाई दी।

उसे देखते ही पिता बोले, "मिनी, मेरी प्यारी बच्ची, सभी परियों की मोमबत्तियाँ जल रही हैं, पर तुम्हारी बुझी क्यों हैं, तुम इसे जला क्यों नहीं लेती?"

मिनी बोली, "पापा, मैं तो बार-बार मोमबत्ती जलाती हूँ, पर आप इतना रोते हो कि आपके आँसुओं से मेरी मोमबत्ती बुझ जाती है...."

ये सुनते ही पिता की नींद टूट गयी। उन्हें अपनी गलती का अहसास हो गया, वे समझ गए कि उनके इस तरह दुखी रहने से उनकी बेटी भी खुश नहीं रह सकती और वह पुनः सामान्य जीवन की तरफ बढ़ने लगें।

मित्रों, किसी करीबी के जाने का ग़म शब्दों से बयान नहीं किया जा सकता, पर कहीं ना कहीं हमें अपने आप को मजबूत करना होता है और अपनी जिम्मेदारियों को निभाना होता है और शायद ऐसा करना ही मरने वाले की आत्मा को शांति देता है। इसमें कोई संदेह नहीं कि जो हमसे प्रेम करते हैं वे हमे खुश ही देखना चाहते हैं, अपने जाने के बाद भी...!

दोनो धन्य हो गयें

स्वाति नक्षत्र की वेला थी। खेतों को पानी की जरूरत पड़ी। बादलों मे बसने वाली बूँदे मचलने लगीं, बोली, "हमे आसमान नहीं, जमीन चाहिए। उठने मे क्या आनन्द। नीचे वालों के साथ आत्मसात् बनकर क्यों न जिएँ।"

बादल अपने समुदाय को अंचल मे ही समेटकर रखना चाहते थें। बरसने की उन्हें जल्दी न थी। फिर भी बूँद मचली, सो मचली। आगे-पीछे सोचे बिना धरती पर टपक ही पड़ीं। सहेलियों को यह उतावली भाई नहीं।

हवा ने साथ नहीं दिया। खेती तक दौड़ सकने की उसमें सामर्थ्य नहीं थी। फिर भी सोचती रही। मन मसोसकर क्यों रहा जाए? जितना बन पड़े उतना ही क्यों न किया जाए?

बूँद बहुत दूर न चल सकी और जहाँ भी बन पड़ा वहीं बरस पड़ी। सरोवर तट पर बैठी हुई सीप ने उसकी ममता को परखा और मुँह खोल दिया, "देवी! आओ तुम्हें कलेजे से लगाकर रखूँगी। तुम से बढ़कर कौन है, इस संसार मे जिसे अपना बनाऊँ।"

सीप और स्वाति के बूँद का संयोग मोती बन गया। अनुदानी और भाव पारखी दोनो धन्य हो गए।

राखी का प्रण

पेड़ों की चोटियाँ, आस-पास का हरा-भरा वन प्रदेश, वेगवती सिन्धु में किल्लोल करती हुई लहरें, हवा की शीतल बयार से मिलकर सारे वातावरण मे एक नए ढंग की अचरज भरी चित्रकारी कर रही थी। अचरज के रंगों के कुछ छींटे उन शिविरों के अंदर भी पड़ रहे थें, जो यहाँ लगे थें। शिविरों की ये चहुँमुखी कतारें अपने आपको महान् कहलाने वाले सिकन्दर की थी। दाँव-घात और कुछ राष्ट्रद्रोहियों की मिलीभगत से अभी हाल मे ही उसने भारत के थोड़े से सीमावर्ती इलाके जीते थे। अब तक की सभी सफलताओं में सबसे बड़ी सफलता पर्वतेश्वर पोरस की पराजय थी।

लेकिन अपनी इस सफलता पर वह स्वयं को हारा हुआ महसूस कर रहा था। पराजित हुए महाराज पोरस उसके सिंहासन की बगल मे रखे हुए एक विशिष्ट आसन पर बैठे हुए थे। विजेता सिकन्दर के शिविर मे सेल्यूकस एवं फिलिप आदि विशिष्ट सेनानायक भी थें। इनके चेहरों पर अभी तक युद्ध के आतंक की छाप थी पास ही मे दूसरी ओर सिकन्दर की पत्नी सेलीना और सेल्यूकस की बेटी कार्नेलिया भी बैठी हुई थी। विजेता पक्ष के इन सभी जनों के चेहरों पर शर्मिन्दगी की गाढ़ी लकीरें थी। जबकि पराजित महाराज पोरस इन सबकी अपेक्षा कहीं अधिक महान्, कहीं अधिक प्रदीप्त लग रहे थें।

सिकन्दर को अभी भी वे पल याद थें। जब भीषणतम युद्ध मे महाराज पोरस हाथी पर थें और वह स्वयं अपने घोड़े पर था। एक क्षण ऐसा भी आया जब पोरस ने सिकन्दर के घोड़े को मार गिराया। सिकन्दर नीचे धरती पर गिर पड़ा था और पोरस उसे अपने भाले से मारने ही वाला था....। लेकिन ठीक उसी समय उसकी नजर अपनी कलाई के धागे पर पड़ी। एक क्षण........ और अपनी झूठी महानता का स्वाँग भरने वाला सिकन्दर समाप्त हो गया होता।

लेकिन महावीर पोरस ने अपना भाला पीछे खींच लिया। युद्ध मे ऐसे कई अन्य अवसर और भी आए, जब पर्वतेश्वर उसकी जीवन लीला समाप्त कर सकते थें। परन्तु ऐसा उन्होनें नहीं किया।

युद्ध का निर्णय होने के बावजूद भी सिकन्दर को उन क्षणों का स्मरण करके सिहरन आ गयी। अपने पूरे शरीर मे हल्की सी झुरझुरी अनुभव करते हुए उसने पूछा, "आपको युद्ध के मैदान मे क्या हुआ था महाराज?" आप मुझे मार देते तो आज आप विजेता होते। सिकन्दर के इस प्रश्न का उत्तर देते हुए पोरस ने कहा, "इस प्रश्न का उत्तर आपकी पत्नी सेलीना बेहतर दे सकती हैं।" अपने कथन को बीच मे ही छोड़कर वह हल्के से हँस दिए।

सेलीना और सिकन्दर के मन के कैनवास पर कुछ अचरज भरे रंग उभरने लगें। उन्हें याद हो आया कि जब उसने भारत पर आक्रमण किया था। उसके डेरे सिन्धु के तट पर पड़े हुए थें। वर्षा ऋतु जल-थल को एक किये हुये थी। सिन्धु सचमुच ही महासिन्धु बनी हुई थी। उछलती लहरें, उफनता फेन इसे समुद्र का विस्तार दे रही थीं। सिकन्दर और उसकी फौजें प्रतीक्षा मे थीं कि सिन्धु का वेग कुछ थमे, तो वे नदी पार हो सके।

उन्हीं क्षणों मे भारतीय रीति-रिवाजों का थोड़ा-बहुत ज्ञान रखने वाले सिकन्दर को एक कूटनीति सूझी। महावीर पोरस के रणकौशल, उनकी व्यूह रचना, यूद्धनीति से यवन सेना आतंकित थी। यवन सैनिकों मे लड़ने का कोई उत्साह न था। वे तो सभी सिकन्दर की जोर-जबरदस्ती के कारण मजबूर थे। ऐसे मे सिकन्दर ने पोरस की वीरता को अपनी कूटनीति के व्यूह मे घेरना चाहा।

इसी कूटनीतिक अभियान के तहत एक नाव सिकन्दर के डेरे से नदी के उस पार भेजी गयी। सिकन्दर की पत्नी सेलीना उस पर सवार थीं। श्रावण का महीना था। इन युनानियों को यह मालूम था कि भारत मे श्रावण के महीने मे स्त्रियाँ अपने भाइयों के कलाई मे राखी बाँधती हैं- इसे रक्षाबन्धन कहते हैं। भाई वायदा करता है कि वह अपनी बहन की रक्षा करेगा, चाहे इसके लिए उसे अपनी जान ही क्यों न देनी पड़े। सिकन्दर की पत्नी सेलीना का पोरस के दरबार मे स्वागत किया गया। उसे राजमहल मे ले जाया गया।

पोरस ने पूछा - "आप क्यों आई? आपने मुझे बुला लिया होता, मुझे खबर भेजी होती तो मै स्वयं आपके शिविर मे आ गया होता। इस समय सिन्धु को पार करना बहुत जोखिम से भरा था।" सेलीना बोली, "मुझे तो आना ही था..... क्योंकि श्रावण का महीना है। मेरा कोई भाई नहीं है और मै आपको अपना भाई बनाना चाहती हूँ।"

पोरस ने कहा, "यह तो अच्छा संयोग है। मेरी भी कोई बहन नहीं है। मै आपको अपनी बहन बनाकर बहुत प्रसन्न होऊँगा।" सेलीना ने पोरस की कलाई पर राखी का धागा बाँध दिया। पोरस ने वचन दिया कि चाहे उसे अपनी जान ही क्यों न देनी पड़े- वह उसकी रक्षा करेगा।

सेलीना बोली, "भैया! मैं आपकी बात पर भरोसा करती हूँ। मुझे मालूम है कि भारत देश के वीर अपने वचन के पक्के होते हैं। लेकिन मै आपसे अपनी नहीं अपने सुहाग की रक्षा का वचन चाहती हूँ। आप बस इतना स्मरण रखें, कि शीघ्र ही आपका मेरे पति के साथ युद्ध होगा। आप बस इतना ख्याल रखें कि वह आपकी बहन का पति है और आपकी बहन विधवा न बने।" सेलीना की इन बातों के जवाब मे वीर शिरोमणि पोरस ने कहा था, "ठीक है बहन, यह एक भाई का वायदा है कि तुम मेरे जीवित रहते विधवा नहीं बनोगी।"

बीते हुए घटनाचक्र का स्मरण कर सेलीना की आँखों में कृतज्ञता बरस पड़ी। सिकन्दर का सिर भी नीचे हो गया। उसने कहा, "वीरवर पोरस! मै जानता हूँ कि सेलीना को आपके पास भेजकर राखी बाँधने के लिए प्रोत्साहित करना, मेरे लिए एक कूटनीति भर थी। मेरे जीवन में कभी भी साधनों का कोई प्रश्न नहीं रहा है। साध्य को ही मैंने सब कुछ समझा है। पर मैं जानता हूँ कि राखी के प्रति आपकी भावनात्मक प्रतिबद्धता के कारण ही मै आज न केवल जीवित हूँ, बल्कि विजेता भी हूँ लेकिन यह विजय और जीवन आपकी देन हैं। "

हँसते हुए पोरस ने कहा, "यवनराज! राखी बाँधते हुए भारत देश के पुरोहित एक मंत्र पढ़ते हैं-"

"येन बद्धो बलीराजा, दानवेन्द्रो महाबलः। तेन त्वामनुबध्नामि, रक्षो मा चल मा चल।।"

अर्थात् "यह वह रक्षासूत्र है जिससे महाबलवान दानवों के राजा बलि बाँधे गयें। रक्षासूत्र तुम चल-विचल मत हो, प्रतिष्ठित बने रहो।"

रक्षासूत्र की यह महिमामय प्रतिष्ठा हमारी गौरवपूर्ण सांस्कृतिक परम्परा है। मैने आपको जीवन दान देकर आपने देश के सांस्कृतिक गौरव को अक्षुण्ण रखा है। वैसे भी हम भारतवासी दूसरे के देश में घुसकर आतंक फैलाने, उनकी भूमि हड़पने में यकीन नहीं रखतें। हमारा यकीन तो हृदयों पर विजय पाने मे है। हम तो सांस्कृतिक दिग्विजय को अपना जीवन अभियान मानते हैं।

भारत देश की सांस्कृतिक परम्परा और उसके जीवन्त प्रतीक महावीर पोरस के इन वचनों को सुनकर सिकन्दर अभिभूत हो गया। इतिहासवेत्ता भी इस तथ्य से सहमत हैं कि इसके बाद सिकन्दर वापस लौट गया। वह भारत में और आगे नहीं बढ़ा। कोई भी यह ठीक-ठीक नहीं बता पाया कि वह वापस क्यों लौट गया क्योंकि वह तो युद्ध जीत गया था। अब तो पूरे भारत के द्वार उसके लिये खुले थें। वह दूसरे राज्यों मे प्रवेश कर सकता था। पर्वतेश्वर का राज्य तो सीमा के पास का छोटा राज्य था। लेकिन तथ्यान्वेषी जानते हैं कि सिकन्दर की वापसी भारत देश की संस्कृति के सामने उसके समर्पित होने का परिणाम थी। यह राखी के बन्धन के प्रति दृढ़ प्रतिज्ञ पोरस की उदात्त भावनाओं के सामने सिकन्दर की दुस्साहसिक भावनाओं की हार की परिणति थी। जिसके कारण उसे यह सच स्वीकार करना पड़ा कि यथार्थ मे महान् वह नहीं, राखी का प्रण निभाने वाले सम्राट पोरस हैं।

आगे बढ़ना जरूरी है

एक बार की बात है किसी गाँव में एक लड़का रहता था। उसका नाम छोटू था, वो दिनभर खेतों में काम करता और खेती करके ही अपने परिवार का गुजारा करता था। छोटू वैसे तो अब बड़ा हो गया था लेकिन उसने बचपन से ही बहुत गरीबी देखी थी।

छोटू को हमेशा लगता था कि उसका जीवन कितना कठिन है। एक समस्या खत्म नहीं होती कि दूसरी शुरू हो जाती है। पूरा जीवन इन समस्याओं को हल करने में ही निकला जा रहा है।

ऐसे ही एक दिन छोटू एक साधु के पास पहुँचा और उन्हें अपनी सभी परेशानियाँ बताई कि किस तरह से उसे अपने घर का खर्च चलाने में मुश्किल आती है, कितनी मुश्किल से वो अपनी जिम्मेदारियाँ निभा पाता है। उसने अपनी सारी परेशानियाँ बताने के बाद साधु से पूछा कि जिंदगी की कठिनाइयों का सामना कैसे करूँ? एक परेशानी खत्म होती है तो दूसरी शुरू हो जाती है।

साधु महाराज हँसकर बोले, "तुम मेरे साथ चलो मैं तुम्हारी परेशानी का हल बताता हूँ।"

साधु छोटू को एक नदी के किनारे लेकर पहुँचे और बोले, "मैं नदी के दूसरी पार जाकर तुमको परेशानी का हल बताऊँगा।" इतना कहकर साधु नदी के किनारे खड़े हो गए। छोटू भी उनके साथ खड़ा था। ऐसे ही खड़े-खड़े उन्हें काफी देर हो गई थी। छोटू ने आश्चर्यचकित होकर पूछा कि महाराज! हमें तो नदी पार करनी है तो हम इतनी देर से किनारे पर क्यों खड़े हैं?

साधु महाराज बोले, "बेटा! मैं इस नदी के पानी के सूखने का इंतजार कर रहा हूँ, जब ये सूख जायेगी तो फिर कोई समस्या नहीं रहेगी और हम आराम से नदी पार कर लेंगे।"

छोटू को साधु की बातें मूखर्तापूर्ण लगीं, वो बोला, " महाराज! नदी का पानी कैसे सूख सकता है आप कैसी बातें कर रहे हैं..."

साधु हँसकर बोले, "बेटा! यही तो मैं तुन्हें समझाना चाह रहा हूँ। जीवन में रहते हुए समस्याएँ न हो, ऐसा कैसे हो सकता है?" जब तुम्हें पता है कि नदी का पानी नहीं सूखेगा, तो तुम्हें खुद ही प्रयास करके नदी को पार करना होगा। वैसे ही जीवन में समस्याएँ तो चलती रहेंगी, तुम्हें सभी का केवल अपने प्रयासों से हल ढूँढ़ते जाना है। अगर किनारे बैठ कर नदी का पानी सूखने का इंतजार करोगे तो जीवन भर कुछ नहीं पा सकोगे। पानी तो बहता रहेगा, समस्या तो आती रहेंगी लेकिन तुम्हें नदी की धारा को चीरते हुए आगे जाना होगा, हर समस्या को धराशायी करना होगा। तभी जीवन में आगे बढ़ सकोगे।" अब छोटू को साधु महाराज की बातें अच्छे से समझ आ गई थी कि कुछ पाने के लिये आगे बढ़ते जाना कितना जरूरी है।

श्रम और परितोष

एक बूढ़ा घास खोदने में सवेरे से लगा हुआ था। दिन ढलने तक उसने इतनी घास खोद लिया था, जिसे सिर पर लादकर घोड़े वालों की हाट मे बेचने ले जा सके।

एक सुशिक्षित काफी देर से उस बूढ़े के प्रयास को देख रहा था। सो उसने पूछा, "क्यों जी, दिनभर परिश्रम से जो कमा सकोगे, उससे किस प्रकार तुम्हारा खर्च चलेगा? घर मे अकेले ही हो क्या?"

बूढ़े ने मुस्कुराते हुए कहा, "कई व्यक्तियों का मेरा परिवार है। जितने की घास बिकती है, उतने से ही हम लोग व्यवस्था बनाते और काम चलाते हैं।"

युवक को आश्चर्यचकित देखकर बूढ़े ने पूछा, "मालूम पड़ता है, तुमने अपनी कमाई से बढ़-चढ़कर महत्वकांक्षाएँ संजो रखी है, इसी से तुम्हें अपने साधन में गुजारे पर आश्चर्य होता है।"

युवक से और तो कुछ कहते न बन पड़ा, पर अपनी झेंप मिटाने के लिये कहने लगा, गुजारा ही तो सब कुछ नहीं है, दान-पुण्य के लिये भी तो पैसा चाहिए। इसीलिये हमें खूब कमाना चाहिये।

बूढ़ा हँस पड़ा। उसने कहा, "मेरी घास से तो बच्चों का पेट ही भर पाता है, पर मैने पड़ोसियों के सहयोग से माँग-माँगकर एक कुआँ बना है, जिससे सारा गाँव लाभ उठाता है। दान-पुण्य के लिये खूब कमाना नहीं बल्कि वैसी नीयत रखना जरूरी है।"

युवक चला गया। रातभर सोचता रहा कि आकाशकुसुम सुरीली महत्वकांक्षाएँ सँजोने और उन्ही की पूर्ति मे जीवन लगा देना ही क्या एकमात्र जीवन जीने का तरीका है।

अनूठा उपहार

मेरी और टॉमस का दाँपत्य जीवन अनंत प्रेम से भरा-पूरा था। गरीबी में रहते हुये भी वे हर वर्ष विवाहोत्सव मनाते और छोटा-मोटा उपहार उस दिन एक दूसरे को भेंट करते।

उस वर्ष विवाह की वर्षगाँठ फिर आयी। दोनो एक-दूसरे के लिये उपहार देने की योजना बनाने लगें, पर जेबें बिल्कुल खाली थीं।

टॉमस ने पत्नी के सुनहरे बालों मे लगाने के लिये एक सुनहरी क्लिप खरीदने की बात सोची। मेरी सोचने लगी, पति की हाथ-घड़ी के लिए सुनहरी चेन खरीदी जाए। दोनो के मनोरथ मन में थें। साधन जुट नहीं रहा था। दिन निकट आ गया।

टॉमस पुरानी घड़ी खरीदने वाले की दुकान पर गया और घड़ी बेचकर बदले मे सुनहरी क्लिप खरीद लाया। मन में बहुत प्रसन्नता थी।

मेरी क्या करती, वह सुनहरे बाल खरीदने वाले की दुकान पर गई और अपने घुँघराले बाल कटाकर मिले पैसे से घड़ी की चेन खरीद लाई। सिर पर टोपा लगा लिया।

दिन आया, उपहार देने के लिये एक ने दूसरे की ओर हाथ बढ़ाया। क्लिप कहाँ लगे, बाल नदारद। चेन कहाँ बँधे, घड़ी गायब। पूछने पर तथ्य खुला। न सज पाने पर भी इन उपहारों ने एक-दूसरे का दिल सदा-सदा के लिए जीत लिया। दोनो की आँखों मे आँसू भरे थें।

श्रम की कमाई

एक गृहस्थ लुहार था। श्रम और कुशलता से परिवार का पालन-पोषण भली प्रकार कर लेता था। परन्तु, उसके लड़के को अधिक खर्च करने की आदत पड़ने लगी। पिता ने पुत्र पर प्रतिबंध लगाया, कहा, "तुम अपने श्रम से चार चवन्नियाँ भी कमाकर ले आओ तो तुम्हें खर्च दूँगा अन्यथा नहीं।"

लड़के ने प्रयास किया, असफल रहा तो अपनी बचत की चार चवन्नियाँ लेकर पहुँचा। पिता भट्ठी के पास बैठा था। उसने हाथ मे लेकर चवन्नियाँ देखी तथा कहा, "यह तेरी कमाई हुई नहीं है।" यह कहकर उन्हें भट्ठी में फेंक दिया। लड़का शर्मिन्दा होकर चला गया।

दूसरे दिन फिर कमाई की हिम्मत न पड़ी तो माँ से चुपके से माँगकर ले गया। उस दिन भी वही हुआ। तीसरे दिन कहीं से चुरा लाया, परन्तु पिता को धोखा न दिया जा सका। पिता हर बार मेहनत की कमाई नहीं कहकर उन्हें भट्ठी मे फेंकता रहा।

लड़के ने समझ लिया कि बिना कमाए बात नहीं बनेगी। दो दिन मेहनत करके वह किसी प्रकार चार चवन्नियाँ कमा लाया। पिता ने उन्हें देखकर भी वही बात दोहराई तथा भट्ठी मे फेंकने लगा। लड़के ने चीखकर पिता का हाथ पकड़ लिया, बोला, "क्या करते हैं पिताजी, मेरी मेहनत की कमाई इस बेदर्दी से भट्ठी में मत फेंकिए।"

पिता मुस्कराया, बोला, "बेटा, अब समझे मेहनत की कमाई का दर्द। जब तुम निरर्थक कामों मे मेरी कमाई लगाते हो, तब मुझे भी ऐसी ही छटपटाहट होती है।"

पुत्र की समझ मे बात आ गई, उसने दुरुपयोग न करने की कसम खाई और पिता का सहयोग करने लगा।

तैमूरलंग की कीमत?

दुनिया के कट्टर और खूँखार बादशाहों मे तैमूरलंग का भी नाम आता है व्यक्तिगत महत्वाकांक्षा, अहंकार और जवाहरात की तृष्णा से पीड़ित तैमूर ने बगदाद में एक बार विशाल भू-भाग को देखकर उसने एक लाख मरे हुए व्यक्तियों की खोपड़ियों का पहाड़ खड़ा कराया था। इसी बात से उसकी क्रूरता का पता चल जाता है।

एक समय की बात है। बहुत से गुलाम पकड़कर उसके सामने लाये गये। तुर्किस्तान का विख्यात कवि अहमदी भी दुर्भाग्य से पकड़ा गया। जब वह तैमूर के सामने उपस्थित हुआ तो एक विद्रूप-सी हँसी हँसते हुए उसने दो गुलामों की ओर इशारा करते हुए पूछा, "सुना है कि कवि बड़े पारखी होते हैं, बता सकते हो इनकी कीमत क्या होगी?"

"इनमे से कोई भी 4 हजार अशर्फियों से कम कीमत की नहीं है।" अहमदी ने सरल किन्तु स्पष्ट उत्तर दिया। तैमूर ने अभिमान से पूछा, "मेरी कीमत क्या होगी?" निश्चिन्त भाव से अहमदी ने उत्तर दिया, "यही कोई 24 अशर्फी है।"

अहमदी ने बिना किसी आवेश या उत्तेजना के उत्तर दिया, "बस वह कीमत उसी सदरी की है, आपकी तो कुछ नहीं। जो मनुष्य पीड़ितों की सेवा नहीं कर सकता, बड़ा होकर छोटों की रक्षा नहीं कर सकता, असहायों की, अनाथों की जो सेवा नहीं कर सकता, मनुष्य से बढ़कर जिसे अहमियत प्यारी हो उस इनसान का मूल्य चार कौड़ी भी नहीं, उससे अच्छे तो यह गुलाम ही हैं, जो किसी के काम तो आते हैं।"

पुरानी नाक

एक ग़रीब मनुष्य ने देवता से वर प्राप्त किया था। देवता संतुष्ट हो कर बोले तुम ये पासा लो। इस पाँसे को जिन किन्हीं तीन कामनाओं से तीन बार फेंकोगे वे तीनों पूरी हो जाएँगी।

वह आनंदोल्लासित हो घर जाकर अपनी स्त्री के साथ परामर्श करने लगा क्या वर माँगना चाहिए। स्त्री ने कहा धन दौलत माँगो किंतु पति ने कहा देखो हम दोनों की नाक चपटी है उसे देख कर लोग हमारी बड़ी हँसी करते हैं। अत: प्रथम बार पाँसा फेंक कर सुंदर नाक की प्रार्थना करनी चाहिए। किंतु स्त्री का मत वैसा नहीं था। अंत में दोनों में खूब तर्क प्रारंभ हुआ। आख़िर पति ने क्रोध में आकर यह कह कर पाँसा फेंक दिया - हमें सुंदर नाक मिले, सुंदर नाक मिले, सुंदर नाक मिले।

आश्चर्य! जैसे ही उसने पासा फेंका वैसे ही उसके शरीर में तीन नाकें उत्पन्न हो गईं। तब उसने देखा यह तो विपत्ति आ पड़ी। फिर उसने दूसरी बार पासा फेंक कर कहा नाक चली जाएँ। इस बार सभी नाकें चली गईं। साथ ही अपनी नाक भी चली गई।

अब शेष रहा एक वर, तब उन्होंने सोचा यदि इस बार पासा फेंक कर चपटी नाक के बदले में सुंदर नाक प्राप्त करें तो लोग अवश्य ही चपटी नाक के स्थान पर अच्छी नाक देख कर उसके बारे में पूछताछ करेंगे। फिर तो हमें सभी बातें बतानी पड़ेगी। तब वे हमें मूर्ख समझ कर हमारी और भी हँसी उडाएँगे। कहेंगे कि ये लोग ऐसे तीन वरों को प्राप्त कर के भी अपनी अवस्था की उन्नति नहीं कर सके। यह सोच कर उन्होंने पासा फेंक कर अपनी पुरानी चपटी नाक ही माँग ली।

ठीक ही है समझबूझ कर काम न करने वाले लोग अवसरों को अपने हाथ से यों ही गँवा देते हैं। उनका लाभ नहीं उठा पाते।

दूध का गिलास

एक बार एक लड़का अपने स्कूल की फीस भरने के लिए एक दरवाजे से दूसरे दरवाजे तक कुछ सामान बेचा करता था, एक दिन उसका कोई सामान नहीं बिका और उसे बड़े जोर से भूख भी लग रही थी। उसने तय किया कि अब वह जिस भी दरवाजे पर जायेगा, उससे खाना माँग लेगा। अगले घर जाकर उसने दरवाजा खटखटाया, दरवाजा खटखटाते ही एक लड़की ने दरवाजाखोला, जिसे देखकर वह घबरा गया और बजाय खाने के उसने पानी का एक गिलास पानी माँगा। लड़की ने भाँप लिया था कि वह भूखा है, इसलिए वह एक बड़ा गिलास दूध का ले आई। लड़के ने धीरे-धीरे दूध पी लिया। "कितने पैसे दूँ?" लड़के ने पूछा। "पैसे किस बात के?" लड़की ने जवाब में कहा।" माँ ने मुझे सिखाया है कि जब भी किसी पर दया करो तो उसके पैसे नहीं लेने चाहिए।" "तो फिर मैं आपको दिल से धन्यवाद देता हूँ।" जैसे ही उस लड़के ने वहाँ से आगे बढ़ा, उसे न केवल शारीरिक तौर पर शक्ति मिल चुकी थी, बल्कि उसका भगवान् और आदमी पर भरोसा और भी बढ़ गया था।

सालों बाद वह लड़की गंभीर रूप से बीमार पड़ गयी। लोकल डॉक्टर ने उसे शहर के बड़े अस्पताल में इलाज के लिए भेज दिया। विशेषज्ञ डॉक्टर होवार्ड केल्ली को मरीज देखने के लिए बुलाया गया। जैसे ही उसने लड़की के कस्बे का नाम सुना, उसकी आँखों में चमक आ गयी। वह एकदम सीट से उठा और उस लड़की के कमरे में गया। उसने उस लड़की को

देखा, एकदम पहचान लिया और तय कर लिया कि वह उसकी जान बचाने के लिए जमीन-आसमान एक कर देगा।

उसकी मेहनत और लगन रंग लायी और उस लड़की कि जान बच गयी। डॉक्टर ने अस्पताल के ऑफिस में जा कर उस लड़की के इलाज का बिल लिया। उस बिल के कोने में एक नोट लिखा और उसे उस लड़की के पास भिजवा दिया।

लड़की बिल का लिफाफा देखकर घबरा गयी, उसे मालूम था कि वह बीमारी से तो बच गयी है लेकिन बिल की रकम जरूर उसकी जान ले लेगी। फिर भी उसने धीरे से बिल खोला, रकम को देखा और फिर अचानक उसकी नज़र बिल के कौने में पेन से लिखे नोट पर गयी, जहाँ लिखा था,"एक गिलास दूध द्वारा इस बिल का भुगतान किया जा चुका है।" नीचे डॉक्टर होवार्ड केल्ली के हस्ताक्षर थे। ख़ुशी और अचम्भे से उस लड़की के गालों पर आँसू टपक पड़े। उसने ऊपर की ओर दोनों हाथ उठा कर कहा, "हे भगवान! आपका बहुत-बहुत धन्यवाद, आपका प्यार इंसानों के दिलों और हाथों द्वारा न जाने कहाँ-कहाँ फैल चुका है।"

ड्यूटी

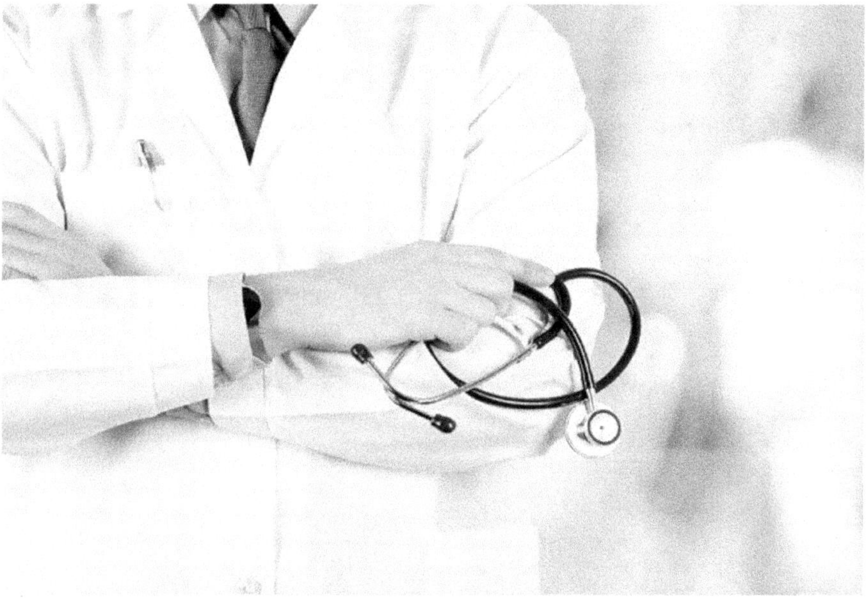

एक डॉक्टर बड़ी ही तेजी से हॉस्पिटल में घुसा, उसे किसी एक्सीडेंट के मामले में तुरंत बुलाया गया था। अंदर घुसते ही उसने देखा कि जिस लड़के का एक्सीडेंट हुआ है उसके परिजन बड़ी बेसब्री से उसका इंतज़ार कर रहे हैं।

डॉक्टर को देखते ही लड़के का पिता बोला, "आप लोग अपनी ड्यूटी ठीक से क्यों नहीं करते, आपने आने में इतनी देर क्यों लगा दी? अगर मेरे बेटे को कुछ हुआ तो इसके जिम्मेदार आप होंगे..."

डॉक्टर ने विनम्रता कहा, "आई ऍम सॉरी, मैं हॉस्पिटल में नहीं था और कॉल आने के बाद जितना तेजी से हो सका मैं यहाँ आया हूँ। कृपया अब आप लोग शांत हो जाइये ताकि मैं इलाज कर सकूँ...."

"शांत हो जाइये !!!", लड़के का पिता गुस्से में बोला, "क्या इस समय अगर आपका बेटा होता तो आप शांत रहते? अगर किसी की लापरवाही की वजह से आपका अपना बेटा मर जाए तो आप क्या करेंगे ? " , पिता बोले ही जा रहा था।

"भगवान चाहेगा तो सब ठीक हो जाएगा, आप लोग दुआ कीजिये मैं इलाज के लिए जा रहा हूँ।" , और ऐसा कहते हुए डॉक्टर ऑपरेशन थिएटर में प्रवेश कर गया।

बाहर लड़के का पिता अभी भी बुदबुदा रहा था, "सलाह देना आसान होता है, जिस पर बीतती है वही जानता है..."

करीब डेढ़ घंटे बाद डॉक्टर बाहर निकला और मुस्कुराते हुए बोला, "भगवान् का शुक्र है आपका बेटा अब खतरे से बाहर है।"

यह सुनते ही लड़के के परिजन खुश हो गए और डॉक्टर से सवाल पर सवाल पूछने लगे, "वो कब तक पूरी तरह से ठीक हो जायेगा न! उसे डिस्चार्ज कब करेंगे?" पर डॉक्टर जिस तेजी से आया था उसी तेजी से वापस जाने लगा और लोगों से अपने सवाल नर्स से पूछने को कहा।

"ये डॉक्टर इतना घमंडी क्यों है, ऐसी क्या जल्दी है कि वो दो मिनट हमारे सवालों का जवाब नहीं दे सकता?" लड़के के पिता ने नर्स से कहा।

नर्स लगभग रुँआसी होती हुई बोली, "आज सुबह डॉक्टर साहब के लड़के की एक भयानक एक्सीडेंट में मौत हो गयी और जब हमने उन्हें फोन किया था तब वे उसका अंतिम संस्कार करने जा रहे थे और बेचारे अब आपके बच्चे की जान बचाने के बाद अपने लाडले का अंतिम संस्कार करने के लिए वापस लौट रहे हैं।"

यह सुन लड़के के परिजन और पिता स्तब्ध रह गए।

सफल होना है तो चलना ही होगा

आपने कभी बहती हुई नदी को ध्यान से देखा है। बड़ी तेजी के साथ अपने Origin Point से बहना शुरू करती है। शुरूआत से ही उसका लक्ष्य अपनी मंजिल (सागर) को प्राप्त करना होता है।

रास्ते में हजारों बाधाएँ आने पर भी वह लगातार बहती रहती है। भले ही कुछ जगहों पर उसकी रफ्तार कम हो जाये लेकिन वह रूकती कभी नहीं है। अपनी सुरीली आवाज के साथ बहती हुई नदी अपनी मंजिल की ओर लगातार बढ़ती रहती है....... और कैसे भी हो अपना लक्ष्य प्राप्त करके ही रहती है।

सोचो यदि नदी बीच में ही बहना छोड़ दे तो क्या होगा?.......... उसका पानी ठहर जायेगा और वह कुछ ही दिनो में सूखकर नष्ट हो जायेगी।

दोस्तों यही हमारी लाईफ मे होता है। यदि सफल होने के लिये आप कोई लक्ष्य तय करते हैं तो उस लक्ष्य तक पहुँचने की पहली शर्त यह है कि आपको लगातार अपने लक्ष्य की ओर बढ़ते रहना है। यदि कहीं रुके तो असफता निश्चित है।

अपने मनपसंद लक्ष्य तक पहुंचना आसान कार्य नहीं होता है। यदि आसान होता तो आज दुनिया के सभी लोग सफल होतें। सफलता के रास्ते मे बहुत सी बाधाएँ सामने मुँह फैलाये खड़ी मिलती हैं। यह बाधाएँ हमे रोकने की पूरी कोशिश करती हैं।

जो लोग मन से कमजोर होते हैं जिनका confidence level बहुत कम होता है वह इन परेशानियों के आगे झुक जाते हैं और असफलता को स्वीकार कर लेते हैं और बाद मे अपने भाग्य को कोसते हैं।

लेकिन आप जैसे वीर लोग इन परेशानियों का सीना तानकर सामना करते हैं। भले ही लक्ष्य तक पहुँचने की गति कुछ समय के लिये कम हो जाये लेकिन कभी नहीं रुकते हैं और जो रुकते नहीं हैं उन्हे अपनी मंजिल तक पहुँचने से कोई रोक ही नहीं सकता।

ध्यान रखिये, लक्ष्य तक पहुँचने के लिये लगातार चलते रहना पहली शर्त है।

लगातार बहती हुयी नदी ही अपनी मंजिल प्राप्त कर पाती है।

समय हमेशा चलता रहता है इसलिये दुनिया का हर इंसान समय का गुलाम है।......... हवा हमेशा चलती रहती है, कभी कम रफ्तार से तो कभी तेजी से, लेकिन रुकती कभी नहीं है इसलिये दुनिया के किसी भी जीव का जीवन हवा के बिना संभव ही नहीं है।

सम्पूर्ण ब्रहमाण्ड जिसमें अरबो गैलेक्सी हैं, खरबों तारे हैं और अनगिनत ग्रह हैं, सभी चलते रहते हैं, कभी रुकते नहीं हैं।

प्रकृति का नियम है कि जो रुक गया, उसका असफल होना या नष्ट होना तय है।

यदि आप अपने Goal को प्राप्त करना चाहते हैं तो आज से ही अपनी कमर कस लीजिए और खुद से वादा कीजिये कि रुकना कभी नहीं है।

आपका दिल आपका सबसे बड़ा दोस्त है, वह आपके लिये, केवल आपके लिये हमेशा धड़कता रहता है ताकि आप अपनी मंजिल प्राप्त कर सकें।

आपके शरीर के खून की हर एक बूँद हमेशा चलती रहती है, कभी नहीं रुकती, किसके लिये? केवल आपके लिये।

आपके शरीर के बहुत से अंग हमेशा चलते रहते हैं और संदेश देते रहते हैं कि लगातार चलना ही सफल जीवन है।

आपके कान हमेशा सुनते हैं और आपकी आँख हमेशा देखती है। किसके लिये? केवल और केवल आपके लिये ताकि आप सफलता की ओर हमेशा बिना रुके बढ़ते रहें।

दोस्तों... अब मैं आपको फिल्म'सफर' के एक गाने के बारे मे बताना चाहता हूँ जिसे'मन्ना डे' ने गाया है-

नदिया चले चले रे धारा
चन्दा चले चले रे तारा
तुझको चलना होगा, तुझको चलना होगा....
जीवन कहीं भी ठहरता नहीं है
आंधी से तूफां से डरता नहीं है
तू ना चलेगा तो चल देंगी राहें
मंजिल को तरसेंगी तेरी निगाहें
तुझको चलना होगा, तुझको चलना होगा....
पार हुआ वो रहा जो सफर में,
जो भी रुका फिर गया वो भँवर में,
नाव तो क्या बह जाये किनारा
बड़ी ही तेज समय की है धारा
तुझको चलना होगा, तुझको चलना होगा....

तो देर किस बात की है दोस्तों... आज और अभी से कमर कस लो और लक्ष्य तय करके उसकी ओर चलना शुरु कर दो। चलते रहे और बीच रास्ते मे आयी बाधाओं को सीना तान कर पार करते रहे तो सफलता आपके कदमों में होगी।

हमारी महत्वाकांक्षाएँ - निकृष्ट न हों

यदि आपकी महत्वाकांक्षा धनवान, यशवान अथवा बलवान बनने की है - बड़ा अच्छा है। आपको उसे मूर्तिमान करने के लिये यथासाध्य पुरुषार्थ और प्रयत्न भी करना चाहिए, फिर भी इससे पहले कि आप अपनी महत्वाकांक्षाओं से प्रेरित एवं परिचालित हों यह देख लीजिए, पूरी तरह विवेचन कर लीजिए कि आपकी महत्वाकांक्षा अशुभता के दोष से तो दूषित नहीं है। उसमे लोक-रंजन, सामाजिक हित अथवा आत्मोद्धार की भावना के स्थान पर शोषण, प्रतिशोध, प्रतिहिंसा, भोग, विस्तार आदि के विषैले बीज तो सन्निहित नहीं हैं। यदि ऐसा हो तो तत्काल ही अपनी उन महत्वाकांक्षाओं को तिलांजलि दे दीजिए अथवा उनका सुधार-संशोधन कर डालिये, क्योंकि इससे तो लोक से लेकर परलोक तक के बनने-बिगड़ने की संभावना होती है। अपयश और अशांति मूलक महानता से शांति-संतोष और सुखदायक सामान्यता हजारों लाखों गुना अच्छी है।

इस सम्बन्ध मे आत्मविवेचना करते समय निष्पक्ष और निःस्वार्थ रहने की आवश्यकता है। यदि आँख पर से इन आवरणों को उतार कर दिग्दर्शन न किया गया तो अपने दोष दिखाई न देंगे। स्वार्थ और पक्षपात के दोष दृष्टि को ऐसा कोण दे दिया करते हैं, जिससे असत्य, सत्य और अहित, हित दिखलाई देने लगता है और मनुष्य अपने ही दृष्टिकोण से स्वंय प्रवंचित हो जाता है। इसलिए महत्वाकांक्षाओं के विषय मे उनके रुप और उनका विवेचन करने मे बहुत ही सतर्क और सावधान रहना चाहिए।

लॉकडाउन

लॉकडाउन बढ़े या हटे, इस दौर का तकाजा है कि हम'मर्यादा के लॉक' में एकजुट होकर जो भी इस समय प्राप्त है उसे पर्याप्त समझकर अपनी इच्छाओं, आकांक्षाओं को'डाउन' यानी सीमित रखें। इस लिहाज से देखें तो कोरोना वायरस ने हमें ऐसी स्थिति में डाल दिया है जिसमें उस आध्यात्मिक जीवन पद्धति की ओर बढ़ना हमारी भौतिक आवश्यकता भी हो गयी है जिसे सामान्य दिनों में हम टालते रहना चाहते हैं।

'लॉकडाउन' अर्थात तालाबंदी। इसका अभिप्राय यह कि ताला बंद रहेगा तो जो कुछ भी ताले में बंद है, अंदर है, वह सब कुछ सुरक्षित रहेगा। यह तालाबंदी हमें एक आध्यात्मिक संदेश भी देती है कि हम इस समय बाहरी संक्रमण से बचने के लिये बंद ताले की तरह सीधी सतर्क वाली मुद्रा में रहें। लेकिन इस ठहरे हुए समय का सदुपयोग कर अपने अंदर की ओर केंद्रित हों उसमें पैठे क्रोध, मान, माया, लोभ के ताले'डाउन' करके खुले ताले जैसी विनम्रता की स्थिति में आ जाएँ। यह स्थिति आते ही हम दूसरों की त्रुटियों, दूसरों की कमियों को न देखते हुये स्वयं अपने मन-वचन-काया से किये गये कार्यों को नियंत्रित करने मे लगेंगे। ध्यान रखेंगे कि हमसे कहीं कोई भूल-चूक न हो जाये जिससे हमें या हमारे परिवार को, समाज को, देश को या विश्व को भी कहीं कोई नुकसान न हो जाये।

यद्यपि कोरोना से आम जन-धन की अपूरणीय क्षति हुई है, लेकिन यह हमारी चेतना को कुछ जागृत भी कर रहा है। हम जान गये हैं कि पैसा ही सबकुछ नहीं होता है। इसीलिये मनुष्य ने जीने के लिये पैसे की कामना छोड़ एक-दूसरे की मदद के लिये प्रतिबद्धता दिखाई है। बिना उपयोग के किसी भी पदार्थ सोना, चाँदी और ईंधन(पेट्रोल) का कोई महत्व नहीं। लॉकडाउन के चलते हमें परिवार का महत्व भी समझ में आ रहा है। अपनों के बीच मिलने वाली अपूर्व शांति का स्वाद जान गये हैं। बच्चे समझ गए हैं कि स्वादिष्ट लेकिन स्वास्थ्य के लिये घातक'जंकफूड' के बिना भी आसानी से जी सकते हैं। हमें भी अहसास हो गया कि सादा, स्वास्थ्य-वर्धक जीवन जीना कठिन नहीं अपितु बहुत सरल और सस्ता है। खर्चीला तो प्रदर्शन है।

इस विपत्ति-काल में हमारे धैर्य, संयम और एकजुटता ने विश्वपटल पर अंकित कर दिया कि पाश्चात्य देशों की अपेक्षा खराब समय को भारतीय सबसे बेहतर तरीके से संभाल सकते हैं। विश्व में कोई भी देश अपने आप को सबसे शक्तिशाली या संपन्न भले ही कह ले, लेकिन इस विपत्ति के सामने वह असहाय नजर आ रहा है। हमारी जीवन-यापन की पुरातन परंपरा इस संकट से निपटने में हमारी मदद करती है। सादा जीवन और उच्च विचार के हमारे जीवन मूल्य हमें सदियों से किसी भी समस्या से निपटने में हमारी मदद करत रहे हैं। सादा जीवन और उच्च विचार के जो जीवन मूल्य हमें सदियों से चली आ रही परंपरा के जरिये मिले, परन्तु पाश्चात्य प्रभावों में हम इनकी उपेक्षा करने की ओर तत्पर होने लगे थें। उन मूल्यों के उपादेयता की इस कोरोना से उपजे हालात ने एक बार फिर पुष्टि कर दी है।

इसी वायरस का एक साइडइफेक्ट कहिये कि प्रकृति अपने मूल रूप में वापस लौटने लगी है। अपने पारंपरिक और आध्यात्मिक मूल्यों को अपनाकर व अपनी इच्छा-आकांक्षाओं पर लगाम लगाकर हम कोरोना पर तो काबू पा ही सकते हैं, प्रकृति के इस नये स्वरूप को भी स्थायित्व प्रदान कर सकते हैं। इसके अलावा अपने जीवन का शांति, सुकून और परम आनंद से भर जाना तो इसका एक निश्चित परिणाम है ही।

खुद के बारे में हम जैसा सोचते हैं वैसे ही बन जाते हैं

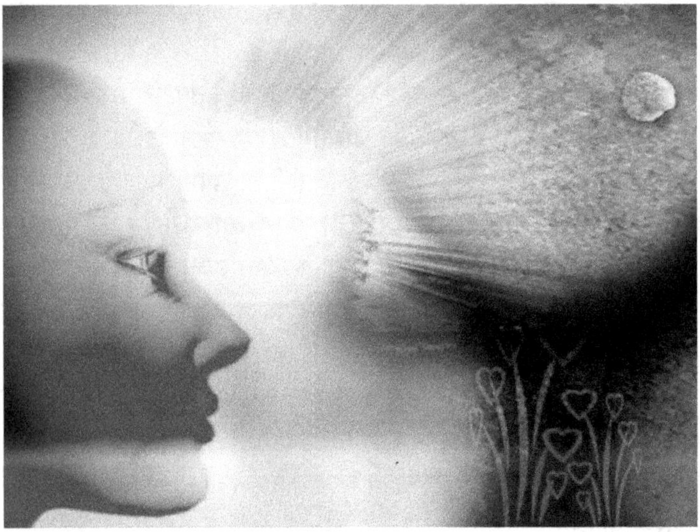

जीवों में मनुष्य विशेष रूप से मन प्रधान जीव है अर्थात वह मानसिक जीव है। वह जैसा सोचता है, वैसा ही बन जाता है। उदाहरण के लिये भूत-प्रेत की हमारी धारणाएँ भ्रांत हैं, उनका कोई अस्तित्व नहीं होता, किन्तु उनका बार-बार चिंतन होने से मनुष्य का मन उसका रूप परिग्रह कर लेता है और मनुष्य उनकी अनुभूति करने लगता है। जागतिक क्षेत्र में मनुष्य की इच्छाएँ सीमित या शांत वस्तुओं को लेकर होती हैं। अतः उसका मन भी शांत और सीमा रेखाओं से आबद्ध हो जाता है। मनुष्य के मन की सीमा रेखा उसके मन में उत्पन्न भाव जड़ताओं (डॉग्मा) के द्वारा भी सीमांकित होती है। जब वह क्षुद्र वस्तुओं को अथवा क्षुद्रताओं को अपने मन का विषय बना लेता है तो वह अपने को सीमाओं में बाँध लेता है। जब वह कहता है कि मै अमुक जाति का हूँ, मै इतना बड़ा पंडित हूँ, तो यह सब भाव उसके मन को सीमा रेखा में आबद्ध कर देते हैं। किंतु वही मनुष्य जब अपनी एषणा को अनंत की उन्मुख कर देता है, तो वह भी अनंत बन जाता है। साधना में ध्यान का यही महत्व है। यही है उसकी सत्ता का चरम विस्तार, चरमोत्कर्ष।

आज के युग में मनुष्य पर इतना दबाव पड़ता है कि मनुष्य का छोटा सा मस्तिष्क सहन नहीं कर पाता है। उसे स्नायु सम्बन्धी अथवा मानसिक रोग हो जाते हैं। उससे बचने का तरीका है, गीता के कर्मयोग मंत्र का प्रयोग। जितने भी कर्म हम करें, सदैव यह भावना लेते रहें कि यह मेरा काम नहीं मेरे प्रभु का काम है और मैं उसके निर्देश के अनुसार करता जा रहा हूँ। मैं उनका ही काम करने के लिये इस धरातल पर आया हूँ। ऐसा सोचने से मानसिक तनाव नहीं होगा और मनुष्य जब तक जीवित रहेगा, सानंद रहेगा। मनुष्य यह भूल जाता है, इसलिए उसके सामने उलझनें आती हैं और तब वह घबरा जाता है।

यद्यपि साइंस अधिक तरक्की कर चुका है, फिर भी आज के मनुष्य में पहले के मनुष्य की अपेक्षा घबराहट अधिक होती है। डर का कारण यह है कि साइंस भौतिक क्षेत्र में आगे बढ़ा है, उस अनुपात में मनुष्य के मन की और उसके स्नायुकोशों की पुष्टि नहीं हुई है। इसी कारण संतुलन का अभाव आ गया है। इस स्थिति से बचने का भी सीधा तरीका यही है कि मनुष्य सोचे, वह इस धरती पर उस परमपुरुष का ही काम करने के उद्देश्य से आया है। सोचे कि वह उनका ही काम कर रहा है।

घमंड भी मनुष्य के मन की ही बीमारी है, जिससे उसका पतन हो जाता है। यदि मनुष्य हमेशा परमपुरुष को लेकर ही व्यस्त रहेगा तो उसका प्रेम उनके प्रति बढ़ता रहेगा और परमपुरुष को भी मनुष्य पर विशेष ध्यान देना ही पड़ेगा। परमपुरुष तो पिता के समान हैं। वह जानते हैं कि उनकी संतान में कुछ बुराइयाँ अभी हैं, लेकिन वह अपनी संतान को सोलह आने ठीक करने की कोशिश करेंगे। अगर माँ किसी कमी के कारण बच्चे को डाँटती भी है तो पिता कहेगा, छोड़ो जी, क्यों डाँट रही हो, देखो वह रो रहा है। अतः सदैव परमपुरुष का भाव लेने से उनसे प्रेम हो ही जाता है और उसके परिणामस्वरूप उनकी कृपा अवश्य ही मिलती है।

समग्रता का ईश्वरीय बोध

मन सिकुड़ा है, मस्तिष्क फैला है। कर्मक्षेत्र समूचे विश्व तक फैलकर सीमातीत हुआ है, स्नेह-सूत्र परिवार की छोटी-से-छोटी इकाई में भी टूटकर टुकड़ा-टुकड़ा हुआ है। स्थूल फैलकर स्थूलतम हो रहा है, सूक्ष्म और अधिक सिमटकर सूक्ष्मतम बन रहा है। कर्म-तर्क बौद्धिकता के धरातल पर मनुष्य महानता का मुखौटा पहनकर आगे बढ़ा दिख रहा है, कर्म-श्रद्धा अगोचर के मूल्यों पर वह बौना और कमजोर पड़ रहा है, आखिर क्यों?

बुद्ध का कहा आज लाखों पृष्ठों में विवेचित हो रहा है, श्रीकृष्ण की गीता के अक्षर-अक्षर पर प्रवचन और भाष्य हो रहे हैं। कुरान और बाइबिल को घर-घर तक, प्रत्येक व्यक्ति तक पहुँचाने के लिये अथक प्रयास किये जा रहे हैं, पर बुद्ध की करुणा, श्रीकृष्ण का निष्काम कर्म, ईसा व मुहम्मद का प्रेम व भाईचारे की छवि क्यों नहीं चमक-दमक रही है, यह एक गूढ़ पहेली है।

विचार मे विश्वास नहीं, धर्म मे श्रद्धा नहीं, परस्परता-सामाजिकता मे सुख-दुःख की अनुभूति नहीं, तब वह व्यक्ति न तो धार्मिक हो सकता है और न ही सामाजिक। धर्म और समाज के विभिन्न सवाल उस व्यक्ति की स्वार्थ-लालसा और लिप्सा को तीखा और कड़वा बना देते हैं। ये कटुस्वार्थ जब सामाजिक कटुता का रूप लेते हैं, तो सांप्रदायिक, जातीय, क्षेत्रीय आदि-आदि विषवल्लरियाँ उगती और पनपती हैं।

संप्रदाय, जाति, क्षेत्र-जीवन की ये इकाइयाँ हैं, समग्रता नहीं। जैसे आँख, कान, नाक, हाथ, पाँव ये शरीर की इकाइयाँ हैं, समग्रता नहीं। इकाइयाँ समग्रता की पूरक हैं, विरोधी-विद्रोही नहीं। विषयग्रस्त मनुष्य ही धार्मिकता के मूल्य पर हिन्दू-मुसलमान, सिख, ईसाई को लड़ाता है। हम धार्मिक हैं, हम मनुष्य हैं- समग्रता के इस ईश्वरीय बोध मे सांप्रदायिकता, जातीयता का विष उत्पन्न हो ही नहीं सकता। हम हिंदू-मुसलमान हैं, पर अविरोधी पूरक इकाई के रूप में ही। समग्रता में तो हम मनुष्य हैं, परमेश्वर की संतान, मनुष्य हैं- मननशील मनुष्य।

भारत-भूमि की माटी

विधाता ने अपने सेवकों को बुलाकर धरती से एक-एक उपहार लाने का आदेश दिया। उन्होने कहा - "जिसका उपहार सर्वश्रेष्ठ होगा, उसी को प्रधान सेवक के पद पर नियुक्त किया जायेगा।" आज्ञा मिलने की देर थी, सभी सेवक अच्छे उपहारों की तलाश मे पृथ्वी की ओर दौड़ने लगें। एक से एक बहुमूल्य उपहार सेवकों ने लाकर सामने रखे, पर विधाता के चेहरे पर कहीं प्रसन्नता और संतोष की रेखा तक न थी। हिसाब लगाया गया, तो एक सेवक का आना शेष था। उसकी प्रतीक्षा बड़ी आतुरता से की जा रही थी।

आखिर प्रतीक्षा की घड़ियाँ पूरी हुई और वह सेवक भी आ गया। वह कागज की एक पुड़िया विधाता को देकर नीचे बैठ गया। विधाता ने पुड़िया खोली, "अरे, यह क्या इस पुड़िया मे मिट्टी बाँध लाये।" सेवक ने हाथ जोड़कर कहा, "हाँ भगवान मैंने पृथ्वी का चप्पा-चप्पा छान मारा। शायद ही कोई स्थान रह गया हो, जहाँ मैं नहीं गया। मैंने इस बात की बड़ी कोशिश की कि ऐसा उपहार ले चलूँ, जो आपको पसंद आ जाए। यह वह मिट्टी है, जहाँ के लोगों ने संस्कृति और मानवता की रक्षा के लिए खुशी-खुशी अपने प्राण न्यौछावर कर दिए।"

विधाता ने वह मिट्टी बड़ी श्रद्धा से अपने मस्तक पर लगाई और कहा, "सेवकों जब तक पृथ्वी पर ऐसे संत और सज्जन पुरुष बने रहेंगे, तब तक धरती पर सुख-शांति की संभावनाएँ कम न होंगी।"

जीवन क्या है?

जीवन क्या है? यह एक ऐसा प्रश्न है, जो युगों से पूछा जा रहा है एवं अनुत्तरित है। श्रुति की शरण में जाएँ, तो वह कहती है कि हर व्यक्ति द्वारा जीवन के स्वरूप को समझा जाना चाहिए और उससे जुड़े तथ्यों को स्वीकार करना चाहिए, चाहे वे कितने भी कड़ुए एवं अप्रिय क्यों न प्रतीत होते हैं? जीवन एक चुनौती है, एक समर है, एक जोखिम है एवं उसे इस रूप मे स्वीकार करने के अलावा हमारे पास कोई चारा भी नहीं।

जीवन एक रहस्य है, तिलिस्म है, भूल-भुलैया है, जिस किसी के पास गंभीर पर्यवेक्षण करने की दृष्टि हो, वह उसकी तह तक पहुँच सकता है। इसी आधार पर जीवन से जुड़ी भ्रांतियों के कुहासे को भी मिटाया जा सकता है कई प्रकार के खतरों से भी बचा जा सकता है। कर्तव्य के रूप मे जीवन अत्यंत भारी किंतु अभिनेता की तरह हँसने-हँसने वाला हल्का फुल्का रंगमंच भी है, जिसका विनोदपूर्वक मंचनकर आनंद लिया जा सकता है।

जीवन एक गीत है, जिसे पंचम स्वर मे गाया जा सकता है। जीवन एक अवसर है, जिसे गँवा देने पर सब कुछ हाथ से निकल जाता है। जीवन एक स्वप्न है, जिसमें स्वयं को खोया जा सके तो भरपूर आनंद का रसास्वादन किया जा सकता है। जीवन एक प्रतिज्ञा है, यात्रा है, जीने की एक कला है। उसे सफल कैसे बनाया जाए, यह यदि जान लिया जाए, इस पर मनन कर लिया जाए, तो फिर उससे बड़ा भाग्यशाली कोई नहीं। जीवन सौंदर्य है, सत्-चित-आनंद है। वह सब कुछ है, जो नियंता की इस सृष्टि मे सर्वोत्तम कहा जाने योग्य है। हम इसे जीकर तो दिखाएँ।

बीज का साहस

दो बीज धरती की गोद में आ पड़े। मिट्टी ने उन्हें ढक दिया। दोनो रातभर सुख की नींद सोए। प्रातःकाल दोनो जगे तो एक के अंकुर फूट गए, वह ऊपर उठने लगा। यह देख छोटा बीज बोला, भैया ऊपर मत जाना, वहाँ बहुत भय है, लोग तुझे रौंद डालेंगे, मार डालेंगे। बीज सब सुनता रहा और चुपचाप ऊपर उठता रहा। धीरे-धीरे धरती की परत पार कर ऊपर निकल आया और बाहर का सौंदर्य देखकर मुस्कुराने लगा। सूर्य देवता ने धूप का स्नान कराया और पवन देव ने पंखा डुलाया, वर्षा आई और शीतल जल पिला गई, किसान आया और चक्कर लगाकर चला गया। बीज बढ़ता ही गया। झूमता, लहलहाता, फूलता और फलता हुआ एक दिन परिपक्व अवस्था तक जा पहुँचा। जब वह इस संसार से विदा हुआ तो अपने जैसे असंख्य बीज छोड़कर हँसता और आत्म-संतोष अनुभव करता विदा हो गया।

मिट्टी के अंदर दबा बीज देखकर पछता रहा था। भय और संकीर्णता के कारण जहाँ था वहीं पड़ा रहा और मेरा भाई असंख्य गुना समृद्धि पा गया।

रंगों का निराला मनोविज्ञान

सृष्टि के कण-कण मे रंगों का अद्भुत संसार बिखरा पड़ा है जो मनुष्य जीवन मे रंग भरकर उसे सरस एवं जीवंत बनाए हुए है। प्रकृति के संवर्ग मे ये रंग ही जिन्दगी मे सतरंगी छटा-सा सृजन करते हैं। रंगों के अभाव मे जीवन की कल्पना करने पर घोर अंधकार के सिवा और कुछ नहीं बचता। इस रंगों के रंगीन संसार की अपनी भाषा व अपना विज्ञान है, जिसे समझकर हम अपने व्यक्तित्व को सँवार सकते हैं। रंगों की अपनी प्रकृति व गुणधर्म है, जिसे यदि समुचित रीति-नीति से अपनाया जा सके तो अपने शारीरिक, मानसिक एवं भावनात्मक जीवन को अधिक अवस्थित-संतुलित एवं पुष्ट बनाया जा सकता है।

रंगों का प्रकाश से अभिन्न सम्बन्ध है। इसमें भी सूर्य प्रकाश का सबसे प्राकृतिक एवं विशुद्ध क्षेत्र है। सात रंग की सात किरणों का सृजेता होने की वजह से इसे सप्तरश्मि भी कहा गया है। प्रकाश सात रंगों से मिलकर बनता हैं। जिन्हें हम प्रिज्म के माध्यम से देख सकते हैं।

इनमे से प्रत्येक रंग की अपनी अलग-अलग भाषा है। वे किसी विशेष गुणधर्म को प्रकट करते हैं व सभी की अपनी-अपनी प्रभावोत्पादक शक्ति होती है। ये रंग इनको पसन्द करने वाले व्यक्ति के व्यक्तित्व पर भी समुचित प्रकाश डालते हैं। उदाहरण के लिए लाल रंग उग्रता का प्रतीक है। यह उग्र विचार, उग्र प्रेम एवं तीव्र भावुकता को व्यक्त करता है। यह रंग शौर्य

वीरता, संघर्ष एवं उत्साह को भी प्रकट करता है। प्राचीनकाल मे सैन्य झण्डे और वस्त्र लाल रंग के होते थें। क्रान्तिकारी उग्र आन्दोलनों मे भी लाल रंग के प्रतीक झण्डों का उपयोग अधिक हुआ करता है। इसी तरह उत्कट भावुकता व्यक्त करने के उद्देश्य से शादी-विवाह मे दुल्हन को लाल रंग के वस्त्र पहनाए जाते हैं। लाल रंग को शुभ भी माना गया है।

नारंगी रंग को जीवनशक्ति, ऊर्जा, त्याग और बलिदान का प्रतीक माना गया है। यह वास्तव मे लाल और पीले रंग के संयुक्त प्रभाव को प्रकट करने वाला है। इसीलिए इसे प्रफुल्लता, ताजगी, शक्ति, ऊर्जा और उत्साह का प्रतीक माना गया है।

पीला रंग ज्ञान, आध्यात्मिकता व कुलीनता आदि को व्यक्त करता है। इस रंग को भी शुभ माना गया है। पर्व, त्यौहार, धार्मिक अनुष्ठान आदि मे इसका उपयोग विशेष रूप से किया जाता है। किन्तु यदि रंग साफ एवं स्वच्छ न होकर मैलापन लिये हो तो हृदय के उत्साह को मार देता है। पलायनवाद, कायरता व दुर्बुद्धि को भी जगाता है।

हरे रंग को द्वैत रंग अर्थात् दो विचारों वाला रंग कहा गया है। हरा रंग बौद्धिक क्षमताओं को सक्रिय कर शान्ति देता है। यह रंग वातावरण को शान्त बनाने मे सहायक होता है। जो लोग हरा रंग पसन्द करते हैं वे प्रकृति प्रेमी होते हैं।

नीला रंग एक आध्यात्मिक रंग है। यह शान्ति, सहिष्णुता, शुद्धता, सात्विक स्नेह और वैराग्य का प्रतीक है। यह गहराई, विशालता और अनवरत शान्ति को दर्शाता है। आसमान, सागर एवं शान्त झील को सान्निध्य मे इस रंग की छटा निहार सकते हैं।

बैगनी रंग रहस्यात्मक आचरण वालों को बेहद प्रिय होता है। इनके व्यवहार एवं स्वभाव मे एक विचित्र सी रहस्यात्मकता जुड़ी होती है।

सफेद रंग शांत स्वभाव, सादगी, विचारों की उच्चता, तेजस्विता और सात्विकता का प्रतीक है। इस रंग के प्रति लगाव वाले व्यक्तियों में जटिलता नहीं पायी जाती है। वे शान्त, सात्विक और स्पष्टवादी प्रवृत्ति के होते हैं। आदर्शवादी होते हैं।

स्वयं को खुश रखकर ही दूसरों को सुख दे सकते हैं

जीवन को सफल एवं सार्थक बनाने के लिए हमें उसे नया आयाम देना होगा। स्वयं की शक्ति को पहचानना होगा, आत्म साक्षात्कार करना होगा एवं अपने अंदर ऊर्जा केंद्र स्थापित करना होगा, जहाँ हर शब्द नया वेग और हर वाक्य नया क्षितिज देगा। कहा जा सकता है कि तब अभ्युदय का प्राणवान और जीवंत पल हमारे हाथ होगा। एक दिव्य, भव्य और नव्य महाशक्ति हमारे साथ चलायमान होगी।

जर्मन लेखक गोइथे ने कहा है, "जिस पल कोई व्यक्ति खुद को पूर्ण रूप से समर्पित कर देता है, ईश्वर भी उसके साथ चलता है।" उपयोगी जीवन जीने वालों ने इसी तरह सदा अपने वर्तमान को आनंदमय एवं सार्थक बनाया है। शक्ति का सदुपयोग करने वालों ने वर्तमान को दमदार और भविष्य को शानदार बनाया है। मगर अफसोस इस बात का है कि शक्ति और समय का दुरुपयोग करने वाले न तो वर्तमान में सुख से जी सकते हैं और न ही अपने भविष्य को चमकदार बना सकते हैं।

हम अपने आप की पहचान औरों के नजरिए से, मान्यता से, पसंद से, स्वीकृति से करते हैं जबकि स्वयं द्वारा ही स्वयं को देखने का नजरिया होना चाहिए और इसी से हमारी सही पहचान हो पाएगी । जो कुछ आपके पास है, उससे दूसरों को खुश रखते हुए स्वयं को भी खुशी दे सकते हैं। यही है स्वयं की स्वयं के प्रति एवं अपने अस्तित्व के गहनतम तल में डुबकी लगाने की वास्तविक जागृति। यह ऊर्जा अन्य सभी तलों की ऊर्जा की अपेक्षा सर्वोपरि है। इसी में सामर्थ्य से अधिक पाने की क्षमता है। हम यहाँ जो पा सकते हैं, वह अन्यत्र कहीं नहीं मिल सकेगा। यहाँ जो हो सकता है, वह अन्यत्र कहीं भी नहीं हो सकेगा।

श्रद्धा और समर्पण से जुड़कर बाहर की दुनिया से मुड़कर एक बार अंदर देखने का सही ढंग से प्रयत्न तो करें। मनुष्य जन्म की सार्थकता केवल साँसों का बोझ ढोने से नहीं होगी एवं केवल योजनाएँ बनाने से भी काम नहीं चलेगा, उसके लिए नजरिए को साफ करना होगा। अपने स्वार्थों को त्यागकर परार्थ और परमार्थ चेतना से जुड़ना होगा। इसके बिना बात नहीं बनेगी। सचाई है कि जिसे हमने सुख का साधन मान रखा है, वह हमें सुख नहीं दे रहा है, जो है, उसे छोड़कर, जो नहीं है उस ओर भागना हमारा स्वभाव है। फिर चाहे कोई चीज हो या रिश्ते। यूँ आगे बढ़ना अच्छी बात है, पर कई बार सब मिल जाने के बावजूद वही कोना खाली रह जाता है, जो हमारा अपना होता है।

आज के इस डिजिटल युग में विभिन्न सोशल प्लेटफार्मों पर हम दुनिया भर से जुड़ते हैं, पर अपनों से ही छूट से जाते हैं। मदर टेरेसा ने कहा है, "अगर दुनिया बदलना चाहते हैं तो शुरुआत घर से करें और अपने परिवार को प्यार करें।" हरेक पल आप नया जन्म लेते हैं। हर पल एक नई शुरुआत हो सकती है। यह विकल्प है -'आपका अपना विकल्प।' लेकिन व्यक्ति प्रमाद में जीता है और प्रमाद में बुद्धि जागती है किन्तु, प्रज्ञा सोती है। इसलिए व्यक्ति बाहर जीता है भीतर से अनजाना होकर और इसलिए सत्य को भी प्राप्त नहीं कर पाता। इसलिए मनुष्य की परिस्थितियाँ बदलें, उससे पहले उसकी स्वार्थ एवं संकीर्णता से जुड़ी प्रकृति बदलनी जरूरी है। आदतन संस्कारों के बदले बिना न सुख संभव है, न साधना और न साध्य ही।

सकारात्मक बने रहना मनुष्य का व्यक्तिगत धर्म है

मनुष्य द्वारा निरंतर यह महसूस करना कि उसके चारों ओर सब कुछ कुशलतापूर्वक चल रहा है, जीवन में बड़ी उपलब्धि है। सकारात्मकता और आशावाद का यह भाव स्थिर बन जाए तो मनुष्य सभी आंतरिक और बाह्य विकारों पर आसानी से विजय पा लेता है। जीवन में व्यक्ति के लिए दुःख, दुर्गति, समस्या, द्वंद्व, पीड़ा और बाधाओं का जो जंजाल तैयार होता है वह सर्वप्रथम उसकी सोच में जगह बनाता है। इसके विपरीत यदि सोच में उक्त दुर्गुणों, नकारात्मक विचारों और अनुचित वैचारिक दिशाओं के स्थान पर प्रशांत मनोबल की प्रेरणा से आशा, संवेदना, सकारात्मकता, प्रेम, करुणा, आत्मचिंतन जैसे सद्गुण होंगे तो मानवीय जीवन ईश्वरीय इच्छा के अनुरूप प्राकृतिक स्वरूप में आनंदित रहेगा। सोच, विचार, भाव, साधारण व आत्मिक चिंतन-मनन में सदैव सकारात्मक बने रहना मानव का निजी धर्म है। इस धर्म का मन, वचन और कर्म से पालन करने पर मनुष्य का साधारण अस्तित्व असाधारण बन जाता है। उसे इतनी आत्मशक्ति मिल जाती है कि यदि उसका क्षणिक ध्यान भी नकारात्मकता बढ़ाने वाले दुर्गुणों की ओर आकृष्ट होता है तो सकारात्मक गुणों से

ऊर्जास्वित उसकी आत्मचेतना सचेत हो उठती है। वह तत्क्षण नकारात्मक परिधि को लाँघकर अपने विचारों पर विराम लगाते हुए सकारात्मक मार्ग पर गतिमान हो जाता है।

यह वैचारिक एकनिष्ठा मनुष्य को अपनी संपूर्ण वैचारिक क्षमता से परिचित कराती है। मनुष्य का मन स्थिर रहता है। उसका शरीर धरती व आकाश के मध्य सरसराती, केवल अनुभव होती पवन की तरह भारहीन हो जाता है। सकारात्मकता और आशावादिता की समृद्धि से परिपूर्ण की आत्मस्थिति मनुष्य को साधारण मनुष्य रहने ही नहीं देती। वह स्वयं की जानकारी के बिना जीवन में पवन का स्पंदन, पुष्पों की सुगंध, जल की मिठास, वनस्पतियों का अमृत, चंद्रमा की रहस्यमयी सुंदरता तथा सूर्य का पवित्र ओज बन जाता है। इस स्थिति में ब्रह्मांड का कोई भी दैवीय चमत्कार ऐसा नहीं जो सकारात्मक और आशावादी मनुष्य की पवित्र आत्मा से मिलने की इच्छा में व्याकुल न हो।

आशावान होने, सकारात्मकता के साथ अपने मानवीय कर्तव्यों में अभिव्यस्त रहने से आत्मिक संवेदना व सभ्यता में वृद्धि होती है। यह गुणातीत व्यवस्था मानवीय जीवन को अनेक स्तरीय दैवीय सुरक्षा प्रदान करती है। अति सकारात्मक तथा आशावान व्यक्ति के चहुँ ओर सदैव एक अदृश्य ऊर्जा-चक्र घूमता रहता है। जिस प्रकार नकारात्मकता, विध्वंसात्मकता से ग्रस्त किसी व्यक्ति के चारों ओर रोगाणुओं से युक्त एक वातावरण तैयार होता है और समय के किसी भी क्षण वह व्यक्ति इस वातावरण के दंश से असहज और कष्टसाध्य मृत्यु को प्राप्त हो सकता है, उसी प्रकार सकारात्मक शक्तिचक्र से सुरक्षित व्यक्ति जीवन के क्षण-क्षणांश में ईश्वरीय आनंद का अनुभव तो करता ही है, साथ ही उसके मृत्युवरण का क्षण भी आनंद का स्रोत बन जाता है। ऐसा संभव करने के लिए हरेक मनुष्य को सकारात्मक व नकारात्मक परिस्थितियों का आकलन कर अपने सकारात्मक व्यवहार को स्थायी बनाना चाहिए। सकारात्मकता में स्थिर होने का यह मंत्र ईश्वर द्वारा मनुष्य के लिए निर्धारित सभी कर्मों में निहित सभी सद्गुणों को आत्मसात करने का माध्यम भी बनता है।

सच्चे विकास की खुशनुमा साझी यात्रा

हर इंसान की इच्छाएँ एवं आकांक्षाएँ अनंत हैं। हम जीवन में ऊँचा पद, यश, कीर्ति, वैभव चाहते हैं। हम चाहते हैं कि हमारा नाम अखबार में छपे, टीवी पर आए। हम आर्थिक एवं राजनीतिक साम्राज्य चाहते हैं। वैज्ञानिक, साहित्यकार, चित्रकार, संगीतकार, कलाकार, राजनीतिज्ञ, समाजसेवी आदि सब में इसकी होड़ लगी है। दुनिया का ऊँचे से ऊँचा पद या पुरस्कार पाने की लालसा प्रत्येक व्यक्ति में दिखाई देती है। परंतु इस सचाई को झुठलाया नहीं जा सकता है कि सफल तो एक होता है, शेष सभी दुखी होते हैं। आकांक्षा, प्रगति या विकास की जननी है परंतु दुःख का मूल भी है।

आकांक्षा अपने आप में बुरी नहीं है परंतु जब यह ममत्व एवं संग्रह की प्रवृत्ति से जुड़ जाती है, जब यह महत्वाकांक्षा से जुड़ जाती है तो यह न केवल स्वयं के लिए दुःख का कारण बनती है वरन पूरे समाज में विग्रह और विषमता का कारण बनती है। संग्रह की प्रवृत्ति से पैदा होता है लोभ और कपट। निजी और सामाजिक व्यवहार में, व्यापार और उद्योग तथा सभी क्षेत्रों में प्रामाणिकता के स्थान पर जन्म होता है धोखाधड़ी, मिलावट, आपाधापी और जनविरोधी व्यवस्थाओं का। संग्रह करने वाला स्वयं तो दुखी होता ही है दूसरे भी दुखी होते हैं क्योंकि वे ही बनते हैं धोखाधड़ी व शोषण के शिकार। जबकि सचाई है कि तरक्की की यात्रा अकेले नहीं हो सकती। जरूरी है कि आप अपने साथ दूसरों को भी आगे ले जाएँ। उनके

जीवन पर अच्छा असर डालें। इसके लिए बहुत कुछ करने की जरूरत नहीं होती। कितनी ही बार आपकी एक हँसी, एक हामी, छोटी सी मदद, दूसरों को आगे बढ़ाने की मानसिकता न केवल दूसरे का बल्कि आपका भी दिन अच्छा बना देती है। अमेरिकी लेखिका माया एंजेलो कहती हैं, "जब हम खुशी से किसी को कुछ देते हैं और प्रसाद की तरह लेते हैं तो सब कुछ वरदान ही है।"

बहुत अधिक अहं का भाव हमारी दुनिया को छोटा कर देता है। भीतर और बाहरी दोनों ही दुनिया सिमट जाती हैं। तब हमारा छोटा-सा विरोध गुस्सा दिलाने लगता है। छोटी-सी सफलता अहंकार बढ़ाने लगती है। थोड़ा सा दुःख अवसाद का कारण बन जाता है। कुल मिलाकर पूरी सोच ही गड़बड़ा जाती है। अमेरिकी अभिनेता जॉर्ज क्लूने ने तो कहा भी है कि, "अपने ही बोले हुए को सुनते रहना ज्यादा सीखने नहीं देता।"

अकेले आगे बढ़ने की चाह में हम अपने आपको दूसरे से नहीं अपने आप से भी काट लेते हैं। हमारे मौलिक मानवीय गुण नष्ट हो जाते हैं। इसके विपरीत यदि हम सब मिलकर कोई छोटा सा भी लक्ष्य प्राप्त कर लेते है, तो हमारी खुशी महत्तम हो जाती है।

सफलता से ज्यादा जरूरी है उसकी उपयोगिता

हर व्यक्ति अच्छा और सफल इंसान बनना चाहता है। अच्छा इंसान और सफल इंसान क्या दो अलग-अलग चीजें होती हैं। दोनों में ज्यादा उपयोगी कौन है? इसकी तुलनात्मक विवेचना से एक तथ्य सामने आता है कि सफलता से ज्यादा उपयोगी अच्छाई है क्योंकि सबसे खास बात यह है कि एक सफल व्यक्ति की तुलना में एक अच्छे इंसान की उपलब्धि लंबे समय तक स्मृति में बनी रहती है। उसके लिए किए गए काम का दायरा भी व्यक्तिगत स्तर से ऊपर होता है। लेखक निक हॉर्नबी के अनुसार, एक सफल व्यक्ति अपनी उपलब्धियों की वजह से पहचाना जाता है। हालांकि ये उपलब्धियाँ मूलभूत रूप से केवल उसे फायदा पहुँचाने वाली होती हैं, लेकिन एक अच्छे व्यक्ति का काम स्वार्थ से परे होता है। यह अलग बात है कि आज अच्छाई से ज्यादा महत्व सफलता को मिलता जा रहा है। नैतिकता एवं जीवन मूल्यों की विरासत धुंधली पड़ने लगी है फिर भी अच्छाई सदैव ऊपर ही रहेगी।

कबीर, दादू, रैदास, गांधी, तुलसी, वल्लभ गुरु आदि फरिश्ते थे। लेकिन पहले वे अच्छे इंसान थे। इन्होंने नैतिकता एवं चरित्र का लबादा ओढ़ा नहीं, उसे जीकर दिखाया। वे भाग्य और नियति के हाथों का खिलौना बनकर नहीं बैठे, स्वयं के पसीने से अपना भाग्य लिखा। अरस्तु के अनुसार, अच्छी परिस्थितियों और ऐश्वर्य के बावजूद, एक अच्छी जिंदगी

इस बात पर निर्भर करती है कि एक व्यक्ति सद्गुण के अनुसार व्यवहार करे। हालांकि अन्य दार्शनिक सद्गुण को अच्छी और सफल जिंदगी का केवल एक आयाम मानते हैं। कांट का मानना है कि अगर जिंदगी के सभी आयामों को व्यक्ति व्यावहारिक तार्किकता के आधार पर देखने लगे तो वह ऐसी जिंदगी हासिल कर सकता है, लेकिन यह भी संभव है कि एक व्यक्ति इसके साथ सहज हो और दूसरा नहीं। मुख्य बात यह है कि कुछ लोग बेहद मुश्किल समय में भी अच्छाई का साथ नहीं छोड़ते, चाहे उन्हें असफल ही क्यों न होना पड़े। इसलिए कहा गया है कि अनंत काल का लक्ष्य लेकर चलेंगे, तब कहीं अच्छे मनुष्य का निर्माण हो सकेगा। इस निर्माण के लिए शक्ति संपन्न होना जरूरी है। शक्ति संपन्न वही व्यक्ति हो सकता है, जिसका आत्मविश्वास प्रबल होता है। अस्मिता की पहचान तथा क्षमताओं का बोध करने के साथ विकास के नए क्षितिज की खोज भी आवश्यक है।

अच्छे इंसान बनने का एक सूत्र है अनुशासन। जो व्यक्ति अनुशासन से बंधा रहता है, वह आगे बढ़ता है, शक्ति का अनुभव करता है। हालांकि एक अच्छा इंसान बनने के लिए कोई निर्धारित योग्यता नहीं होती जिसकी शर्तों को पूरा करना पड़े। फिर भी यह काम जितना सरल प्रतीत होता है, उससे बहुत ज्यादा मुश्किल है। बहुत बार व्यक्तिगत स्तर पर हानि उठाकर भी अपने जीवन में इसे बनाए रखना पड़ता है। जो बहुत सारे धैर्य के साथ बहुत कुछ खो देने के साहस की मांग करता है। अक्सर अच्छा बनने की सलाह दी जाती है। खासतौर पर हमें अच्छा बनने में तब और सावधानी बरतनी चाहिए जब सफलता का अनैतिक होने की शर्त पर मिलने की लेशमात्र भी आशंका हो। पैसा, प्रसिद्धि और शक्ति हासिल कर लेना उतना मुश्किल काम नहीं है, जितना सद्गुणों को बनाए रखना। इसलिए इंसान को सफलता से पहले अच्छाई के लिए प्रयत्नशील बनना चाहिए। उसके बाद मिलने वाली सफलता ज्यादा उपयोगी है।

काँच की बरनी और दो प्याला चाय

जीवन में जब सब कुछ एक साथ और जल्दी-जल्दी करने की इच्छा होती है, सब कुछ तेजी से पा लेने की इच्छा होती है, और हमें लगने लगता है कि दिन के चौबीस घंटे भी कम पड़ते हैं, उस समय ये बोध कथा, काँच की बरनी और दो कप चाय हमें याद आती है। दर्शनशास्त्र के एक प्रोफ़ेसर कक्षा में आये और उन्होंने छात्रों से कहा कि वे आज जीवन का एक महत्वपूर्ण पाठ पढाने वाले हैं... उन्होंने अपने साथ लायी एक काँच की बड़ी बरनी (जार), टेबल पर रखा और उसमें टेबल टेनिस की गेंदें डालने लगे और तब तक डालते रहें जब तक कि उसमें एक भी गेंद समाने की जगह नहीं बची... उन्होंने छात्रों से पूछा, "क्या बरनी पूरी भर गई?" "हाँ.." आवाज आई...फिर प्रोफ़ेसर साहब ने छोटे-छोटे कंकड़ उसमें भरने शुरु किये, धीरे-धीरे बरनी को हिलाया तो काफ़ी सारे कंकड़ उसमें जहाँ जगह खाली थी, समा गये, फिर से प्रोफ़ेसर साहब ने पूछा, क्या अब बरनी भर गई है, छात्रों ने एक बार फिर हाँ.. कहा अब प्रोफ़ेसर साहब ने रेत की थैली से हौले-हौले उस बरनी में रेत डालना शुरु किया, वह रेत भी उस जार में जहाँ संभव था बैठ गई, अब छात्र अपनी नादानी पर हँसे... फिर प्रोफ़ेसर साहब ने पूछा, "क्यों अब तो यह बरनी पूरी भर गई ना?"

हाँ.. अब तो पूरी भर गई है.. सभी ने एक स्वर में कहा.. सर ने टेबल के नीचे से चाय के दो कप निकालकर उसमें की चाय जार मे डाली, चाय ने भी रेत के बीच में स्थित थोड़ी सी जगह में अपनी जगह बना लिया। प्रोफ़ेसर साहब ने गंभीर आवाज में समझाना शुरु किया, "इस काँच की बरनी को तुम लोग अपना जीवन समझो... टेबल टेनिस की गेंदें सबसे महत्वपूर्ण भाग अर्थात भगवान, परिवार, बच्चे, मित्र, स्वास्थ्य और शौक हैं, छोटे कंकड़ मतलब तुम्हारी नौकरी, कार, बड़ा मकान आदि हैं, और रेत का मतलब और भी छोटी-छोटी बेकार सी बातें, मनमुटाव, झगड़े हैं। अब यदि तुमने काँच की बरनी में सबसे पहले रेत भरी होती तो टेबल टेनिस की गेंदों और कंकड़ों के लिये जगह ही नहीं बचती, या कंकड़ भर दिये होते तो गेंदें नहीं भर पाते, रेत जरूर आ सकती थी। ठीक यही बात जीवन पर लागू होती है। यदि तुम छोटी-छोटी बातों के पीछे पड़े रहोगे और अपनी ऊर्जा उसमें नष्ट करोगे तो तुम्हारे पास मुख्य बातों के लिये अधिक समय नहीं रहेगा। मन के सुख के लिये क्या जरूरी है ये तुम्हें तय करना है। अपने बच्चों के साथ खेलो, बगीचे में पानी डालो, सुबह पत्नी के साथ घूमने निकल जाओ, घर के बेकार सामान को बाहर निकाल फेंक, मेडिकल चेक-अप करवाओ। यही हैं टेबल टेनिस की गेंदें जिनकी फ़िक्र पहले करो, यही महत्वपूर्ण है। पहले तय करो कि क्या जरूरी है... बाकी सब तो रेत है.."

प्रोफेसर साहब ने एक साधारण से उदाहरण से छात्रों को जिंदगी जीने का कितना सरल उपाय सुझा दिया था, छात्र मंत्रमुग्ध हो उठे।

अचानक एक ने पूछा, "सर, लेकिन आपने यह नहीं बताया कि चाय के दो कप क्या हैं?" प्रोफ़ेसर मुसकुराए, बोले, "मैं सोच ही रहा था कि अभी तक ये सवाल किसी ने क्यों नहीं किया? इसका उत्तर यह है कि, जीवन हमें कितना ही परिपूर्ण और संतुष्ट लगे, लेकिन अपने खास मित्र के साथ दो कप चाय पीने की जगह हमेशा होनी चाहिये।"

मैदान के दूसरे ओर की घास

हर इंसान अपने वर्तमान से असंतुष्ट है। एक बड़ी सच्चाई यह है कि आप इस क्षण में यदि असंतुष्ट हैं तो किसी अन्य क्षण में भी असंतुष्ट ही रहेंगे। ऐसा नहीं वैसा हो जाए तब संतुष्ट हो जाएँगे, सुखी हो जाएँगे, यह ख्याल वास्तव में आपके मन का भ्रम है। अपने मन की मानकर जीने वाला व्यक्ति कभी भी सुखी जीवन नहीं जी सकता। वह सदैव असंतुष्ट रहेगा क्योंकि असंतुष्ट रहना मन का स्वभाव है। मन सदा भविष्य में जीता है, महत्वाकांक्षा में जीता है। यह दूसरों जैसा होने, दूसरों की स्थिति में पहुंचने की चाहत से भरा रहता है।

कई बार लगता है कि हमें छोड़कर सभी बेहतरीन जिंदगी जी रहे हैं। सब आगे बढ़ रहे हैं, जबकि हमारे यहाँ दुःख कतार बनाकर खड़े हैं। क्या वाकई दूसरों के यहाँ सब बहुत आसान और सही होता है। लेखिका लॉरा फ्रेशर कहती हैं, "ऐसा नहीं होता कि दूसरी तरफ की घास ज्यादा हरी हो। बात सिर्फ यह है कि आप एक समय में मैदान के दोनों तरफ नहीं हो सकते।"

मानव का मन बड़ा विचित्र है। उसे जो प्राप्त हो जाता है उससे वह संतुष्ट नहीं होता। वह और अधिक पाने के लिए ललचाता रहता है। उसके पास जो है उसे वह कम दिखाई पड़ता है। जो नहीं है, उसे पाने को लालायित रहता है। मन नई-नई मंजिलें तलाशता है। जिस मंजिल को वह पा लेता है वह उसके लिए व्यर्थ हो जाती है। उसकी भूमिका सिर्फ उसमें अहंकार पैदा करने की होती है।

ऐसे ही अहंकार से परेशान लोगों से यह दुनिया भरी हुई है। हमारे इर्दगिर्द दूसरों के अहंकार से परेशान लोग कम हैं, खुद के अहंकार से परेशान ज्यादा। सबसे बड़ी समस्या यह है कि हमें दूसरों का अहं तो दिखता है, लेकिन अपना नहीं। स्पिनोजा कहते हैं, "अहंकारी व्यक्ति अपने अच्छे काम की और दूसरों के खराब काम की ही गिनती करता रहता है।" यह सच है कि एक क्षण था जब उसने यह माना था कि अमुक मंजिल पा जाऊँ तो सुख बरसने लगेगा। फिर मैं आगे न दौड़ूंगा। पर उस मंजिल पर पहुँचकर मनुष्य पाता है कि उस मंजिल के बारे में उसने जो सोचा था वह गलत सिद्ध हुआ। उसकी नई महत्वाकांक्षाएँ अंगडाई लेने लगती हैं।

हालांकि सच यह है कि अति महत्वाकांक्षाएँ टूटने के लिए ही होती हैं। आप यदि यह सोचकर दुखी हैं कि मेरी महत्वाकांक्षाएँ अधूरी ही रह गईं तो यह आपकी नादानी है। महत्वाकांक्षाएँ कब किसकी पूरी हुई हैं। यह जानते हुए भी कि अति हर चीज की बुरी होती है, हम बाज नहीं आते। स्वप्न देखते हैं तो अति करते हैं। इच्छाएँ करते हैं तो भी रुकते नहीं। नतीजा यह कि बेचैनी साथ नहीं छोड़ती और जहाँ पहुँचना चाहिए, वहाँ पहुंच नहीं पाते। ओशो कहते हैं, "अतिशयोक्ति से बचना जरूरी है। यह असत्य का ही एक रूप है- छिपा हुआ। कोई भी समस्या उतनी बड़ी होती ही नहीं, जितनी अतिशयोक्ति के कारण दिखती है।" चंचल और अस्थिर मन का यथार्थ यह है कि वह जहाँ है वहाँ संतुष्ट नहीं होता। धन और पदार्थ आदमी को सुविधा दे सकते हैं, सुख और शांति नहीं दे सकतें। यह सोच बलवती हो जाए, दृष्टिकोण साफ हो जाए तो हमारी दृष्टि में धन का मूल्य कम नहीं होगा लेकिन धन को ही सब कुछ मानने की हमारी धारणा मिट जाएगी। भ्रांति दूर हो जाएगी और ऐसा होते ही आपको मैदान रूपी दुनिया के हर कोने की घास हरी-भरी लगने लगेगी।

मूल प्रकृति के अनुरूप जीने का प्रयास करें

मौजूदा भौतिकतावादी दौर में व्यक्ति यों उलझता जा रहा है कि उसे जीने की सुध ही नहीं है। परिणामस्वरूप मशीन नियंत्रित जीवनशैली में वह कभी-कभी तो एक पुर्जा-सा प्रतीत होने लगता है। वस्तुतः मानवीय जीवन में मशीनों का इस कदर इस्तेमाल व्यक्ति की स्वभाविक प्रवृत्ति से सहजता से मेल नहीं खाता है। जैविक सजीवता के साथ इस स्वआरोपित क्रूरता का शारीरिक स्वास्थ्य पर प्रतिकूल असर तो बड़ी आसानी से दिखाई पड़ जाता है, लेकिन व्यक्ति के अंतरतम में अवस्थित अति सूक्ष्म मानवीय संवेदनाओं को पहुंचने वाली हानि बाहर आने में समय लगाती है। हालांकि वह अंदर ही अंदर उसे मानसिक अस्वस्थता की ओर धकेल रही होती है।

इस स्थिति से निकलने के लिए जरूरी है कि हम स्वभाव में रहें और वर्तमान में जिएँ। यहाँ स्वभाव में रहने से तात्पर्य है कि व्यक्ति को अपनी मूल प्रकृति के अनुरूप जीने का प्रयास करना चाहिए। उसे दिखावे और झूठ-कपट से बचना चाहिए। दिखने में ये कृत्रिम चीजें भले आसान और सुखकर लगती हों, परन्तु, हकीकत में ये हैं बहुत कष्टदायी। ये उसके मानसिक स्वास्थ्य पर सीधा आघात करती रहती हैं। इसलिए सर्वप्रथम तो जरूरी है कि व्यक्ति स्वभाव अनुकूल आचरण को पहचानकर उसके महत्व को जाने और फिर तदनुसार आचरण करने की ईमानदारी से कोशिश करे। स्वभाव में रहने की यात्रा के लिए यह पहली सीढ़ी है।

यहाँ यह समझना भी आवश्यक है कि स्वभाव में रहने के लिए हमारा अपने आसपास के प्राकृतिक और सामाजिक वातावरण से कोई टकराव एवं संघर्ष नहीं होना चाहिए। व्यक्ति को चिरकाल से ही सामाजिक प्राणी माना गया है और वह इस सामाजिकता को उत्तरोत्तर आगे बढ़ाता आया है। सामाजिकता के कारण ही आज हम परस्पर सहयोग आधारित अपेक्षाकृत शांतिप्रिय तथा उन्नत समाज का निर्माण कर पाए हैं। संयुक्त राष्ट्र जैसी अंतरराष्ट्रीय संस्थाओं की उपादेयता और प्रासंगिकता इसका जीता-जागता प्रमाण है। जहाँ भारतवर्ष ने एक राष्ट्र के रूप में सदैव ही वसुधैव कुटुंबकम के आदर्श को सम्मुख रखकर पड़ोसी मुल्कों से व्यवहार किया है वहीं भारतमाता की संतानों ने अपने स्वभाव ने अनुरूप परस्पर सामंजस्यपूर्ण सामाजिक व्यवहार के आदर्श को बखूबी निभाया है। हमारा सामंजस्य केवल मानवीय और सामाजिक संबंधों तक ही सीमित नहीं रहा है बल्कि हमारी तो संस्कृति ही प्रकृतिप्रधान रही है जिसमे पर्वतों, नदियों, पेड़ों, पशु-पक्षियों की सदैव पूजा होती आई है।

अब आते हैं वर्तमान में जीने पर, जो और भी आसान है। इसके लिए व्यक्ति को आदतन दिन में 5-6 बार अपनी तत्कालीन अवस्था पर लौटने का प्रयास करना चाहिए। ऐसा न हो कि दुनियादारी में वह इतना मशगूल हो जाए कि उसे पता ही न चले कि कब दिन गुजर गया और कब महीने, साल और पूरी जिंदगी ही गुजर गई। परमपिता परमात्मा ने यह जीवन जीने के लिए बख्शा है, गुजारने के लिए नहीं। अतः हमें अपनी तत्क्षण की शारीरिक व मानसिक स्थिति तथा अपने आस-पास की परिस्थितियों का बराबर भान रहना चाहिए। कल को सुनहरा बनाने की दौड़ में आज की आहुति कदापि नहीं। वर्तमान में जीने का मतलब ही यही है कि 84 हजार योनियों के बाद मिले कुदरत के इस अमूल्य तोहफे को हर पल सँभालने और सँवारने का प्रश्रम करते रहना चाहिए।

मैं की परिधि का महत्तम विस्तार

आत्मा का विकास परमात्मा के समान विस्तृत होने मे है। जो सीमित है- संकीर्ण है, वह क्षुद्र है। जिसने अपनी परिधि बढ़ा ली, वही महान है। हम क्षुद्र न रहे, महान बनें। असंतोष सीमित अधिकार से दूर नहीं होता। थोड़ा मिल जाए तो अधिक पाने की इच्छा रहती है। सुरसा के मुख की तरह तृष्णा अधिक पाने के लिए मुँह फाड़ती चली जाती है। आग मे घी डालने से वह बुझती कहाँ है? अधिक ही बढ़ती है। तृप्ति तब मिलेगी जब इस संसार मे जो कुछ है, सब पा लिया जाए। वह हँसी नहीं, कल्पना नहीं। समग्र को पा सकना स्वल्प पाने की अपेक्षा सरल है।

मान्यता को विस्तृत कीजिए - यह सारा विश्व मेरा है। नीला विशाल आकाश मेरा, हीरे-मोतियों की तरह झाड़-फानूसों की तरह जगमगाते हुए सितारे मेरे, सातों समुद्र मेरी संपदा, हिमालय मेरा, गंगा मेरी, पवन देवता मेरे, बादल मेरी संपत्ति। इस मान्यता मे कोई बाधा नहीं, किसी की रोक नहीं। समुद्र मे तैरिए, गंगा मे नहाइए, पर्वत पर चढ़िए, पवन का आनंद लूटिए, प्रकृति की सुषमा देखकर उल्लसित होइए। कोई बंधन नहीं, कोई प्रतिरोध नहीं। सभी मनुष्य मेरे, सभी प्राणी मेरे, मेरे की परिधि इतनी विस्तृत कर दीजिए कि समस्त चेतन जगत उसमें समा जाए। अपनी सीमित पीड़ा से कराहेंगे तो कष्ट और दुःख होगा पर जब मानवता की व्यथा को अपनी व्यथा मान लेंगे और लोक-पीड़ा की कसक अपने भीतर अनुभव करेंगे तो मनुष्य नहीं ऋषि, देवता और भगवान जैसी अपनी अंतःस्थिति हो जाएगी। अपना कष्ट दूर करने को जैसा प्रयत्न किया जाता है, वैसी ही तत्परता विश्व व्यवस्था के निवारण मे जुट पड़ेगी। महामानव याद देवदूत ऐसी ही चेष्टा में लगे हुए व्यक्ति होते हैं। ईश्वर का अनुग्रह - सिद्धियों का अनुदान ऐसी ही उदात्त आत्माओं के चरणों मे लोटता है।

इतना बहुत है

"नहीं इतना बहुत अधिक है" - व्यवस्थापक की मेज के दूसरी ओर बैठे व्यक्ति ने कहा। कहने वाले की वाणी मे जितनी अधिक सरलता थी, सुनने वाले के चेहरे पर उससे कहीं अधिक आश्चर्य के भाव थे।

प्रौढ़ आयु के व्यवस्थापक ने सामने बैठे नवयुवक को एक बार सिर से पैर तक घूरा। साधारण मोटे सूत का कुर्ता, ऐसी ही धोती, पैरों मे टायर की सस्ती चप्पलें। कहीं से भी धनी नहीं दिखता, फिर क्यों मन मे एक पर एक भाव आ-जा रहे थें?

एक बार पुनः सामने रखी मार्कशीटों प्रमाण पत्रों को उलटा-पलटा। शुरू से लेकर आखिर तक प्रथम श्रेणी के अंक। योग्यता भी कम नहीं - एम.ए.एल.टी. फिर बात क्या है?

"30 रुपये, अर्थात् दिये जा रहे वेतन से आठवें भाग से भी कम जो भी हो।", बोलने वाले ने कहा।

"पर पूरा क्यों नहीं लेते हैं?" पूछने वाले ने फिर कुरेदा।"

"महोदय, इतना बहुत है। मेरी आवश्यकता इतने में पूर्ण हो जायेगी और यदि मैं इससे ज्यादा लूँगा तो नयी-नयी इच्छा और आकांक्षा मुझे घेर लेगी, जो मेरे पतन का कारण होगी।" आवेदक अब भी सरल था।

रेडी कैश

भूतकाल कैसा भी क्यों न रहा हो, वह चला गया। अब उसके लौटने की कोई आशा या संभावना नहीं। अधिक-से-अधिक यह हो सकता है कि उन स्मृतियों से शिक्षा ग्रहण की जाए। जो भूलें हुई हैं, उनसे यह निष्कर्ष निकाला जा सकता है कि क्या करना चाहिए था और उसके स्थान पर क्या बन पड़ा? जो भूलें हुई हैं, उनको दुहराया न जाए। जो नहीं किया गया था, वह वैसा कोई दूसरा अवसर आने पर करने के लिए मानस बनाया जाए। यह भी हो सकता है कि गलती का प्रायश्चित किया जाए। जिसके साथ कोई दुर्व्यवहार हुआ है, उसकी भरपाई करके अथवा संतोष दे सकने वाले दूसरे प्रयत्न करके ऐसा कुछ किया जाए कि उत्पन्न हुए रोष का निराकरण किया जाए।

पिछला घटनाक्रम लौट तो सकता है, पर यह नहीं हो सकता कि उस घटना को नकारा जाए या अपनी ओर से भूल जाने पर यह सोच लिया जाए कि दूसरों ने भी उसे भुला दिया होगा। मनुष्य का स्वभाव है कि गलती को स्मरण रखता है। बुराई के प्रतिशोध के लिए योजना बनाता है। क्षमा करना या गलती की उपेक्षा कर देना, किसी-किसी उदारचेता से ही बन पड़ता है। गलती भले ही नासमझी से हुई हो पर उसके संबंध मे समझा यह जाता है कि वह द्वेषवश किया गया है। उसका उद्देश्य हानि पहुँचाना था।

औसत आदमी सामान्यतया ऐसी ही मान्यता बनाते हैं। जबकि अपनी ओर से सोचा जाता है जिसे खुद ने भूल माना है, उसे दूसरों ने भी वैसा ही समझा होगा। इस गलतफहमी के बीच ही बन पड़ी भूलें दूसरे पक्ष द्वारा द्वेष मान ली जाती है और उसका प्रतिशोध-बदला लेकर ही किया जाता है। कई बार तो ऐसी कटु स्मृतियाँ लंबे समय तक बनाए रखी जाती हैं और उसका बढ़-चढ़कर बदला लिया जाता है। पिछली भूलों को अनहोना या अनदेखा तो नहीं किया जा सकता पर इतना अवश्य हो सकता है कि भूल को स्वीकार कर लें। भविष्य मे वैसा न करने या क्षतिपूर्ति का कोई दूसरा उपाय खोजकर काम चला लें।

अपने आप के प्रति की गई भूल का एक ही उपाय है कि वैसा कुछ दुबारा न करने के लिए पक्का मन बना लिया जाए। यदि यह उलट-पलट न बन पड़े तो उस भूल की चर्चा करके अपना मन हल्का किया जा सकता है। यदि किसी के साथ नेकी की गई है तो उसकी चर्चा करने पर अपना अहंकार प्रकट होता है और दूसरा अपना अपमान समझता है। ऐसी दशा मे उसे भूल जाना ही उचित है। उदारता हर इंसान का फर्ज है। इसलिए किसी के साथ किए गये उदार व्यवहार को मात्र कर्तव्यपालन के और कुछ नहीं समझना चाहिए। बार-बार ऐसे ही प्रसंगों का जिक्र करना चाहिये, जिनमें दूसरों ने अपने साथ कोई असाधारण भलाई की हो।

जिन स्मृतियों में मात्र बुरी घटनाओं का ही स्मरण हो, उन्हें भूलने का ही प्रयत्न करना चाहिए। स्वप्नों को याद करते रहना निरर्थक है। उनसे किन्हीं भावनाओं का उत्तेजन भर हो सकता है। समय बेकार जाता है। इसलिए पिछले दिन बन पड़ी निरर्थक घटनाओं को स्मरण करते रहना निरर्थक ही सिद्ध होता है।

कुछ व्यक्ति विशेषकर वृद्धावस्था में प्रायः पिछली घटनाओं को ही याद करते रहते हैं, क्योंकि वही उनकी संचित संपदा है। यद्यपि उनसे निर्थक भावनाओं को उत्तेजित करने के अतिरिक्त और कोई लाभ नहीं मिलता।

भूतकाल की घटनाओं से सीख अवश्य लें और भविष्य के लिये योजना बनायें परन्तु, वर्तमान के एक-एक पल को खुलकर अच्छे से जियो। वर्तमान के श्रेष्ठतम उपयोग की बात सोची जाए और संभव हो तो वैसा ही किया भी जाए। किसी ने कहा है कि बीता हुआ कल कैंसिल्ड चेक है, आने वाला कल प्रांमिसरी नोट है, किन्तु वर्तमान तो पूरा नकद (रेडी कैश) है। यदि इसी का सदुपयोग हो सके तो निश्चय ही प्रगति-पथ पर निश्चित हो बढ़ा जा सकता है।

परमपिता से योग

परमपिता परमात्मा अर्थात् स्वयं भगवान इस विश्व रंगमंच के क्रिएटर, डायरेक्टर और मुख्य एक्टर हैं। चाहे उसे अल्लाह कहो, जीसस कहो, वाहे गुरु कहो या परवरदिगार। उसे प्यार से किसी भी नाम से पुकारो, सबका मालिक एक है। उसे किसी ने गॉड ऑफ लाइट, नूर-ए-इलाही, एक ओंकार, सत्नाम, निराकार आदि नामों से भी पुकारा। जिसने भगवान के साथ अपना योग लगाना आरंभ कर दिया यानी जिसका साथी स्वयं भगवान हो फिर उसे डरना कैसा? समस्त समस्याओं की सफलता की कुंजी है, परमपिता परमात्मा से योग।

किसी समुद्र में जब तूफान के कारण किसी नाविक की नाव डूबती हुई दिखाई देती है तो वह और नाव में बैठे हुए सभी लोग उसी हिलोरें खाती नाव में बैठ-बैठे ही भगवान को याद करते हैं और आराधना करते हैं, 'हे, भगवान! आओ, और हमें इस मुसीबत से बचाओ। हमारी रक्षा करो।' मगर इस स्थिति में नाविक तूफान के डर से और अपनी भगवान से योग स्थिति के मध्य भी नाव चलाना नहीं छोड़ता। योगबल के आधार पर भगवान से शक्तियाँ लेकर उसे अपनी नाव की स्वयं ही संभाल करनी पड़ती है। यदि अचानक उसकी नाव में छेद हो जाता है तो उसकी डेंटिंग-पेंटिंग भी उसे स्वयं करनी पड़ती है। यात्रा पर जाने से पहले भी उसे ही अपनी नाव की मरम्मत करनी पड़ती है और बाद में भी। तब नाव ठीक-ठाक चलती

है। यकीनन, परमपिता परमात्मा से योग लगा कर हमें वह शक्तियाँ मिलती हैं जो कल्याणकारी होती हैं, हमें साहस प्रदान करती हैं। यदि हम अपने इस शरीर को भगवान द्वारा बनाई गई नाव ही मान लें तो हमें इसका बहुत ध्यान रखना चाहिए। इसे सावधानी से चलाना चाहिए।

हमें सदा याद रखना चाहिए कि हम सब ज्ञान का सागर, प्रेम का सागर और शक्तियों का दाता यानी सर्वशक्तिमान की संतान हैं। हमें सदा कमलपुष्प समान खिला हुआ, हर्षित रहना चाहिए। भय से दूर रहना चाहिए।

गीता में भगवान श्रीकृष्ण ने कहा है, 'हे, अर्जुन! मैं तुम्हारा साथी हूँ। मगर कर्म तो तुम्हें करना है। पुरुषार्थ तो तुम्हें ही करना है। तुम मुझे याद करो, और युद्ध करो। तुम्हारी जीत निश्चित है।' यानी भगवान जिसका साथी हो जिसने सीधे भगवान को याद कर उससे योग लगा लिया फिर उसे चिंता किस बात की। करन-करावनहार तो वह है, हम सब तो निमित्त मात्र हैं। योग के बल पर जिसने भगवान को ही अपना साथी बना लिया फिर परेशानी किस बात की। योग स्थिति में रहते, चलते-फिरते, हर कर्म करते जो भी कार्य किया जाएगा, वह तो हुआ पड़ा है। भगवान स्वयं कहते हैं कि मेरे बच्चो, अपनी समस्त परेशानियाँ मुझे दे दो। मैं बैठा हूँ ना। लेकिन अपना कर्म करो। हमें सदा याद रखना चाहिए। कराने वाला करा रहा है, करनहार हम किए जा रहे हैं।

मन का Echo Chamber

मानव जाति के प्रारंभ से सभ्यता के निर्माण तक, हजारों साल मनुष्य जंगल में ही रहा। तब उसे हमेशा जंगली जानवरों से ही डर लगा रहता था और वह अपने आस-पास हो रही प्रत्येक आवाज के प्रति चौकन्ना होकर उन्हें बारीकी से सुनता रहता था, क्योंकि उसे डर था कि कहीं कोई खतरनाक जानवर या साँप-बिच्छू तो नहीं है। अपनी जान बचाने के लिए मनुष्य ने अपने कानों को अपने आसपास हो रही आवाजों को पहचानने के लिए Train कर लिया था। जिस कारण मनुष्य में हमेशा एक अनजाना सा Threat बना रहता था और जान बचाने का संघर्ष जीवन भर चलता था। उस काल में जो जान बचाने में सफल हो गए, उनके जींस ही आगे बढ़ सके, बाकी जो लोग थें, उन्हें जंगली जानवर खा गए, जिन्होंने अपने आस-पास ध्यान नहीं दिया क्योंकि उन्होंने अपने को बचाने के लिए संघर्ष नहीं किया। इसी कारण ऐसे लोगों के जींस आगे नहीं बढ़ पाए। संघर्ष करने वालों के जींस आज तक मनुष्य के अंदर पड़े हैं, इसलिए आज भी जब कोई आसपास आवाज होती है तब व्यक्ति तुरंत उस ओर देखता है, अपने ध्यान को हमेशा दरवाजे पर लगाए रखता है कि कोई आ न जाए। दरवाजे पर दस्तक होते ही बोलता है, कौन है? कहीं दूर कोई अचानक आवाज हो तो पूछता है क्या हुआ? इस प्रकार बाहर की आवाजों को लेकर एक अनजाना सा डर आज तक बना है।

उस काल में मनुष्य Threat के अलावा, Opportunity को ढूँढता रहता था। खाने-पीने की तलाश में लगा रहता था। जहाँ, जब जो खाने को मिले, खा लेता था। आज की तरह Breakfast, Lunch और Dinner नहीं होता था। खाने के अलावा वह रात को सुरक्षित सोने की Opportunity तलाशता था कि जानवर आक्रमण न करें। इस प्रकार जान बचाना और पेट भरना केवल दो ही बातों में जीवन पूरा होता था, जिन्हें Threat और Opportunity कहा जाता है।

समय बदलने के साथ Threat और Opportunity की परिभाषा भी बदल गई है। लेकिन आदतन मन आज भी Threat और Opportunity की बातों के कारण Echo Chamber बन गया है। कोई न कोई बात मन में गूँजती ही रहती है। जैसे बगीचे में अनेक चिड़िया, तोते, कोयल, कौए आदि की आवाजें एक साथ गूजती रहती हैं, वैसे ही मन में भी अनेक आवाजें हर समय चलती रहती हैं। इनको शांत करने के लिए अनर्गल ध्वनियों को पहचानकर उन्हें दूर रखें और उपयोगी बातें ही सुनें और उनपर मनन करें। ताकि मन का Echo Chamber हमें शांति दे न कि यह लाउड कन्फ्यूजिंग चैम्बर में तब्दील हो जाये।

अनुशासन परतंत्रता नहीं बल्कि स्वतंत्रता है

'आप मुझे क्यों बात-बात पर टोकते रहते हैं/ मैं अब बड़ा हो गया हूं, शिक्षित हूं।' यह प्रश्न था एक बीस साल के पुत्र का अपने माता-पिता से। पुत्र को समझाने के लिए माता-पिता ने कैंडिल लाइट डिनर का आयोजन किया। मेज पर दो जलते हुए दीपक रखे। एक दीपक पर शीशे की चिमनी का आवरण था और दूसरा बिना चिमनी के था। भोजन शुरू करने से पूर्व पिता ने पुत्र से कहा -कमरे की खिड़कियां खोल दो। खिड़कियां खुलते ही कमरे में हवा आई और बिना चिमनी वाला दीपक बुझ गया। लेकिन जिस दीपक पर चिमनी थी वह जलता रहा।

माता ने पुत्र से कहा- जो दीपक बिना चिमनी के था, वह हवा आते ही बुझ गया। लेकिन जिसके चारों ओर अनुशासन, मर्यादा रूपी चिमनी का आवरण है, वह हवा के झोंकों के बाद भी प्रकाशित है। तुम युवा और समझदार भी हो, लेकिन वातावरण में प्रलोभनों की हवा नहीं, तूफान चल रहा है। तुम्हारा जीवन अगर मर्यादा के नियंत्रण में नहीं होगा, तो तुम्हारे जीवन की पवित्रता के दीपक को बुझने में एक पल भी नहीं लगेगा। हमारी यह रोक-टोक तुम्हारे जीवन दीप के लिए चिमनी की भूमिका निभाएगी। मर्यादा और अनुशासन बंधन नहीं है, ना ही गति अवरोधक हैं। जिस व्यवहार में मर्यादा होती है वह स्वतंत्रता है। जो व्यवहार मर्यादा रहित होता है वह स्वच्छंदता है।

जे एडगर हूवर ने कहा था कि यदि हर घर में अनुशासन का पालन किया जाए तो अपराधों में 95% तक कमी आ जाएगी। मगर आज के परिवेश में हर ओर स्वच्छंदता का ही बोलबाला है। लोगों को जो सही लगा वह बोलने दीजिए और जो अच्छा लगे वह करने दीजिए। यही अनेकों के लिये स्वतंत्रता का अभिप्राय है। अनुशासन को वे बंधन मानते हैं, जबकि फ्रेंक हर्बट ने कहा था कि स्वतंत्रता ढूँढिए और अपनी इच्छाओं के कैदी बन जाइए। अनुशासन ढूँढिए और अपनी स्वतंत्रता पाइए।

आज की परिस्थितियों में जीवन को अनुशासित और मर्यादित रखना आसान काम नहीं है। इसके बावजूद इस चुनौती को स्वीकार करने में ही हमारी सुरक्षा है। शरीर हो या जीवन, परिवार हो या समाज, शहर हो या राष्ट्र, सभी इस मर्यादा और अनुशासन से ही सुचारू रूप से चल रहे हैं। आसमान में पतंग उड़ती है। यदि हम मान बैठे हैं कि हवा के कारण ही पतंग आसमान में उड़ सकती है तो एक बार को पतंग को धागे के बंधन से मुक्त कर हमें उसका परिणाम देखने की जरूरत है।

बंधन-हीन होते ही पतंग जमीन पर आ गिरती है। ऐसा ही है मर्यादा का बंधन। उसे स्वीकार करने में ही हमारे अस्तित्व की सुरक्षा और विकास है। लेकिन हमारे मन की वृत्ति है कि उसे निरंकुशता ही रास आती है। इसलिए यह जरूरी हो जाता है कि हम अपने को मर्यादा के अंकुश से बाँधकर रखें।

नकारात्मक बातों के लिये बहरे बन जायें

एक बार एक सीधे पहाड़ में चढ़ने की प्रतियोगिता हुई. बहुत लोगों ने हिस्सा लिया. प्रतियोगिता को देखने वालों की सब जगह भीड़ जमा हो गयी. माहौल में सरगर्मी थी, हर तरफ शोर ही शोर था. प्रतियोगियों ने चढ़ना शुरू किया। लेकिन सीधे पहाड़ को देखकर भीड़ में एकत्र हुए किसी भी आदमी को ये यकीन नहीं हुआ कि कोई भी व्यक्ति ऊपर तक पहुँच पायेगा ...

हर तरफ यही सुनाई देता ... "अरे ये बहुत कठिन है. ये लोग कभी भी सीधे पहाड़ पर नहीं चढ़ पायंगे, सफलता का तो कोई सवाल ही नहीं, इतने सीधे पहाड़ पर तो चढ़ा ही नहीं जा सकता और यही हो भी रहा था, जो भी आदमी कोशिश करता, वो थोडा ऊपर जाकर नीचे गिर जाता, कई लोग दो -तीन बार गिरने के बावजूद अपने प्रयास में लगे हुए थे ...पर भीड़ तो अभी भी चिल्लाये जा रही थी, ये नहीं हो सकता, असंभव और वो उत्साहित प्रतियोगी भी ये सुन-सुनकर हताश हो गए और अपना प्रयास धीरे धीरे करके छोड़ने लगे।

लेकिन उन्हीं लोगों के बीच एक प्रतियोगी था, जो बार - बार गिरने पर भी उसी जोश के साथ ऊपर पहाड़ पर चढ़ने में लगा हुआ था ....वो लगातार ऊपर की ओर बढ़ता रहा और अंततः वह सीधे पहाड़ के ऊपर पहुच गया और इस प्रतियोगिता का विजेता बना. उसकी जीत पर सभी को बड़ा आश्चर्य हुआ, सभी लोग उसे घेर कर खड़े हो गए और पूछने लगे, तुमने ये असंभव काम कैसे कर दिखाया, भला तुम्हे अपना लक्ष्य प्राप्त करने की शक्ति कहाँ से मिली, ज़रा हमें भी तो बताओ कि तुमने ये विजय कैसे प्राप्त की ?

तभी पीछे से एक आवाज़ आई ... अरे उससे क्या पूछते हो, वो तो बहरा है तभी उस व्यक्ति ने कहा कि हर नकारात्मक बात के लिए -

"मैं बहरा था, बहरा हूँ और बहरा रहूँगा।"

प्रकृति की कहानी, प्रकृति की जुबानी

प्रकृति हमारी आदि और सबसे बड़ी गुरू है। वो हमारे पुरखों और उन पुरखों के अज्ञात असंख्य पुरखों को अनगिनत चीजें सिखाती चली आ रही है। उसके हर क्रियाकलाप में एक कहानी है, जो अन्तर्गुंथित है और हर कहानी का मर्म बहुत गहरा है लेकिन, जिस तरह किताब में छपी कहानी को पढ़ने के लिये उस किताब की भाषा को समझना आवश्यक है, उसी तरह प्रकृति की कहानी को समझने के लिये भी हमें प्रकृति की भाषा आनी चाहिये। प्रकृति की भाषा की लिपि देवनागरी या रोमन लिपि की तरह भिन्न-भिन्न सभ्यता-संस्कृति की तरह भिन्न-भिन्न नहीं होती, इसकी लिपि पूरी धरती पर एक ही है और वह है - सिम्पिल आब्जर्वेशन (सरल-सहज अवलोकन)।

उदाहरण के लिये आप पहाड़ों की तलहटी में बहने वाली किसी नदी के किनारे पड़े एक पत्थर के छोटे से टुकड़े को देखिये। पत्थर का यह छोटा सा टुकड़ा कभी आसमान से बातें करता हुआ किसी पर्वत के एक चमकदार पत्थर का हिस्सा रहा होगा, जो हवा, धूप, बारिश इत्यादि के कारण टूट कर नीचे जमीन पर आ गया होगा, लुढ़कते और दूसरे पत्थरों से टकराते हुये। कभी इसने भी ऊँचाइयों पर रहते हुये नीलाभ बादलों से बातें किया होगा, विरही यक्ष का संदेश अलकापुरी ले जाते हुये **'मेघदूतम'** के बादल से यक्ष का दर्द जाना होगा, बरसात की काली अंधेरी रात में थोड़ा डरा होगा और बिजली चमकने पर अपने सौन्दर्य को देख मुस्कराया भी होगा।

पर आज यह जमीन पर पड़ा है परन्तु यह न तो आश्चर्य का विषय है और न ही दुःख का। उसे टूटना ही था और टूटकर जमीन पर आना भी तय था। बस समय और तिथि ज्ञात नहीं था, उसे। टूटकर जमीन पर गिरना, कभी ठोकर खाना, कभी किसी बच्चे के हाथ लग जाने पर दुलारा जाना, उसकी नियति थी क्योंकि उसे अनुभव हासिल करना था। जो प्रकृति उसे अपने तरीके से सीखाना चाहती थी परन्तु यह उसकी यात्रा का अंत नहीं, वरन् एक पड़ाव है जहाँ से वह टूटने के भय से समाप्त नहीं हो जायेगा, वरन् उससे मुक्त हो जगत कल्याण के निमित्त कार्य करेगा। वह अभी और भी घिसेगा, और तब तक घिसता रहेगा, जब तक कि एक कण न बन जाये और कण बनकर नदी की लहरों पर यात्रा करते हुये उसके किनारे के किसी खेत में अपने समान अन्य कणों से मिलकर माटी न बन जाये और माटी बनकर वहाँ से अपने पहले आये हुये साथियों की घटती उर्वरा-शक्ति को नयी ऊर्जा देगा। एक मजबूत पत्थर के टूटने से लेकर उसके माटी बन जाने, बंजर से उर्वर बन जाने की कहानी में उस पत्थर का स्वयं भोगा हुआ यथार्थ और उससे प्राप्त प्रत्यक्ष अनुभव है। ऐसी ही होती है प्रकृति की कहानी, जिसकी लिपि उसमें समाकर उसको महसूस करना है।

प्रकृति के एक अंग के रूप में हम सभी की अपनी-अपनी एक कहानी है। कभी उत्ताल ऊँचाइयों को छूना तो कभी ठोकर खाकर गिर पड़ना। लेकिन, अपनी यात्रा को जारी रखना है तो पत्थर से कंकड़ और कंकड़ से मिट्टी बन जाने वाले नदी के किनारे पड़े उस छोटे से टुकड़े की कहानी हमें पढ़नी होगी, प्रकृति के साथ प्रकृति की भाषा में।

मुस्कानः एक दैवी उपहार

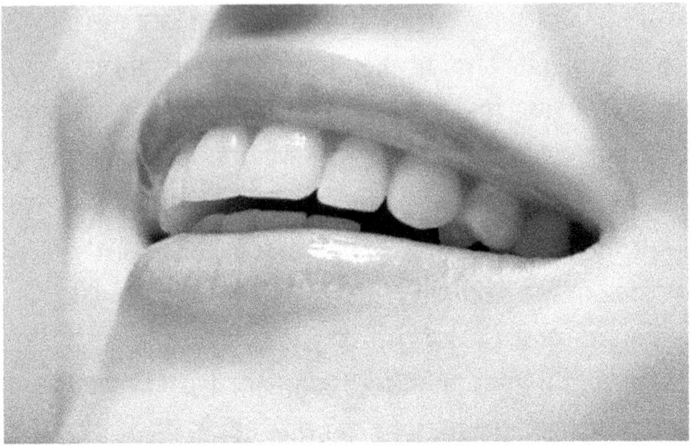

मुसीबतों को चुनौतियों के रूप में लेना और हँसते-मुस्कराते छोटी-छोटी खुशियों को जी भर जीना ही असली अर्थों में जीना है। हँसना-मुस्कराना कभी किसी दौर का मोहताज नहीं रहा है। लेकिन इन दिनों अस्त-व्यस्त जीवन शैली, भागती दिनचर्या और अनिश्चितता व असंतोष में डूबे मनुष्यों के लिए हँसते-मुस्कराते रहना एक बड़ा मुश्किल काम हो गया है।

जिंदगी एक दौड़ सी बन गई है। समय के साथ आदमी भी जैसे बस भागता जा रहा है। सुबह से शाम तक एक पड़ाव के बाद दूसरा पड़ाव। दूर-दूर तक ठहराव का कोई बिंदु ही नहीं। ऐसे में जब मन में सबसे आगे निकलने का घमासान छिड़ा हो तो हँसी के लिए समय ही कहाँ बचेगा। हमने सहज रहना छोड़ दिया है और जो सहज नहीं है उसके लिए हँसना भी संभव नहीं है। बिना हँसी जीवन तनाव से भरा हुआ और बोझिल होता है।

हँसने से बचने के पीछे यह धारणा भी है कि गंभीर दिखने से व्यक्तित्व आकर्षक बनता है। अधीनस्थ कर्मचारियों के साथ या परिवार के सदस्यों के बीच खुल कर हँसी-दिल्लगी करने से पद की गरिमा और बड़प्पन पर विपरीत असर पड़ सकता है। जब इस तरह की सोच बन जाए तो होठों पर हँसी आ ही नहीं सकती। हमारी नकारात्मकता इतनी बढ़ गई है कि सामान्य रूप से हँसने वाली बात में भी तर्क ढूँढ लेते हैं और हँसी गायब हो जाती है। बदलते जीवन स्तर के कारण परिवार के सभी सदस्यों के अपने-अपने कमरे, टीवी, लैपटॉप और मोबाइल हो गए हैं। साथ उठना-बैठना ही नहीं होता, फिर साथ हँसना कैसे हो।

ध्यान दें तो स्पष्ट होगा कि संसार हमें न हँसने के तमाम कारण मुहैया करा रहा है। लेकिन हँसने की उससे कहीं ज्यादा वजहें हमारे पास मौजूद हैं। बस उन वजहों तक पहुँचने की जरूरत है। एक महान संत ने कहा है, "मेरी आत्मा को मेरे हृदय से मुस्कराने दो और मेरे हृदय को मेरी आँखों से मुस्कुराने दो, ताकि मैं उदासी से भरे हृदयों में अपार मुस्कराहट का प्रसार कर सकूँ।" यानी दूसरों को मुस्कराने का कारण देना भी मुस्कराने की एक बड़ी वजह हो सकती है। जब हम हँसते-मुस्कराते रहते हैं तो हमारे आसपास के लोग भी हँसते-मुस्कराते हैं। दूसरों के जीवन में खुशी लाने की इच्छा हमारे जीवन में खुशियों का सबसे बड़ा स्रोत बन जाती है।

हमारी मुस्कान हमारे चेहरे पर भगवान का हस्ताक्षर है। उसे अपने आँसुओं से धुलने या क्रोध से मिटने न दें। हँसता हुआ चेहरा शान बढ़ाता है और हँसकर किया हुआ काम पहचान बढ़ाता है। समय मिलते ही अपने अंदर छिपे हास्य-रस को बाहर निकालिए और खुल कर हँसिए। मुस्कान और हँसने-हँसाने की प्रवृत्ति ही दो अनजान लोगों को करीब लाती है और दो परिचितों के बीच की दूरियाँ मिटाती है। भाषा हमें जोड़ती है, पर उनसे ही जो हमारी भाषा जानते समझते हैं। हँसी और मुस्कान के साथ ऐसी कोई सीमा नहीं है। भले ही लोगों की भाषा और समझ अलग-अलग हो, हँसी और मुस्कराहट की भाषा सब के लिए एक ही होती है। आप चाहें तो एक प्रयोग करके देखिए। दिन में पाँच बार उन्हें देखकर मुस्कराइए जिन्हें देखकर मन बिलकुल भी मुस्कराना नहीं चाहता। फिर देखिए खुशियाँ कितनी तेजी से दौड़ी चली आती हैं। होठों पर सजी बाल-सुलभ हँसी न केवल अपने-परायों को अपितु उस परमात्मा को भी हृदय में विराजमान होने का निमंत्रण देती है।

प्लास्टिक सर्जरी के जनक - सुश्रुत

मध्य रात्रि का समय था। किसी के जोर से दरवाजा खटखटाने से सुश्रुत की नींद खुल गयी।

"बाहर कौन है?", वृद्ध चिकित्सक ने पूछा। फिर दीवार से जलती हुई मशाल उतारी और दरवाजे पर जा पहुँचे।

"मैं एक यात्री हूँ", किसी ने पीड़ा भरे स्वर से उत्तर दिया। मेरे साथ दुर्घटना घट गयी है। मुझे आप के उपचार की आवश्यकता है।

यह सुनकर सुश्रुत ने दरवाजा खोला। सामने एक आदमी झुका हुआ खड़ा था, उसकी आँख से आँसू बह रहे थे और कटी नाक से खून। सुश्रुत ने कहा, "उठो बेटा भीतर आओ, सब ठीक हो जायेगा, अब शांत हो जाओ।"

वह अजनबी को एक साफ-सुथरे कमरे में ले गये। शल्य चिकित्सा के उपकरण दीवारों पर टंगे हुए थे। उन्होंने बिस्तर खोला और उस अजनबी से बैठने के लिए कहा। फिर उसे अपना चोगा उतारने और दवा मिले पानी से मुँह धोने के लिए कहा। चिकित्सक ने अजनबी को एक गिलास में कुछ द्रव्य पीने को दिया और स्वयं शल्य चिकित्सा की तैयारी करने लगे।

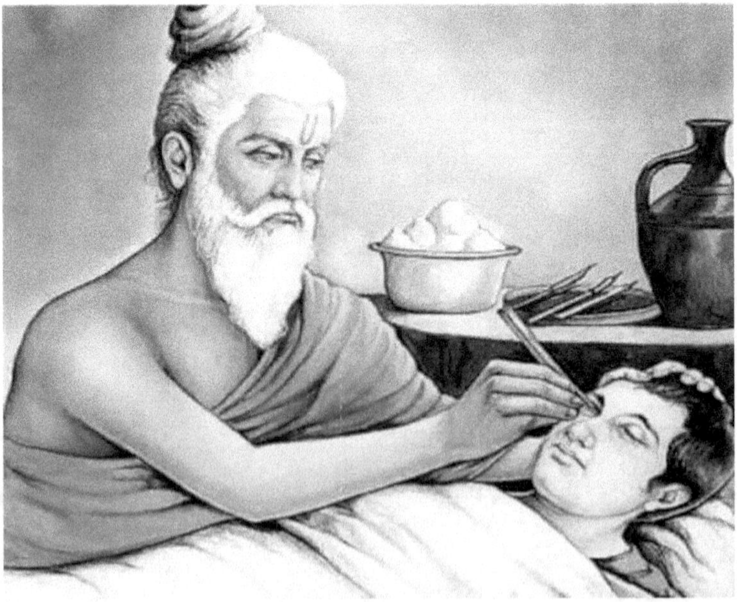

बगीचे से एक बड़ा सा पत्ता लेकर उन्होंने अजनबी की नाक नापी। उसके बाद दीवार से एक चाकू और चिमटी लेकर इन्हें आग की लौ में गर्म किया। उसी गर्म चाकू से अजनबी के गाल से कुछ मांस काटा। आदमी कराहा लेकिन उसकी अनुभूतियाँ नशीला द्रव्य पीने से कुछ कम हो गयी थी।

गाल पर पट्टी बाँधकर सुश्रुत ने बड़ी सावधानी से अजनबी की नाक में दो नलिकाएँ डाली। गाल से काटा हुआ मांस और नाक पर दवाइयाँ लगाकर उसे पुनः आकार दे दिया। फिर नाक पर घुँघची व लाल चन्दन का महीन बुरादा छिड़ककर हल्दी का रस लगा दिया और पट्टी बाँध दी। अंत में सुश्रुत ने उस अजनबी को दवाइयों और बूटियों की सूची दी जो उसे नियमित रूप से लेनी थी। उसे कुछ सप्ताह बाद वापस आने को कहा जिससे वह उसे देख सके।

आज से ढाई हजार वर्ष पूर्व सुश्रुत ने जो किया था उस का विकसित रूप आज की प्लास्टिक सर्जरी है। सुश्रुत को पूरे संसार में आज भी **'प्लास्टिक सर्जरी'** का जनक कहा जाता है।

सुश्रुत का जन्म 600 वर्ष ईसा पूर्व हुआ था। वह ऋषि विश्वामित्र के वंशज थे। उन्होने वैद्यक और शल्य चिकित्सा का ज्ञान वाराणसी में दिवोदास धनवन्तरी के आश्रम में प्राप्त किया था।

वे पहले चिकित्सक थे जिन्होंने उस शल्य क्रिया का प्रचार किया जिसे आज सिजेरियन ऑपरेशन कहते है। वह मूत्र-नलिका में पाए जाने वाले पत्थर निकालने में, टूटी हड्डियों को जोड़ने और मोतियाबिंद की शल्य चिकित्सा में दक्ष थें।

उन्होंने शल्य चिकित्सको को ऑपरेशन से पहले अपने उपकरण गर्म करने के लिए कहा जिससे कीटाणु मर जाये। उन्होंने यह भी सुझाव दिया कि बीमार को ऑपरेशन से पहले नशीला द्रव्य पिलाया जाए। चिकित्सक आज भी इसका प्रयोग ऐन्सथीसिया निश्चेतक के रूप में करते हैं।

सुश्रुत एक अच्छे अध्यापक भी थे। उन्होंने अपने शिष्यों से कहा था, **"अच्छा वैद्य वही है जो सिद्धांत और अभ्यास दोनों में पारंगत हो।"** आज भी उन यंत्रो के समान यंत्र वर्तमान चिकित्सक प्रयोग में लाते हैं। वह चिमटियो के नाम उन जानवरों या पक्षियों पर रखते थे जिनकी शक्ल से वे मिलते थे।

आज भी सुश्रुत संहिता की उपलब्धि यह सबूत है कि यह अपने विषय का सर्वोतम ग्रन्थ है। इस सुश्रुत संहिता ने आज के चिकित्सा विज्ञान को नयी ऊँचाईयाँ दी है।

ऐसे महान चिकित्सक पर हम सब को गर्व होना चाहिए जिन्होंने हमें चिकित्सा क्षेत्र में इतना कुछ दिया। ऐसे महान आत्मा को हमारा प्रणाम!

ज्योतिषाचार्य वराहमिहिर

सम्राट विक्रमादित्य ने एक बार अपने राज ज्योतिषी से राजकुमार के भविष्य के बारे में जानना चाहा। राज ज्योतिषी ने दुःखी स्वर में भविष्यवाणी की कि अपनी उम्र के 18वें वर्ष में पहुँचने पर राजकुमार की मृत्यु हो जाएगी। राजा को यह बात अच्छी नहीं लगी। उन्होंने आक्रोश में राज ज्योतिषी को कुछ कटुवचन भी कह डाले।

लेकिन हुआ वही, ज्योतिषी के बताये गये दिन को एक जंगली सूअर ने राजकुमार को मार दिया। राजा और रानी यह समाचार सुनकर शोक में डूब गये। उन्हें राज ज्योतिषी के साथ किये अपने व्यवहार पर बहुत पश्चाताप हुआ। राजा ने ज्योतिषी को अपने दरबार में बुलवाया और कहा, "राज ज्योतिषी मैं हारा आप जीते. इस घटना से राज ज्योतिषी भी बहुत दुखी थे।"

पीड़ा भरे शब्दों में उन्होंने कहा, "महाराज, मैं नहीं जीता, यह तो ज्योतिष और खगोलविज्ञान की जीत है।" इतना सुनकर राजा बोले, "ज्योतिषी जी, इस घटना से मुझे विश्वास हो गया कि आप का विज्ञान बिल्कुल सच है। इस विषय में आपकी कुशलता के लिए मैं आप को मगध राज्य का सबसे बड़ा पुरस्कार'वराह का चिन्ह' प्रदान करता हूँ। उसी समय से ज्योतिषी मिहिर को लोग वराहमिहिर के नाम से पुकारने लगे।

वराहमिहिर के बचपन का नाम मिहिर था। वराहमिहिर का जन्म कपिथा गाँव उज्जैन में सन 505 ईस्वी। में एक ब्राह्मण परिवार में हुआ था। उन्हें ज्योतिष की शिक्षा अपने पिता से मिली।

एक बार महान खगोल विज्ञानी और गणितज्ञ आर्यभट्ट पटना (कुसुमपुर) में कार्य कर रहे थे। उनकी ख्याति सुनकर मिहिर भी उनसे मिलने पहुँचे। वह आर्यभट्ट से इतने प्रभावित हुए कि ज्योतिष और खगोल ज्ञान को ही उन्होंने अपने जीवन का ध्येय बना लिया।

मिहिर अपनी शिक्षा पूरी करके उज्जैन आ गये। यह विद्या और संस्कृत का केंद्र था। उनकी विद्यता से प्रभावित होकर गुप्त सम्राट विक्रमादित्य ने मिहिर को अपने नौ रत्नों में शामिल कर लिया और उन्हें *'राज ज्योतिषी'* घोषित कर दिया।

वराहमिहिर वेदों के पूर्ण जानकार थे। हर चीज को आँख बंद करके स्वीकार नहीं करते थे। उनका दृष्टिकोण पूरी तरह से वैज्ञानिक था। वराहमिहिर ने पर्यावरण विज्ञान (इकोलोजी), जल विज्ञान (हाईड्रालाजी) और भू – विज्ञान (जिओलाज़ी) के सम्बन्ध में कुछ महत्वपूर्ण तथ्य उजागर कर आगे के लोगो को इस विषय में चिंतन की एक दिशा दी।

वराहमिहिर द्वारा की गयी प्रमुख टिप्पणियाँ-

* *कोई न कोई ऐसी शक्ति जरुर है जो चींजो को जमीन से चिपकाये रखती है। (बाद में इसी कथन के आधार पर गुरुत्वाकर्षण के सिद्धांत की खोज की गयी)*
* *पौधे और दीपक इस बात की ओर इंगित करते है कि जमीन के नीचे पानी है।*

वराहमिहिर ने अनेक पुस्तको की रचना भी की। संस्कृत भाषा और व्याकरण में अतिदक्ष होने के कारण उनकी पुस्तके अनोखी शैली में लिखी गयी है। उनकी सरल प्रस्तुति के कारण ही खगोल विज्ञान के प्रति बाद में बहुत से लोग आकृष्ट हुए. इन पुस्तको ने वराहमिहिर को ज्योतिष के क्षेत्र में वही स्थान दिलाया जो व्याकरण में 'पाणिनि' का है।

वराहमिहिर की प्रमुख रचनाएँ :

* पंच सिद्धान्तिका
* बृहतसंहिता
* बृहज्जाक

अपनी पुस्तकों के बारे में वराहमिहिर का कहना था, "ज्योतिष विद्या एक अथाह सागर है और हर कोई इसे आसानी से पार नहीं पा सकता। मेरी पुस्तक एक सुरक्षित नाव है, जो इसे पढ़ेगा यह उसे पार ले जाएगी।" उनका यह कथन कोरी शेखी नहीं है, बल्कि आज भी ज्योतिष के क्षेत्र में उनकी पुस्तक को'ग्रन्थरत्न' समझा जाता है।

हैरियट एलिजावेथ स्टो

अमर लेखिका हैरियट एलिजावेथ स्टो ने अपनी विश्व विख्यात पुस्तक'टाम काका की कुटिया' किन जटिल परिस्थितियों के बीच रहते हुए लिखी यह बहुत कम लोग जानते हैं। आम जानकारी तो इतनी ही है कि इस क्रान्तिकारी ग्रन्थ ने अमेरिका से दासत्व की प्रथा उठा देने में अनुपम भूमिका का निर्वाह किया।

उन्होंने अपनी भाभी के पत्र का उत्तर देते हुए लिखा था - चूल्हा, चौका, कपड़े धोना, सिलाई, जूते गाँठना आदि की व्यस्तता बनी ही रहती है। बच्चों के लिए तैयारी दिनभर सिपाही की तरह ड्यूटी देनी पड़ती है। छोटा बच्चा मेरे पास ही होता है वह जब तक सो नहीं जाता कुछ भी लिख नहीं सकती। गरीबी और काम का दबाव बहुत है फिर भी भाभी, सच मानना मेरे मन में गुलामी के प्रति तेज आग धधक रही है सो जिन्दा रही तो कुछ ऐसा जरूर लिखूँगी जो अमेरिका के सिर पर से मानवी दासता को लादे रहने का कलंक छुड़ा सकें।

गरीबी और कठिनाइयों से घिरा रहकर भी मनुष्य इस अन्तः प्रेरणा से प्रेरित हो तो इतना कुछ कर गुजर सकता है जो उस व्यक्ति को अमर बनाने और समय को बदल देने का भूमिका निभाने के लिए पर्याप्त कहा जा सके। दुनिया जानती है कि श्रीमती स्टो ने जो साहित्य घोर विपन्न परिस्थितियों में रहते हुए लिखा वह करोड़ों दासों की गुलामी से मुक्ति दिलाने और अमेरिका के सिर पर कलंक का टीका छुड़ाने में कितना महत्वपूर्ण सिद्ध हुआ।

भामाशाह का अपूर्व त्याग

मेवाड़ की रक्षा के लिये महाराणा प्रताप अन्तिम प्रयत्न करते हुये निराश हो गये थे। अकबर की विशाल सेना और अपरिमित साधनों का मुकाबला करते-करते छोटे से मेवाड़ प्रदेश के साधन समाप्त हो चुके थे। प्रत्येक लड़ाई में राजपूतों ने चिरस्मरणीय शौर्य और वीरता का परिचय दिया, महाराणा प्रताप ने दो-चार हजार सैनिकों को लेकर बड़ी-बड़ी बादशाही सेनाओं का मुँह मोड़ दिया, पर मुगल सल्तनत के साथ बहुत अधिक सैनिक थें। एक सेना नष्ट हो जाती तो दूसरी भेज दी जाती। एक स्थान का राशन-पानी खत्म हो जाता हो दूसरे स्थान से अन्नादि सामग्रियाँ भेज दी जातीं पर महाराणा प्रताप अकेले अपने ही बल पर जूझ रहे थें।

अन्त में ऐसा समय आ गया जब उनके पास न तो रुपया पैसा बचा, न सिपाही और हथियार रहें। बादशाही सेना को निरन्तर आगे बढ़ते देखकर और पहाड़ों के भीतर रहकर अपने तथा अपने साथियों के लिये सूखी रोटी मिल सकना भी असम्भव समझकर उन्होंने मेवाड़ को त्यागकर सिन्ध कर तरफ जाने का विचार किया।

जिस समय महाराणा प्रताप देश त्याग का निश्चय करके और अपने बचे हुये साथियों को लेकर अरावली पर्वत को पार करके सिन्ध में जाने को कदम बढ़ाने लगे कि किसी ने उनको पीछे से पुकारा, "ओ मेवाड़ पति! राजपूती वीरता की शान दिखाने वाले। हिन्दू धर्म के रक्षक। जरा ठहर जाओ।" राणा ने चौंककर पीछे मुड़कर देखा तो उनके राज्य के पुराने जमाने के मंत्री

भामाशाह उनकी तरफ दौड़े चले आ रहे थें। भामाशाह किसी प्रकार राणा के देश त्याग का समाचार सुनकर तुरन्त ही उठकर दौड़े चले आये थें।

समीप पहुँचते ही आँखों में आँसू भरे हुये भर्राये स्वर में वे बोले, "स्वामी! आज कहाँ जा रहे हैं और क्यों इतने व्यथित तथा उदास जान पड़ते हैं?" महाराणा का निराशापूर्ण उत्तर सुनकर भामाशाह कहने लगा, "नहीं, एक बार आप फिर अपने घोड़े की बाग मेवाड़ को तरफ मोड़िये और नये सिरे से तैयारी करके मातृभूमि के उद्धार का प्रयत्न कीजिये। इसमें जो खर्च होगा वह मुझसे लीजिये। आपके पूर्वजों की दी हुई पर्याप्त सम्पत्ति मेरे पास है, वह सब मैं आपको चरणों मे भेंट करता हूँ। वह मातृभूमि के उद्धार में लग सके इससे बढ़कर उसका सदुपयोग क्या हो सकता है? इसलिये आप मेरी प्रार्थना स्वीकार करके उस सम्पत्ति द्वारा लड़ाई की फिर तैयारी करें। यदि सफल हो जायें तो ठीक ही है, अन्यथा फिर जहाँ स्वामी, वहीं पर सेवक भी चलेगा।" भामाशाह के अपूर्व त्याग और देशभक्ति को देखकर महाराणा प्रताप का हृदय भर आया और उसके अनुरोध को मानकर वापस लौट आये। कहा जाता है कि भामाशाह के भण्डार में इतना धन था कि जिससे पच्चीस हजार सेना का बारह वर्ष तक खर्च चल सकता था।

अपनी त्रुटियों पर विजय ही मनुष्य को महान बनाती है: नेपोलियन बोनापार्ट

अपनी बहन इलाइजा के साथ एक किशोर बालक घूमने निकला। रास्ते में एक किसान की लड़की मिली। वह सिर पर अमरूदों का टोकरा रखे हुए उन्हें बेचने बाज़ार जा रही थी। इलाइजा ने भूल से टक्कर मार दी, जिससे सब अमरूद वहीं गिरकर गन्दे हो गये। कुछ फूट गये, कुछ में कीचड़ लग गई।

गरीब लड़की रो पड़ी, "अब मैं अपने माता-पिता को क्या खिलाऊँगी जाकर, उन्हें कई दिन तक भूखा रहना पड़ेगा।" इस तरह अपनी दीनता व्यक्त करती हुई वह अमरूद वाली लड़की खड़ी रो रही थी। इलाइजा ने कहा- "भैया चलो भाग चलें, कोई आयेगा तो हम पर मार पड़ेगी और दण्ड भी देना पड़ेगा। अभी तो यहाँ कोई देखता भी नहीं।"

"बहन देख ऐसा मत कह, जब लोग ऐसा मान लेते हैं कि यहाँ कोई नहीं देख रहा, तभी तो पाप होते हैं। जहाँ मनुष्य स्वयं उपस्थित है वहाँ एकान्त कैसा? उसके अन्दर बैठी हुई आत्मा ही गिर गई तो फिर ईश्वर भले ही दण्ड न दे वह आप ही मर जाता है। गिरी हुई आत्मायें ही संसार में कष्ट भोगती हैं, इसे तू नहीं जानती, मैं जानता हूँ।"

इतना कहकर उस बालक ने अपनी जेब में रखे सभी तीन आने पैसे उस ग्रामीण कन्या को दिये और उससे कहा, "बहन तू मेरे साथ चल। हमने गलती की है तो उसका दण्ड भी हमें सहर्ष स्वीकार करना चाहिये, तुम्हारे फलों का मूल्य घर चल कर चुका दूँगा।"

तीनों घर पहुँचे, बालक ने सारी बात माँ को सुनाई। माँ ने एक तमाचा इलाइजा को जड़ा दूसरा उस लड़के को और गुस्से से बोली, "तुम लोग नाहक घूमने क्यों गये? घर खर्च के लिये पैसे नहीं, अब यह दण्ड कौन भुगते?"

बच्चे ने कहा- "माता जी! देख मेरे जेब खर्च के पैसे तू इस लड़की को दे दे। मेरा दोपहर का विद्यालय का नाश्ता बन्द रहेगा, मुझे उसमें रत्ती भर भी आपत्ति नहीं है। अपनी गलती के लिये प्रायश्चित भी तो मुझे ही करना चाहिये।"

माँ ने उसके डेढ़ महीने के जेब खर्च के पैसे उस लड़की को दे दिये। लड़की प्रसन्न होकर घर चली गई। डेढ़ महीने तक विद्यालय में उस लड़के को कुछ भी नाश्ता नहीं मिला, इसमें उसने जरा भी अप्रसन्नता प्रकट नहीं की। अपनी मानसिक त्रुटियों पर इतनी गम्भीरता से विजय पाने वाला यही बालक आगे चलकर विश्व विजेता नैपोलियन बोनापार्ट के नाम से विश्व विख्यात हुआ।

सुधा चन्द्रन – यह मेरे सपने हैं

2 मई 1981, उस अभागे दिन को सुधा कभी नहीं भूल सकती। तमिलनाडु में चेन्नई से अपने घर वापिस जाते समय त्रिचुरपल्ली में उनकी बस एक ट्रक के साथ दुर्घटनाग्रस्त हो गयी। इस दुर्घटना में बहुत से लोग बुरी तरह घायल हो गये। हालाँकि सुधा को सबसे कम चोट आयी थी, परन्तु घाव गंभीर हो जाने के कारण डाक्टरों को उनका दायाँ पाँव घुटनों के नीचे से काटना पड़ा।

सुधा चन्द्रन का जन्म 27 सितम्बर 1965 को मुम्बई में रहने वाले एक तमिल परिवार में हुआ था। जब वो सिर्फ तीन साल की थी तब से ही उनकी रूचि नृत्य में हो गयी थी। सुधा ने अपना पहला पब्लिक डांस प्रस्तुति स्कूल में आठ साल की उम्र में दिया। 17 वर्ष की उम्र होते-होते वे 75 स्टेज शो कर चुकी थी।

पाँव की थिरकन ही तो सुधा की जिन्दगी थी, उनका शौक था, सपना था। उस वक्त लगा कि उनके लिए तो जैसे सब कुछ समाप्त हो गया हो। सुधा कई सालों तक सदमें में रहीं। एक दिन उनके पिताजी ने डा. सेठी और उनके जयपुर फुट के बारे में कहीं पढ़ा। वे बेटी को लेकर डा. सेठी से मिलने जयपुर गये। वहाँ सुधा के लिए नकली टाँग बनाई गई तथा कई दिनों तक उसके साथ चलने का अभ्यास कराया गया।

अब सुधा को हौसला और साहस आया। उन्होने दर्दनाक दुर्घटना को भूलकर फिर से अपनी रूचि की तरफ ध्यान देना शुरू कर दिया। उन्होंने रात-दिन एक करके नृत्य का अभ्यास

करना शुरू कर दिया। यह सब कुछ काफी पीड़ादायक था क्योंकि ज्यादा वजन और नृत्य की मुद्राओं के कारण पाँव पर जोर पड़ने से दर्द और खून आना शुरू हो जाता था। परन्तु उनमें दृढ़संकल्प इतना दृढ़ था कि उन्होंने इस विकट स्थिति से पार पा लिया और अपनी नृत्य कला में पारंगत होती चली गयी। उनको बस अब इंतजार था, एक अवसर का।

आखिर वह दिन आ ही गया। वे अपने पिता जी के पास गयीं और उन्हें बताया कि वे रविवार को सेंट जेवियर्स कॉलेज में अपनी कला की प्रस्तुति देंगी। पिता जी यह सुन कर दंग रह गये। उस दिन अखबारों की हेडलाइन थी ‘ *Looses a Foot, Walks a Mile* ’ उनका पूरा शो खचाखच भरा हुआ था। वह घबराने लगी तो उनकी दादी ने कहा कि "चिन्ता मत करो, भगवान तुम्हारे साथ हैं..... चमत्कार को होने तो दो।"

उनका शो बहुत पसंद किया गया और सब लोगों ने खड़े होकर बहुत देर तक तालियों से उनको सम्मानित किया। पूरे देश में उनके बारे में चर्चा होने लगी। वे बताती हैं कि जब वे घर आयी तो पिता जी ने उनका पाँव छुआ और कहा कि वे माँ सरस्वती के चरण स्पर्श कर रहे हैं और कहा कि उनकी बेटी ने असम्भव को संभव कर दिखाया है। सुधा बताती हैं कि यह उनके जीवन का सबसे भावनात्मक क्षण था जिसे वे कभी नहीं भूल सकती हैं।

महशूर तेलुगी फिल्म प्रोड्यूसर रामोजी राव उनके प्रदर्शन से बहुत प्रभावित हुए। उन्होने सुधा की जिन्दगी पर फिल्म बनाई जिसमें मुख्य पात्र की भूमिका भी सुधा ने ही निभाई। यह फिल्म काफी सफल रही। वे रातों-रात स्टार बन गयी। उनको भारत के राष्ट्रपति ज्ञानी जैल सिंह के द्वारा 33 वें राष्ट्रीय फिल्म महोत्सव में विशेष अवार्ड'सिल्वर लोटस' द्वारा सम्मानित किया गया। उनकी यह फिल्म **‘नाचे मयूरी’** के नाम से हिन्दी में भी बनाई गयी जिसमें कि सुधा ही मुख्य भूमिका में थी। इस फिल्म को पूरी दुनिया में सराहा गया। उनकी हैरान कर देने वाली जीवन कथा 8-11 उम्र के बच्चों के अनेक स्कूल सिलेबस में है। आज भी सुधा विभिन्न टीवी सीरियलों और फिल्मों में पूरी तरह सक्रिय है तथा अपने प्रदर्शन से जनमानस को रोमांचित कर रही हैं। अब तक उनको बहुत सारे पुरस्कार और सम्मान ने नवाजा जा चुका है।

स्वाध्यायी आचार्य शंकुक

काव्यशास्त्र तथा न्यायशास्त्र के मूर्धन्य विद्वान् आचार्य शंकुक का नाम शंकुक क्यों पड़ा- इस बारे में एक कथा संस्कृत विद्वानों में बहुत प्रचलित है। कथा कुछ इस प्रकार है कि एक स्नातक गुरुकुल में न्यायशास्त्र पूरी लगन से पढ़कर जब नया जीवन शुरू करने जाने लगा तो गुरु ने दीक्षान्त भाषण में कहा -**'स्वाध्यायप्रवचनाभ्यां न प्रमदितव्यम्'** अर्थात् प्रतिदिन कुछ न कुछ पढ़ना अवश्य, साथ ही किसी-न-किसी को पढ़ाना अवश्य। अपने गाँव लौटकर वह स्नातक प्रतिदिन विद्याभ्यास भी करता और गाँव के बालकों को इकट्ठा करके पढ़ाता भी। वे बच्चे इतने प्रबुद्ध हो गये कि धीरे-धीरे अपने-अपने विद्यालयों की कक्षाओं में अपने अध्यापक की गलतियाँ भी निकालने लगे, अपनी बुद्धिमानी भी दिखाने लगे। अध्यापकों ने मिलकर मालूम किया कि ये छात्र अचानक इतने समझदार किस कारण हो गये, तो पता लगा कि एक स्नातक अपने शास्त्राभ्यास के लिये रोज शाम को गाँव के बच्चों को पढ़ाता है। सबने मिलकर यह षड्यंत्र रचा कि गाँव का कोई भी लड़का उससे पढ़ने न जाय। उन्होंने किसी बालक को प्रलोभन देकर वहाँ जाने से रोका और किसी को डरा-धमकाकर। इसके बाद वे निश्चिन्त हो गये।

दूसरे दिन कौतूहलवश सबने यह जानना चाहा कि अब वह स्नातक किसको पढ़ायेगा। उनके आश्चर्य का ठिकाना नहीं रहा, जब उन्होंने देखा कि स्नातक ने अपने घर के दरवाजे पर दस बारह खूँटे गाड़ रखे हैं और उन्हें शास्त्र पढ़ा रहा है। पूछे जाने पर इसका कारण उसने यह बताया कि गुरु की आज्ञा का आशय यही तो था कि प्रतिदिन पढ़ने और पढ़ाने से ही विद्या हृदयंगम होती है। अपनी विद्या की स्थिरता के लिये छात्र नहीं मिले तो शंकुओं(खूँटों) को पढ़ाने लगा। मुझे तो विद्याभ्यास से मतलब है। तब सब प्रतिद्वन्द्वी उस विद्वान की निष्ठा के कायल हो गये और जान गये कि उसे किसी को नीचा दिखाने से या लाग-डाँट से कोई मतलब नहीं, वह तो सच्चा विद्याभ्यासी है। उन्होंने उससे क्षमा माँगी और उसे आचार्य का सम्मान दिया। संस्कृत में खूँटे को शंकु कहते हैं, अतः शंकुओं को पढ़ाने के कारण उसी दिन से वह'शंकुक' के नाम से विख्यात हो गया, जिनका रस-सम्बन्धी अभिमत-अनुमितिवाद (चित्र-तुरगन्याय) आज भी पढ़ाया जाता है।

आचार्य शंकुक की यह कथा स्वाध्याय के प्रति सतत निष्ठा रखने की प्रेरणा देती है।

प्याली में सागर भरने की चाह

यूनानी सन्त आगस्टिनस एक सुबह सागर के तट पर अकेले ही घूमने निकल पड़े। तब तक सूर्योदय हो गया था। अनेक रातों के जागरण से उनकी आँखें थकी-माँदी थीं। सत्य की खोज में वे अपना सारा सुख-चैन खो बैठे थे। परमात्मा पाने के विचार में उन्हें पता ही नहीं चलता था कि दिन और रात कब बीत जाते थे। शास्त्र और शास्त्र, शब्द और शब्द, विचार और विचार - इनके बोझ के नीचे ही वे दब से गये थे।

लेकिन उस सुबह सागर-तट पर घूमने आना उनके लिये बड़ा सौभाग्यपूर्ण सिद्ध हुआ। वे जब लौटे, तो कोई बोझ न था। सागर के किनारे उन्होंने एक बालक को खड़ा देखा, जिसके हाथ में एक छोटी-सी प्याली थी और वह किसी चिन्ता में डूबा हुआ था। आगस्टिनस ने बच्चे से पूछा, "बेटे ! तुम यहाँ क्या कर रहे हो और किस चिन्ता में डूबे हो?"

बच्चे ने आगस्टिनस की ओर देखा और कहा, "चिन्तित तो आप भी दिखाई दे रहे हैं, इसलिये पहले आप ही अपनी चिन्ता का कारण बतायें। हो सकता है जो मेरी चिन्ता हो, वही आपकी भी हो। लेकिन आपकी प्याली कहाँ है?" आगस्टिनस की कुछ समझ में नहीं आया। प्याली की बात सुनकर उन्हें हँसी भी आयी। प्रकटतः उन्होंने कहा, "मैं सत्य की खोज में हूँ और उसी के कारण चिन्तित हूँ।" बच्चा बोला, "मेरी चिन्ता का कारण यह है कि मैं इस प्याली में सागर को भरकर घर ले जाना चाहता हूँ, लेकिन सागर है कि प्याली में आ ही नहीं रहा है।"

आगस्टिनस ने सुना तो उन्हें अपनी बुद्धि की प्याली भी दिखाई दी और सत्या का सागर भी। वे हँसने लगे और बच्चे से बोले, "मित्र, सचमुच हम दोनों बालक ही हैं, क्योंकि बालक ही सागर को प्याली में भरना चाहते हैं।"

आगस्टिनस आगे बढ़ गये और सोचने लगे कि वस्तुतः संसार के सभी लोग बालक हैं और किसी न किसी सागर-तट पर अपनी-अपनी प्यालियाँ लिये खड़े हैं। उन सबको इस बात का रंज है कि सागर उनकी प्यालियों में समा क्यों नहीं रहा है! कोई-कोई तो यह भी सोचने लगते हैं कि किसकी प्याली बड़ी है और किसकी प्याली में सागर के समा जाने की सर्वाधिक सम्भावना है। अब कौन उन्हें समझाये कि प्याली जितनी बड़ी होगी, सागर के उसमें समाने की सम्भावना भी उतनी ही कम होगी, क्योंकि बड़ी प्याली का अहंकार उसे छूटने नहीं देता है और सागर तो उसे मिलता है, जो प्याली छोड़ने का साहस दिखा पाता है और सागर में उतर जाता है। सागर उसका, वह सागर का।

मुझमें समा जा इस तरह तन प्राण का जो ठौर है।
जिसमे न कोई फिर कहे, मैं और हूँ तू और है।

अपने लिये क्या माँगूँ?

द्वितीय महायुद्ध तक यहूदियों के देश का कहीं कोई अस्तित्व नहीं था, वह सर्वप्रथम सन् 1948 ई0 में बना। कुल 27 लाख जनसंख्या वाले इस इजराइल नामक देश की सफलता और उसकी सम्पन्नता का कारण यहूदियों की गहन धर्मनिष्ठा है, जो विश्व में एक आदर्श उदाहरण है।

यहूदी अपने धर्मग्रन्थों पर बहुत अधिक विश्वास रखते हैं और वैसे ही मातृभूमि और जातीय आदर्शों की रक्षा के लिये अपने निजी स्वार्थों को हँसते हुए बलिदान कर देने का उनका स्वभाव भी अपने-आप में अनूठा है। आज उसी के बल पर इजराइल ने इतनी प्रगति एवं आत्मनिर्भरता प्राप्त की और विश्व-राजनीति में एक विशिष्ट स्थान बनाया है। यहूदियों में धर्म, प्रेम और जातीय सेवा का भाव कितना प्रबल होता है, इस सन्दर्भ में यहाँ एक घटना प्रस्तुत है -

द्वितीय महायुद्ध में ब्रिटेन के एक यहूदी ने ब्रिटेन को अपने अथक परिश्रम और लगनपूर्ण वैज्ञानिक कार्यों से युद्ध-विजय में महत्वपूर्ण सहयोग दिया। उस वैज्ञानिक को उसकी विशिष्ट सैनिक-सेवाओं के लिये अधिकारियों ने पुरस्कार देने की इच्छा प्रकट की।

ब्रिटिश शासनाध्यक्ष ने उससे प्रश्न किया -'आपने ब्रिटेन की महान् सेवा की है, इस उपलक्ष्य में ब्रिटेन आपका सम्मान करना चाहता है। बताइये, आपकी महान् सेवाओं के बदले हम आपको क्या दे सकते हैं?'

करोड़-दो करोड़ रुपये, कोई जागीर या पद-प्रतिष्ठा प्राप्त की जा सकती थी। वैज्ञानिक के मन में एक बार भावी जीवन का रस-विलासपूर्ण आकर्षण सामने आ प्रस्तुत हुआ, किंतु दूसरे ही क्षण उसके अन्तःकरण ने कहा -'क्षुद्र, अतिक्षुद्र स्वार्थ या लौकिक वासना के पीछे अपने धर्म, संस्कृति और जातीय हित को न भूल, कुछ माँगना है तो धर्म के लिये माँग। तू तो अन्ततः विनष्ट होगा ही, चिरंतन धर्म की रक्षा में यदि कुछ योगदान बन सके, तो यह न केवल तेरे अपितु सारी यहूदी जाति के गौरव का एक भव्य इतिहास बनेगा।'

और तब उस वैज्ञानिक ने कहा -'मान्यवर! यदि आप हमें कुछ दे सकते हैं तो हम यहूदियों की मातृभूमि वापस कर दें, ताकि हम अपने धार्मिक आदर्शों की रक्षा कर सकें।' अंग्रेज बड़े कृतज्ञ थे। उन्होंने फिलिस्तीन का कुछ भाग दे दिया, जहाँ यहूदी पुनः संगठित हुए। थोड़े से यहूदियों ने अपने निजी स्वार्थों को त्यागकर अपनी जाति के लिये सर्वस्व-त्याग के इस उदाहरण को आदर्श बनाया। सब यहूदी रेगिस्तानी इलाके को हरा-भरा बनाने में जुट गये और सबके सामूहिक श्रम का ही फल है कि आज इजरायल न केवल आर्थिक दृष्टि से ही सम्पन्न है, वरन् थोड़े भू-भाग वाला होने पर भी विश्व के राजनीतिक मंच पर एक विशिष्ट महत्व रखता है।

तीन गहनें

उन्नीसवीं शताब्दी का अंतिम समय था। ठाकुरदास नामक एक वयोवृद्ध कोलकता मे रहता था। उसके परिवार मे केवल एक बच्चा और पत्नी थी। इस सीमित परिवार का भरण-पोषण भी ठीक प्रकार से न हो पाता।

नियति ने उन्हें मेदिनीपुर जिले के एक गाँव मे ला पटका। वहाँ ठाकुरदास को दो रूपये माहवार की नौकरी मिली। कालांतर मे उनका देहांत हो गया। पत्नी के कंधों पर सारे परिवार का दायित्व आया। इसी तरह कई वर्ष बीत गयें।

एक दिन रात के समय बेटे ने अपनी माँ के पैर दबाते हुए पूछा, "माँ! मेरी इच्छा है कि मै पढ़-लिखकर बहुत बड़ा विद्वान बनूँ और तुम्हारी खूब सेवा करूँ।"

"कैसी सेवा करेगा?" बेटा गंभीर हो चला था, इसलिए कुछ मन बहलाते हुए प्रोत्साहन के स्वरों मे माँ ने पूछा।

"माँ! तुमने बड़ी तकलीफ में दिन गुजारे हैं। मै तुम्हे अच्छा-अच्छा खाना खिलाऊँगा और बढ़िया कपड़े लाऊँगा। हाँ! तुम्हारे लिए गहने भी बनवाऊँगा।" बेटा चहकते हुए बोला।

"हाँ बेटा, तू जरूर सेवा करेगा मेरी।" माँ बोली, "पर गहने मेरी पसंद के ही बनवाना।"

"कौन से गहने माँ?"

"मुझे तीन गहनों की बड़ी चाह है।" माँ ने बताया। "पहला गहना तो यह है कि इस गाँव मे कोई अच्छा स्कूल नहीं है। तुम एक स्कूल बनवाना। दवाखाना भी खुलवाना और तीसरा गहना यह है कि गरीब बच्चों के रहने, खाने तथा शिक्षा प्राप्त करने की व्यवस्था करना।"

बेटे ने भावाभिभूत होकर माँ के चरणों में सिर रख दिया और तभी से उसे कुछ ऐसी धुन सवार हुई कि उसे अपनी माँ के इन तीन गहनों का सदैव ध्यान रहा। वह कड़ी मेहनत और जनसहयोग से बराबर स्कूल, औषधालय तथा सहायता केन्द्र खोलता चला गया।

आगे चलकर स्त्री शिक्षा तथा विधवा के गहने भी उसने अपनी माँ को चढ़ाए। यह महामानव और कोई नहीं पं0 ईश्वरचन्द्र विद्यासागर ही थें।

संगठन की प्रखर परिणतियाँ

गाँव के पंचायत-घर में काफी भीड़ थी। एक नजर देखने से लगता था जैसे समूचा गाँव उस व्यक्ति के इर्द-गिर्द जमा हो गया है। इस जनसमुदाय से घिरे उस व्यक्ति के चेहरे पर विश्वास की आभा एक अनोखी दृढ़ता उसके असाधारण व्यक्तित्व के स्वामी होने की गवाही दे रही थी।

उसके कंठ से स्वर उभरा - "बात क्या है? आप लोग इतने आतंकित क्यों हैं?"

"हम सभी डाकुओं से परेशान हैं। हम ही क्यों, समूचे बारदोली क्षेत्र की यही दशा है। सच कहा जाए तो हम लोग चक्की के दो पाटों मे पिस रहे हैं। एक पाट है - डाकू तो दूसरा है - पुलिस। डाकू लूट रहे हैं और पुलिस उन्हें पकड़ने में असफल हैं।"

उन दिनों वहाँ डाकुओं का आतंक कुछ ज्यादा ही था। दिन छिपते ही सब लोग अपने-अपने घरों मे जा घुसते थें। बाहर एक बच्चा भी नजर नहीं आता था। डाकू संख्या मे थोड़े होने पर भी पचासों ग्रामों के हजारों ग्रामवासियों का दिल दहला रहे थें।

अंग्रेज सरकार ने उन गाँवों की सुरक्षा के लिए पुलिस के दल के दल नियुक्त कर रखे थें, जिनका खर्च ग्रामवासियों को देना पड़ता था, जबकि ये डाकुओं को पकड़ने मे नितांत असमर्थ होते थें। उन्हें सिर्फ अपने से मतलब था। डाकुओं से मुकाबला करना-भिड़ना भला उन्हें क्यों प्रिय होता?

बेचारे ग्रामवासियों ने इसी दोहरी मार से त्रस्त होकर उनका स्मरण किया था। वह आए और सारी बातें सुन रहे थें। उनके मन में न तो डाकुओं का डर था और न पुलिस की नाराजगी की परेशानी।

"यह बात है? इस कारण आप सब डरे-सहमे हैं?", पूरी बात समझकर सिर हिलाते हुए उन्होंने अपना वाक्य पूरा किया।

गाँव वाले आशा की नजरों से उनकी ओर देख रहे थें। सबकी ओर एक नजर घुमाते हुए उन्होने फिर बात शुरू की - "देखिये! बुराइयाँ भी अच्छाइयों के आधार पर खड़ी होती हैं और इन्हीं से अपना पोषण प्राप्त करती हैं और कुछ नहीं, ये परजीवी की तरह हैं जो अपने आधार का खून चूसकर बढ़ता, फिर उसे समाप्त कर देता है। होना तो यह चाहिए कि बीमारी बढ़े, उसके पहले परजीवी बुराई नष्ट हो, पर ऐसा होता कहाँ है?"

"खैर हम तो यह देखें कि बुरे डाकू अपनी बुराइयों के लिए कहाँ से शक्ति प्राप्त करते हैं?"

"तो क्या दुर्दांत डाकुओं के भीतर भी कोई अच्छाई है?" सभी के स्वरों मे आश्चर्य था।

"निश्चित ये हैं - संगठन, साहस, सावधानी और मनोबल। यही उनके शक्तिस्त्रोत हैं।" - उनकी जिज्ञासा शांत की।

"अब हम सब क्या करें?"

"आप लोग इन्हीं गुणों को विकसित करें। तभी वह शक्ति अर्जित कर सकेंगे, जिसके बल पर इन डाकुओं को पछाड़ा जा सके।"

"किस तरह करें?"

इसके जवाब मे उन्होने गाँव के मुखिया से पूछा - "आप यह बताइए कि इस गाँव मे कितने लोग रहते हैं?"

"सात सौ।"

"इनमें से कितने हट्टे-कट्टे आदमी हैं, जवान और अधेड़।"

"कोई दो सौ।"

"और डाकू कितने आते हैं डाका डालने?"

"यही कोई दस-पंद्रह, अधिक से अधिक पच्चीस।" मैं समझता हूँ हर घर मे एक लाठी तो होगी, कुछ और हथियार भी होंगे। कई लोग इन्हें चलाना भी जानते होंगे। इस लिहाज से गाँववासियों की ताकत डकैतों से पाँच गुनी है, फिर अपने गाँव के रास्ते हमारे जाने-पहचाने हैं, डाकू तो यह भी नहीं जानते। हममें और उनमें अंतर यही है कि वे संगठित हैं, सावधान हैं, साहस के धनी हैं और हम ऐसे नहीं हैं, इसलिए उनका मुकाबला नहीं कर पाते। यद्यपि उनकी बुराइयाँ शीघ्र ही इन गुणों को नष्ट कर देंगी, पर अच्छा यही है इन गुणों को विकसित कर मुकाबले के लिए तत्पर हों। बात समझ मे आ चुकी थी। गाँव मे, उस गाँव और आस-पास के सभी गाँवों मे स्वस्थ-समर्थ पुरुषों को लेकर व्यूह-रचना की गई। महिलाओं ने घर की जिम्मेदारी सँभाली। देखते-देखते डाकुओं का आतंक समाप्त हो गया।

आतंक की समाप्ति पर वह फिर आयें और कहा - "जिन अच्छे गुणों के बल पर हमने बुराइयों को पछाड़ा है, उन्हें जीवित रखें और उनकी शक्ति का उचित नियोजन करें।" ग्रामवासी अपने गाँव के हित में सफाई, स्वास्थ्य, व्यायाम आदि अनेकों काम करने लगें। इन्हीं दिनों गाँधी जी ने सत्याग्रह शुरू किया। संगठित और बुराइयों के प्रति व्यूह-रचना मे कुशल बारदोली क्षेत्र के जनशक्ति ने अनोखा चमत्कार दिखाया। देखने वालों की आँखें चकरा गईं। पत्रकारों ने लिखा - गाँधी का एक चेला एक साथ विस्मार्क और मेजिनी बना घूम रहा है, किसकी ताकत है जो उसे हरा सके? यह गाँधी के शिष्य थें - बल्लभ भाई पटेल। जिन्हें वहाँ की जनता ने प्यार से सरदार का संबोधन दिया। बारदोली निवासियों का संबोधन पूरे देश का संबोधन बन गया।

बुराइयों के प्रति व्यूह-रचना संगठित प्रतिकार आज की सामयिक आवश्यकता है। धार्मिक क्रियाओं के नाम पर मूढ़मान्यताएँ, परंपराओं के नाम पर कुरीतियाँ तभी तक हैं जब तक हम उन्हें गले का हार समझकर लिपटाएँ हैं। जिस क्षण से असलियत पहचानी, उन्हें विषदंश करने वाला साँप समझा, उतार फेंकने के लिए सामूहिक प्रयास शुरू किए कि समूचा समाज स्वस्थ होता दिखाई पड़ेगा, पर इस युगांतरकारी कार्य के लिए शक्ति का स्त्रोत संगठन, साहस, सावधानी और मनोबल में है।

मूल्यहीन सौन्दर्य

एक सम्भ्रान्त प्रतीत होने वाली अतीव सुन्दरी ने विमान में प्रवेश किया और अपनी सीट की तलाश में नजरें घुमायीं। उसने देखा कि उसकी सीट एक ऐसे व्यक्ति के बगल में है, जिसके दोनों ही हाथ नहीं है। महिला को उस अपाहिज व्यक्ति के पास बैठने में झिझक हुई।

इस 'सुन्दर' महिला ने एयर होस्टेस से कहा कि वह उसके लिये नियत सीट पर सुविधापूर्वक यात्रा नहीं कर पायेगी; क्योंकि साथ की सीट पर एक दोनों हाथविहीन व्यक्ति बैठा हुआ है। उस सुन्दरी ने एयर होस्टेस से सीट बदलने हेतु आग्रह किया।

असहज हुई एयर होस्टेस ने पूछा, "मैम! क्या मुझे कारण बता सकती हैं?"

'सुन्दर' महिला ने जवाब दिया, "मैं ऐसे लोगों को पसन्द नहीं करती। मैं ऐसे व्यक्ति के पास बैठकर यात्रा नहीं कर पाऊँगी।"

दिखने में सम्भ्रान्त और विनम्र प्रतीत होने वाली महिला के ये उद्गार सुनकर एयर होस्टेस अचम्भित हो गयी। 'सुन्दर' महिला ने एक बार फिर एयर होस्टेस से जोर देकर कहा कि मैं उस सीट पर नहीं बैठ सकती और मुझे कोई दूसरी सीट दे दी जाय।

एयर होस्टेस ने खाली सीट की तलाश में चारों ओर नजर घुमायी, पर कोई भी सीट खाली नहीं दिखी।

एयर होस्टेस ने महिला से कहा, "मैडम! इस इकोनॉमी क्लास में कोई सीट रिक्त नहीं है, किंतु यात्रियों की सुविधा का ध्यान रखना हमारा दायित्व है, अतः मैं वायुयान के कप्तान से बात करती हूँ, कृपया, तब तक थोड़ा धैर्य रखें।" ऐसा कहकर एयर होस्टेस कप्तान से बात करने चली गयी।

कुछ समय बाद उसने लौटकर महिला को बताया, "महोदया! आपको जो असुविधा हुई, उसके लिये बहुत खेद है। इस पूरे विमान में, केवल एक सीट खाली है और वह प्रथम श्रेणी में है। मैंने अपनी टीम से बात की और हमने एक असाधारण निर्णय लिया। एक यात्री को इकोनॉमी क्लास से प्रथम श्रेणी में भेजने का कार्य हमारी कम्पनी के इतिहास में पहली बार हो रहा है।"

सुन्दर महिला अत्यन्त प्रसन्न हो गयी, किंतु इससे पहले कि वह अपनी प्रतिक्रिया व्यक्त करती और एक शब्द भी बोल पाती, एयर होस्टेस उस हाथविहीन व्यक्ति की ओर बढ़ गयी और विनम्रतापूर्वक उससे पूछा, "सर! क्या आप प्रथम श्रेणी में जा सकेंगे? क्योंकि हम नहीं चाहते कि आप एक अशिष्ट यात्री के साथ यात्रा करने की त्रासदी भुगतें।"

यह सुनकर प्रत्येक यात्री ने ताली बजाकर इस निर्णय का स्वागत किया। वह अतीव सुन्दरी महिला तो अब शर्म से नजरें ही नहीं उठा पा रही थी।

तब उस अपाहिज व्यक्ति ने खड़े होकर कहा, "मैं एक भूतपूर्व सैनिक हूँ और मैंने एक ऑपरेशन के दौरान कश्मीर सीमा पर हुए बम विस्फोट में अपने दोनों हाथ खोये थे। सबसे पहले, जब मैंने इन देवीजी की चर्चा सुनी, तब मैं सोच रहा था, मैंने भी किन लोगों की सुरक्षा के लिये अपनी जान जोखिम में डाली और अपने हाथ खोये? लेकिन जब आप सभी की प्रतिक्रिया देखी तो अब अपने आप पर गर्व महसूस हो रहा है कि मैंने अपने देश और देशवासियों की खातिर अपने दोनो हाथ खोये" और इतना कहकर, वह प्रथम श्रेणी में चला गया।

सुन्दर महिला पूरी तरह से शर्मिन्दा होकर सर झुकाये सीट में गड़ गयी।

इस अतीव सौन्दर्य का कोई भी मूल्य नहीं, अगर विचारों में उदारता न हो।

पाँचवें नम्बर की विजेता

टीचर ने सीटी बजायी और स्कूल के मैदान पर पचास छोटे-छोटे बालक-बालिकाएँ दौड़ पड़ें। सबका एक लक्ष्य। मैदान के छोर पर पहुँचकर पुनः वापस लौट आना।

प्रथम तीन को पुरस्कार। इन तीन में से कम से कम एक स्थान प्राप्त करने के लिये सारी भाग-दौड़।

सभी बच्चों के माता-पिता भी उपस्थित थें, तो उत्साह जरा ज्यादा ही था।

मैदान के छोर पर पहुँचकर बच्चे जब वापसी के लिये दौड़ें तो अभिभावकों मे 'और तेज.... और तेज......' का स्वर तेज हो उठा। प्रथम तीन बच्चों ने आनन्द से अपने-अपने माता-पिता की ओर हाथ लहराये।

चौथे और पाँचवें अधिक परेशान थें, कुछ के तो माता-पिता नाराज भी दिख रहे थें। उनके भी बाद वाले बच्चे, इनाम तो मिलना नहीं सोचकर, दौड़ना छोड़कर चलने भी लग गये थे।

शीघ्र ही दौड़ खत्म हुई और पाँचवें नम्बर पर आयी वह छोटी-सी बच्ची नाराज चेहरा लिये अपने पिता की ओर दौड़ गयी।

पिता ने आगे बढ़कर अपनी बेटी को गोद में उठा लिया और बोले, "वेल डन बेटी, वेल डन.... चलो चलकर कहीं आइसक्रीम खाते हैं। कौन-सी आइसक्रीम खायेगी हमारी बिटिया रानी?"

"लेकिन पापा, मेरा नम्बर कहाँ आया?", बच्ची ने आश्चर्य से पूछा।

"आया है बेटा, पहला नम्बर आया है तुम्हारा।"

"ऐसे कैसे पापा, मेरा तो पाँचवाँ नम्बर आया ना?", बच्ची बोली।

"अरे बेटा, तुम्हारे पीछे कितने बच्चे थें?"

थोड़ा जोड़-घटाकर वह बोली, "45 बच्चे।"

"इसका मतलब उन 45 बच्चों से आगे तुम पहली थी, इसीलिये तुम्हें आइसक्रीम इनाम।"

"और मेरे आगे आये 4 बच्चे? परेशान-सी बच्ची बोली।"

"इस बार उनसे हमारा कॉम्पिटीशन नहीं था।"

"क्यों?"

"क्योंकि उन्होंने अधिक तैयारी की हुई थी। अब हम भी फिर से बढ़िया प्रैक्टिस करेंगे। अगली बार तुम 48 में फर्स्ट आओगी और फिर उसके बाद 50 में प्रथम रहोगी।"

"ऐसा हो सकता है पापा?"

"हाँ बेटा, ऐसा ही होता है।"

"तब तो अगली बार ही खूब तेज दौड़कर पहली आ जाऊँगी", बच्ची बड़े उत्साह से बोली।

"इतनी जल्दी क्यों बेटा? पैरों को मजबूत होने दो और हमें खुद से आगे निकलना है, दूसरों से नहीं।"

पापा का कहा बेटी ने बहुत अच्छे से तो समझ में आया नहीं, लेकिन फिर भी वह बड़े विश्वास से बोली, "जैसा आप कहें, पापा।"

"अरे! अब कौन-सी आइसक्रीम लोगी, यह तो बताओ?" पापा मुस्कुराते हुए बोले।

तब एक नये आनन्द से भरी, 45 बच्चों में प्रथम के आत्मविश्वास से जगमग, पापा की गोद में शान से हँसती बेटी बोली, "मुझे बटरस्कॉच आइसक्रीम चाहिये।"

अपनी पूरी कोशिश करने वाला हर बच्चा अपने आप में एक विजेता है; क्योंकि जिन्दगी की दौड़ में लगे हर इंसान की दौड़ के अपने-अपने मायने हैं, सवाल हमारे आपके दृष्टिकोण का है।

भविष्य गढ़ रहा हूँ

एक छः वर्ष का लड़का अपनी चार वर्ष की छोटी बहन के साथ बाजार से जा रहा था। अचानक उसे लगा कि उसकी बहन पीछे रह गयी। वह रुका, पीछे मुड़कर देखा तो जाना कि उसकी बहन एक खिलौने की दुकान के सामने खड़ी कोई चीज निहार रही है। लड़का पीछे से आता है और बहन से पूछता है, "कुछ चाहिये तुम्हें?" लड़की एक गुड़िया की तरफ उँगली उठाकर दिखाती है। बच्चा उसका हाथ पकड़ता है, एक जिम्मेदार बड़े भाई की तरह अपनी बहन को वह गुड़िया देता है। बहन बहुत खुश हो गयी।

दुकानदार यह सब देख रहा था, बच्चे का प्रगल्भ व्यवहार देखकर आश्चर्यचकित भी हुआ। अब वह बच्चा बहन के साथ काउण्टर पर आया और दुकानदार से पूछा, "सर, कितनी कीमत है इस गुड़िया की?"

दुकानदार एक शान्त और गम्भीर व्यक्ति था, उसने जीवन के कई उतार-चढ़ाव देखे थे, उसने बड़े प्यार और अपनत्व से बच्चे से पूछा, "बताओ बेटे, आप क्या दे सकते हो?" बच्चा अपनी जेब से वे सारी सीपें बाहर निकालकर दुकानदार को देता है, जो उसने थोड़ी देर पहले बहन के साथ समन्दर के किनारे से चुन-चुनकर बीनी थीं।

दुकानदार वह सब लेकर यूँ गिनता है, जैसे कोई पैसे गिन रहा हो। सीपें गिनकर वह बच्चे की तरफ देखने लगा तो बच्चा बोला, "सर! कुछ कम हैं क्या?"

दुकानदार, "नहीं-नहीं, ये तो इस गुड़िया की कीमत से भी ज्यादा हैं, मैं वापस देता हूँ।" यह कहकर उसने चार सीपें रख लीं और बाकी की बच्चे को वापस दे दीं। बच्चा बड़ी खुशी से वे सीपें जेब में रखकर बहन को साथ लेकर चला गया।

यह सब उस दुकान का कर्मचारी देख रहा था, उसने आश्चर्य से मालिक से पूछा, "मालिक! इतनी महंगी गुड़िया आपने केवल चार सीपों के बदले में दे दी?"

दुकानदार एक स्मित सन्तुष्टि वाला हास्य करते हुए बोला, "हमारे लिये ये केवल सीप हैं, पर उस छः साल के बच्चे के लिये अतिशय मूल्यवान् हैं और अब इस उम्र में वह नहीं जानता, कि पैसे क्या होते हैं? पर जब वह बड़ा होगा ना... और जब उसे याद आयेगा कि उसने सीपों के बदले बहन को गुड़िया खरीदकर दी थी, तब उसे मेरी याद जरूर आयेगी और फिर वह सोचेगा कि..... 'यह विश्व अच्छे मनुष्यों से भी भरा हुआ है।' यह बात उसके अंदर सकारात्मक दृष्टिकोण बढ़ाने में मदद करेगी और वह भी एक अच्छा इंसान बनने के लिये प्रेरित होगा।"

सर्वत्र ईंट का जवाब पत्थर ही नहीं होता

आचार्य कृपाशंकर जी के श्रीमुख से सुनी गयी एक भावपूर्ण कथा का उल्लेख किया जा रहा है, इस कथा का संदर्भ उन्होंने कृत्तिवास की बँगला रामायण बताया था -

मेघनाद-वध का दारुण समाचार सुनकर पुत्रवत्सला परम धैर्यशालिनी देवी मन्दोदरी का धैर्य समाप्त हो गया। यद्यपि वे रामभक्ता थीं, परंतु पुत्रवध के शोक ने उनकी बुद्धि को मोहग्रस्त कर दिया। समस्त अनर्थों का मूल सीता को मानकर वे आग्नेय नेत्रों से आँसू और क्रोध की वर्षा करती हुई बड़ी तीव्रता से अशोकवाटिका की ओर चलीं। श्री विभीषण की पत्नी सरमा ने श्री सीताजी से कहा, "हे विदेहनन्दिनी! मेघनाद की माता राजरानी मन्दोदरी पुत्रशोक से संतप्त, आपके सन्निकट ही आ रही हैं। हमने अपने जीवन में उन्हें इतना व्याकुल एवं क्रुद्ध कभी नहीं देखा। वे तो सर्वदा ही परम सुशीला एवं मधुरभाषिणी रही हैं।"

श्री वैदेही का हृदय आशंका से भर गया। तब तक श्री मन्दोदरी जी सम्मुख ही आ गयीं। वैदेही तुरंत उठीं और उनके चरणों में गिर पड़ीं और कहने लगीं, "हे माता! आपके पुत्र को मेरे पुत्र ने मारा है, इसलिये मैं आपसे विनम्रतापूर्वक प्रार्थना करती हूँ कि आप मेरे पुत्र लक्ष्मण को कहीं शाप न दे देना। हे देवी! मेरे मातृभक्त पुत्र ने अपनी माता के उद्धार के लिये ही आपके पुत्र का वध किया है। इसलिये आपको मेरे धर्म-निरत पुत्र को क्षमा करना चाहिये। यदि आपको दण्ड दिये बिना सन्तोष न हो तो जो भी दण्ड देना हो मैं उपस्थित हूँ, वह मुझे दे देना, मेरे पुत्र को न देना।"

"हे माता! आप भी माता हैं और मैं भी माता हूँ। यह निश्चित है कि माता के हृदय की व्यथा को माता ही समझ सकती है। आपके पुत्र ने अधर्म का साथ दिया है, और मेरे पुत्र ने धर्म की रक्षा के लिये कार्य किया है। हे माता! दोनों का अन्तर समझकर फिर कुछ निर्णय करें।"

श्री सीता जी के मुख से 'माता' शब्द सुनकर मन्दोदरी की समस्त व्यथा निवृत्त हो गयी। उनका क्रोध शान्त हो गया। तमतमाया मुखमण्डल सौम्य हो गया। आँखों से अजस्त्र करुणा की वर्षा होने लगी। उन्होंने सीता को उठाकर अपने हृदय से लगा लिया और कहा, "हे पुत्रि! हे सीते! आज तुम्हारे मुख से 'माता' शब्द सुनकर मुझे सब कुछ मिल गया। मेघनाद के वध के उपरान्त मुझे तुम्हारी तरह परब्रम्ह-महिषी पुत्री प्राप्त हो गयी। मेरा जीवन सफल हो गया। अब मुझे कोई क्लेश नहीं है, न मुझे पुत्रवध का शोक है और न पति के वध की चिन्ता।"

"हे पुत्रि! हे सीते! आज मैं अपने रोम-रोम से आशीर्वाद देती हूँ कि तुम्हारा अखण्ड सौभाग्य बना रहे। तुम्हारे प्राणेश्वर राम युद्ध में विजयी हों।"

इस परिवर्तित भावना ने सबके हृदय को विभोर कर दिया। समस्त वातावरण करुण हो गया। माता और पुत्री के मिलन से रावण की अशोक वाटिका भी धन्य-धन्य हो गयी।

सर्वत्र ईंट का जवाब पत्थर ही नहीं होता। पाषाण-प्रहार के बदले पुष्प-वर्षण भी एक पद्धति है। धरतीसुता का यह व्यवहार, इस जलती-उबलती दुनिया के लिये आज भी उतना ही प्रासंगिक है, जितना तब कभी था।

www.ingramcontent.com/pod-product-compliance
Lightning Source LLC
LaVergne TN
LVHW010935051026
849532LV00003B/992